別れの谷

消えゆくこの地のすべての簡易駅へ

イム・チョル
朴垠貞 小長井涼 共訳

三一書房

First published in Korea by Moonji Publishing Co., Ltd.

＊本書出版にあたり大山文化財団の出版助成を受けた。

目次

プロローグ

十月の末、江原道《カンウォン》の秋は深い。なかでも旌善《チョンソン》の秋光はとくに深く、ひそやかだ。山道は幾重にも折れ曲がり、千メートル級の峰々が三十も連なる代表的な山岳地帯となっている。櫛の歯のごとく密集する陵線と、細い根のように伸びていく無数の川筋。遥かに切りたった千尋の絶壁、息切れしそうなほどにうねうねと登ってゆく峠と峠……。この時期、旌善の土は鮮やかな紅葉の光にただ酔いしれるばかりである。

地図を見ると、屏風のような谷間に、一筋の線路が西から東へ折れ曲がりながら続いていることがわかる。太白《テベク》線である。忠清北道《チュンチョン》の堤川《チェチョン》を出、十九の小駅を通って太白市郊外の白山《ペクサン》駅に至るこの路線は、全長百キロにもなる国の代表的な産業鉄道である。いっときは十数年連続で全国最大の貨物輸送量を誇ったこともあったが、石炭産業の衰退とともにその鉄路は遠い昔の伝説として忘れ去られ、いまは老体を晒すのみである。

そのわびしい線路をムカデに似た列車が息を切らして東へ走っている。機関車に七つの客車をつけた清涼里《チョンリャンニ》発江陵《カンヌン》行ムグンファ（無窮花）号。たったいま寧越駅を出たそれは、身をよじらせながら炭釜《タンブ》、石項《ソクァン》を通過した。いずれも小さく粗末な山あいの駅である。礼美《イェミ》、咸白《ハンベク》、鳥洞《チョドン》、紫味院《チャミウォン》を後にした列車は、甑山《チュンサン》駅でしばらく停車する。その甑山駅を起点にして線路は二つに分岐する。一方は太白を経て江陵までまっすぐ続き、もう一方は旌善を経由し終点の九切里《クジョルリ》駅までを結ぶ全長四五・九キロの旌善線である。

江陵行列車は早くも東へと消えた。利用客の少ない山あいの駅ではいつものことだ。先を急ぐ急行列車は、おしっこを急ぐ子犬のように、停まったのがわからないくらいの速さで逃げ去っていく。甑山駅に降りた乗客は二十人ほど。その半分は踏切を渡って改札口を抜け、反対側に待ち構える旌善線九切里行ピドゥルギ（鳩）号に乗り換える。これは現在、全国で唯一残っている鈍行列車だ。

旌善線の車両はディーゼル機関車に二両の客車をつけただけ。それで別名ちび列車ともいう。客車を四つも五つも連結していた良い時期もあった。ところが鉱業の衰退で人も金も潮が引くように去り、この一帯はたちまちさびれてしまった。それをあの「ちび列車」は物語っている。名ばかりのピドゥルギ号は、機関車も客車もひどくくたびれている。最後に車体を塗装したのはいつのことだろうか。どす黒く垢光りしているのみならず、あちこち塗装がはげてうすく赤錆びている。おそらく彼らももうすぐスクラップ工場で最期を迎えるだろう。

すぐに旌善行きのちび列車が鈍く発車する。車輪がガタンと動くたびに客車はゴム毬のように弾む。甑山駅から離れると線路わきの山並みが一段と険しくなる。垂れこめた山影がそそり立つその谷間を、老いた猫のように絶えず息を切らしながら十分ほど這いあがる。トンネルをひとつ通過し、次いで小さな橋を渡る。すると狭い谷口に出る。そして小さな建物が目に飛びこんでくる。どんぐりの殻に似た小さな駅舎。たった一軒しかないその建物の屋根には看板がひとつ、ぽつんとついている。

別於谷《ピョロゴク》――「別れの谷」という哀しい名前をもつ山あいの駅。

それだ。そう、我々が探していたその駅である。

秋

――別於谷の詩人

午前十一時。

駅舎の窓際で眼鏡の青年が外を眺めている。濃紺の制服。きれいにアイロンがけされた茶色のネクタイ。胸元には「駅員　チョン・ドンス」の名札をつけている。短髪にほっそりした体のこの二十七歳は、別於谷駅でいちばん若い駅員である。

「ああ、いつの間にか日が」

青年がふとつぶやいた。何気なく顔を上げると外はすっかり黄金色になっていた。窓を透かしてきた日ざしが彼の瞳に沁みこむ。向こうの尾根には日が昇っている。別於谷はもともと日の光の少ない町だ。目の前を遮る一一一七メートルの禿山《ミンドゥンサン》のせいで朝がとても遅い。今日のような晩秋であれば、真昼になってから、しかもしばらくのあいだだけしか太陽を拝めない。

青年はカーテンをすべて開けた。花壇の芝生には紅葉がうず高く積もっている。葉脈まで透きとおった落ち葉が真っ赤な蝶の群れのようだ。桜の老木は葉をすべて落とし、痩せこけた姿を晒している。楓もその梢に葉をわずかに残すのみである。昨夜はひと晩じゅう風が谷を吹きすさんでいた。下宿で遅くまで本を読んでいる時、雨音かと思い何度も窓を開けた。ざあっざあっ。それはいっせいに葉が払い落とされた音だった。

小川の向こうに群生する落葉松《からまつ》はいまの時期、とりわけ明るい黄金《きん》の光に満ちている。見ちがえるほど透いた森のなかで、落葉松の豊かな梢だけが目だって柔らかく、獅子のたてがみのようだ。そのうちに冬が迫ってくると、あの黄金の光も忽然と消え失せてしまう。青年はさらに外へと首を伸ばした。集落の灰色の屋根が、遅い朝の日ざしにたっぷりと浸かっている。時の流れさえも止まったかのように、町はいつもひっそりとうつむいている。

「あっ、あいつはどこだろう」

青年は首を出したまま駐車場と表通りを見まわした。隔日勤務で入るおとといの夜勤のときのことだった。夜勤の組はきまって青年とシン、ヤンの三人だ。先に夕飯を済ませた二人が戻ってくると青年は駅舎を出た。表通りにさしかかろうとしたとき、向こうから来た車が急に停まった。

「この犬、死にてえのか！」

運転していた男が車から顔を出して怒鳴った。ヘッドライトに一匹の犬がちらりと浮かびあがった。こぶしほどのチワワだった。

車が去ってから彼は犬に近づいた。街灯の下で小さくうずくまりわなわなと震えていた。〈はじめて見るやつだ。飼い主の目をぬすんで逃げてきたのかな〉だが向こうには人家がまったくない谷があるばかりだ。「おいで。いいから」手まねきをしたものの犬はまっ暗な林へと逃げ去ってしまった。定食屋からの帰り、その犬にまた出くわした。その瞬間、トラックに轢かれた。と、思ったが犬はタイヤの下から這い出てまたすぐに林へと走り去っていった。

「ネズミみてえなあれか。午後からそこら辺をずっとうろついてるよ。ろくでもないやつが捨てたんじゃないいか」

「まさか。雑種じゃなくてチワワですよ？」

ヤン・キベクはあきれて彼を見た。

「甘いやつだな。チワワなんか食えやしねえから捨てたんだろ。おととい高速の休憩所でも俺ははっきり見たんだ。オバさんがさ、犬をこっそり捨てて消えちまったんだ。きれいな外車だったな。ぱっと見でもよぼよぼで死にかけてたよ。なのにご主人様を探して狂ったみたいでさ」

「最低だ。だったら飼わなきゃいいんだ」

定年間近のシンが隣で舌打ちした。

「誰かに拾ってもらおうって魂胆だろうな。だけどこんな田舎でそんなやつはいねえよ。結局は飢え死にするか獣に食われるかだ」

ヤンが言った。青年は恐怖に襲われた犬の目を思った。あいつはまだ待っているのだろう。まちがいがあっただけだ。うっかり自分を忘れてどこかへ行ってしまったけど、僕を探してすぐに戻ってくる——そんな心頼みのためにうろうろとして、車のライトが見えれば大通りに駆け出てくるのだ。僕はここだよと言わんばかりに。

昨日の朝も見かけた。夜勤明けだった。犬は困憊して草むらにぐったりと伏せっていた。目が合った瞬間、下宿に連れ帰ろうと思った。「おいで。もう戻ってこないよ、おまえの飼い主は。朝飯をやるから僕んちへ行こう」手を広げ、口をすぼめておいでおいでと呼んでみた。しかし林のほうへひょろひょろと逃げていってしまった。

「何をそんなにうっとりと見惚れているんだ。もう窓を締めてくれないか」

「もう寒いですか、先輩？」

「もうじゃねえよ。冬がすぐじゃねえか。みんながみんなお前と同じ熱き二十代だと思うなよ」

切符の端末機をのぞきこみながらヤンがぶつくさ言った。肉づきのいい体。人の良さそうな性格。三十代後半の彼は麟蹄《インジェ》郡麒麟《キリン》面がふるさとだ。

「別於谷の本当の寒さをお前はまだ知らねえからな。冬ここにいてみろ。金玉がかちかちになるってことが身に沁みてわかるよ。ああでも、お前は独り者だから金玉が凍るとあれだな」

ヤンがくすくす笑った。それで青年も笑った。

「紅葉が一晩でみんな散りましたね。山の秋が短いってことは知ってましたけど……」

「好きなだけ楽しんでくれ、そっちはよ。俺はもううんざりなんでね」

「紅葉が嫌な人なんていますか？　先輩はこちらの出身ですよね」

「そりゃ子どものときは好きだったよ。実家の紅葉はすごいんだ。内麟《ネリン》川に沿って町まで毎日バスで通ってたんだけどな、学校なんかサボって友達と栗拾いなんかしてさ、いちんち山で遊んだよ。だけど今じゃあ四季なんかどうでもいいね」

「もうそんなことを」

「年じゃねえよ。詩人のチョンも陰気な山の駅だけにいてよ、十何年もたっぷりと田舎でくすぶってみるとわかる。春か秋か、そんなことはどうでもよくなるね。前の山も後ろの山も壁みたく思えてくるさ」

「詩人のチョン」に青年の顔は少し紅くなった。春、鉄道庁の社内報に青年の詩が顔写真といっしょに載ったのだ。はじめての勤務地であるここに赴任したあと、習作として書いたものを読者投稿欄に送ったのである。『別於谷の風景』という題のためか、ソウルから社内報担当の女性記者がわざわざやって来てインタビューまでした。
「駅としてもうれしいじゃないか。お客様にも教えてあげよう」
駅長は喜んで手ずからそのページをコピーし、待合室の掲示板にでんと貼りつけた。すると町へ通う女の子たちがそれを見て騒いだ。「詩人のお兄さん。サインして下さい」「あたしも」「こっちも」彼女たちはきゃっきゃっとして、ボールペンと破いたノートの切れ端を出札口に押しこんだ。そのたびに彼の顔は熟れた柿のようにほてった。彼が剥がさなかったらコピーはまだ貼ってあったはずだ。

彼は席に戻ると引き出しからノートを取り出した。薄ピンク色のビニールの表紙。それが青年の詩作ノートである。断想や詩の一節などを折々につけて書き留めてきた。「世の中のすべての美しい名前へ」表紙をめくるとそう書いてある。最初のページはこうはじまる。

九月九日　草原を素足で歩く夢。足裏をなめる露。濡れた草の葉の感触。足首までをびっしょりと濡らす水気……
九月十日　蛇口からぽとぽと落ちる水の音。外の電線にしがみついているしぼんだ黄色い風船。

鶺鴒《せきれい》が煉瓦塀に残していった円いふん……
九月十一日　藤の下のベンチで今日もいっしょの老夫婦。彼らの杖と膝に公平に寄りそう日ざし。声もなく、ただ口元に広がる二人の笑み。その笑顔とそっくりな初秋の日ざし。
九月十二日　何回か試みてようやく成功したくしゃみ。電話の母の声。「どうしてるかい？　独りでも食事を抜いちゃいけんよ」

一瞬一瞬に浮かぶ感覚的な印象や風景、連想がほとんどである。いうなれば想像力の訓練をしているのだ――日常のなかで新鮮かつ特別なイメージや意味を見つけるために。そのノートを買ったのは二ヶ月前に町の文化会館で講演があった日だった。

ある日、地方新聞にひとつの記事が載った。ソウルから詩人を招き、創作に関する講義をしてもらうという。彼は駅長に頼みこみやっとのことで夜勤の仕事を代えてもらい、三回の講義をすべて聴いた。ある大学の国文科教授を退職した六十歳の詩人は熱弁を始終ふるった。聴衆は二十人余り。町の無名作家と、主婦がつくる読書クラブの会員、そして高校生が二人ほど。最初の講義が終わったあと、青年は習作の何篇かを気恥ずかしげに詩人に渡した。詩人は最後の日にそれを返すと青年に言った。

「未熟だけどそれなりに可能性はあるよ。だけど君の詩は一本調子で、それに暗くてくどい。初心者に共通の特徴だよ。詩はすべて重苦しく悲劇的でなければいけないと誤解してるんじゃないかな。

ひとつ教えてあげる。これから毎日、美しく幸福なものを千個見つけるんだ。それをノートにもれなく記録しなさい。その全部が詩のすばらしい材料になるはずだ」

その日の夜、別於谷に帰る列車ではずっと胸が高鳴っていた。新しいノートを撫でながら老詩人のことばを何度も反芻した。

「さあ一度目を大きく開けてみなさい。子どもの目で周りを見るんだ。我々を幸せにしてくれること、美しいことがいっぱいあるじゃないか。多すぎて数えられないほどだ。おい青年！　詩は美しさだ。悲しみさえも美しいってことを君は知っているかね」

青年は幸せのあまり胸がいっぱいだった。孤立した山あいの駅の一日をもう退屈だとは思わないだろう。狭く息苦しい谷間もいまとなっては魅力的で愛おしく思えた。車窓に額を当てたまま彼は何度もくり返した。ああ人生はこれほど美しいのか。命はこんなにも祝福されたものなのか。そして玲瓏たる星を眺めながら決心した。僕は詩人になろう。目の覚めるような、感動的な詩を書こう。

あの日の興奮をしばらく思い返していた青年はボールペンを手にした。そしてノートにこう書いた。

十月二十日　朝、芝生にうず高く積もる紅葉。あるいは紅い蝶の群れ。毛細血管のような葉脈。落葉松の森。その豊かな黄金色のたてがみに眠る十月の日ざし。乾いてゆく葉の匂い。大気に満ちる消滅と離別の予感……

青年は微笑んでもう一度読んだ。そのときドアが開き、片手に風呂敷包みを提げた豊満な女が入ってきた。三十代前半、けばけばしい化粧をしていた。

「どうもこんにちは。ソウル喫茶店の新米のカンと申します。これからよろしくお願いします」

女はちょこんと頭を下げて挨拶した。その両手はすでに包みをほどき、魔法瓶とカップを取り出している。

「お姉さん、はじめてだけどどっかで見たような気がするな。このむっちり感、覚えがあるぞ」

「そうおっしゃる先生だって、私といっしょ、ふくよかでいらっしゃって」

「そんなら似た者どうし仲よくしようじゃないか」

「いいですよ」

「ところでこりゃどういうこと？　お姉さんのサービスなの」

ヤンが目を細めて見つめた。

「駅長さんからです」

「駅長？」

父親の古希祝いのため、駅長は今日から三日の休暇を取っていた。女の説明によれば、駅長は喫茶店の前でバスを待っていて、少し前に行ってしまったようだ。「へえ、どうしたんだろう。我らがしみったれ駅長がコーヒーをおごってくれるとはね」。ヤンはにやついた。青年はカップを取った。

コーヒーはあまりにも甘くて濃い。女は尻を椅子から離さずに好奇の目で事務所をきょろきょろと見まわした。短いスカートの下から太ももがのぞく。白くて滑らかな肌をヤンは露骨に見つめている。

「お姉さんはどうしてここに？」

「原州《ウォンジュ》では部隊の前にいたんだけど退屈だったから。だけどこっちがもっとね。チケットのお客が多いと聞いたけど、ぱっとしないみたいだし。そもそも町がこんなにちっちゃくちゃね」

しばらくすると女は魔法瓶とカップをまとめて包んで立ちあがった。「喫茶店にも寄って下さいね。サービスしますよ」女は微笑みを残して帰った。

「ソウル喫茶店のママもよっぽど困ってんだな。あんな枯れた女をねえ。そういやあ二、三日前に赤毛に死なれちまったからな。縁起でもねえミソがついたな。赤毛が死んだ後は客がぐんと減ったんだってよ。情けない女だよ。どうしてあの年で死んじまったんだ」

煙草を吹かしながらヤンが舌打ちした。その瞬間、青年の胸に岩がひとつ、ずしっとのしかかった。「ああ、お兄さん、電話切らないで。たった一分だけ。何も言わなくていいから。あたしの話をただ聞いてくれればいいの。そんなことさえできないの。ちっ、くそ。詩人でしょ。みんな冷たいのね……」。赤毛の酔っ払った声がはっきりと聞こえた。引き出しにノートを押しこむと外に出た。がらんとした待合室の椅子にかけ、白い壁をぼんやりと見あげた。

あの日、あの子はどうして僕に電話をしたのだろう。努めて考えないようにしていた疑問がまたふいに浮かんできた。まったくもってわからない。どうしてもわからない。最初はただいつものように酔っ払ってかけてきた電話にすぎないと思っていた。しかしその数時間後、赤毛は死んでしまった。喫茶店の裏の小さな部屋で一人。薬を飲んだようだ。朝、喫茶店のママが救急車を呼んだのだけれど、町の病院に着くやいなや事切れたそうだ。あの夜、電話の声はひどく酔っていたけど、薬を飲んだ風じゃなかった。どうしてあの子は自殺なんか……。ため息を深くついた。

はじめて会ったのは三ヶ月前だ。お昼のあとヤンに連れられて喫茶店に入ると、めずらしい姿の女の子が二人を迎えた。赤に染めた髪が膨らんだ綿菓子のようだった。小さな顔で手足がとりわけ細くて長い、人形のような女の子だった。「シムちゃんです。シム・ウンハ。もちろん源氏名ですけどね。こんなとこじゃ誰も本名なんて言わないよね」。二十一だと言っていたが、表情と身ぶりに幼さが残る女子高生だった。爪を噛んでいたその子はふと彼の顔を見た。

「あら、お兄さんがあの詩人ですよね。待合室の壁に貼ってあった写真の。そうでしょ」

「ぼ、僕はまだ詩人じゃなくて」

「何が違うの。新聞にも載ったのに。あたし、ほんとの詩人に会うのはお兄さんがはじめてなの」

女の子は彼の片腕をひしと抱きこんだ。彼は顔を真っ赤にしてうろたえた。濃い香水と化粧品のにおいに少しめまいを感じたのである。喫茶店を出てからヤンは不服そうに言った。

「間違いなく学校をやめた家出女だな。芯から世間擦れしたあんなのは、こんなとこか飲み屋ぐらいしか行けないな。ママの笑みが絶えないのを見たよな。せっかく若い女を連れてきたんだからチケットも売れるだろうよ」

ヤンの予想どおり、黄色いスクーターをびゅんびゅんとばして忙しなくコーヒーを配達している赤毛の姿がよく目についた。「あっ、詩人のお兄さんじゃない。口ばっか、なんで一度も来ないの。後でちょっと寄ってよね。ビールおごるから」。赤毛はスクーターを停めると上気したようにふるまった。それ以後、彼は彼女を見つけると急いで視線を逸らすようになった。しかし彼に会うたびに赤毛はひどくうれしそうなそぶりを見せた。ある日の真夜中、彼は一人で駅の事務室にいた。一人だということがどうしてわかったのか、赤毛がだしぬけにやってきた。魔法瓶のコーヒーをつぎながら雀のようにさえずった。

「出前に行こうとしたら窓から灯りが見えたの。だからお兄さんの陣中見舞いに来たんだよ。ふうん、駅の事務室って思ったよりもちっちゃいのね」

赤毛はつまらないことをごたごたしゃべったが、電話がかかってくるやいなや、スクーターを駆ってあわてて帰っていった。「どうかしてるよ。こんな時間に呼び出しやがって」。赤毛の口からは罵りの言葉がずばずば吐かれた。その後もちょくちょく夜中に駅務室に現れた。コーヒーとかえびせんとかをたずさえ、きまって酒のにおいを放ちながら。そうして唐突に去っていくのである。

赤毛の前ではいつもたじたじになった。彼は女性への接し方がひどくうぶだった。知っている女性といえば母と祖母だけだ。この広い世界で家族といえるものはたった三人しかいない。父の忘れ形見として生まれた彼は、一家でただ一人の男、大黒柱であり希望であった。しかし彼は臆病ではにかみ屋だった。ありふれた恋愛を一度もせずに大学生活を終わらせるほどに。

　赤毛が露骨な関心を示せば示すほどとまどい、気まずくなった。赤毛、赤い爪、赤い唇、けばけばしい指輪にイヤリング、濃い化粧、何ひとつ憚ることのない身ぶりとおしゃべり。そうでありながらどことなく寂しげな赤毛の目に、会う度ごとに言い知れぬ怖さを感じた。彼女に会うとまずチケットということばを思い出した。そしてそれが売春の別名だという事実を最近になってはじめて知った。

「なんだこの坊や、チケットのことも知らなかったのか。あいつらが百万ウォンの給料目当てでこんな田舎まで来ると思うか？　本当の稼ぎはチケットだよ。昼なら一時間でチケット一枚、五万ウォン。モーテルにしけこむなら少なくとも三枚だな。一晩やろうとすりゃ四、五枚は必要だ。で、金は女と店のママとで分けるらしい、三対一でな。まあ、あんな感じでがんばって働くと結構な銭になると思うだろ、そうじゃないんだ。あいつらがここから消えるとき、五人に三人は文無し、残りの二人は借金まみれで別の所に買われちまう。チケットを山と売ったところで意味がねえんだ。大概がツケだから半分以上は踏み倒される。端から踏み倒そうとする常習犯が多いんだよ。どっちもどっち、あさましい人生だよな」

　ヤンの話を聞いて疑問が解けた。なぜ田舎の喫茶店にこれほどコーヒーの出前の注文が多いのかいつも不思議でならなかった。彼は赤毛にはっきりと拒絶の意志を示そうとした。だが赤毛は一途だった。「お兄さん、どこ行くの？　今度の水曜、あたし休みなんだけど」。誰かが見ていようといまいと、無遠慮に、そしてやたら軽々しく声をかけた。昼にも思いがけず事務室に電話がかかってくるのだ。

最後に電話がかかってきた日。梅雨も終わりのその日は一日じゅう雨が降りしきっていた。夜、彼は事務室で当直をしていた。赤毛は泥酔していた。しわがれた声。ろれつは回っておらず、不可解なため息と荒い息だけが疲れた様子で受話器から伝わってきた。

「お兄さん、あたし、今日、めちゃくちゃ寂しい。ケダモノたち。あたしの体、バラバラになったみたい。息が苦しい。息をするのがほんと、めちゃくちゃつらい。どっか遠くに行っちゃいたい……。世界は広いってのに、あたしの身を隠せる場所さえないんだもん。ええ、あたしってすごくおかしいよね。お兄さん、お兄さん、電話、切らないで。ばか。これっぽっちも思ったことないの？ あたしみたいな女ってかわいそうだなって。このしみったれ！ ばか！ くそ」

黙って聞いていたが、とうとう受話器を外しっぱなしにした。ありとあらゆる無気味で恐ろしい想像をしつつ電話の前にうずくまった。ずいぶん前に観た『恐怖のメロディー』や『危険な情事』といった、女性の異常心理を描いたサイコスリラーを思い出した。そうした映画に登場するストーカーは、ゾンビや殺人鬼、吸血鬼や幽霊よりも恐ろしいものとして彼の脳裏に刻まれていた。幸いにも電話はそれ以上鳴らなかった。その夜の赤毛の電話はそれっきりだった。彼女の電話にはもう二度と出るまいと心に決めた。まさにその夜、赤毛が死んだのだ。

〈くだらない妄想をするな。あれは僕とは関係のないことだ。どうして僕があの女の子の運命に巻

きこまれなきゃならないんだ。あれはつまらない偶発的なできごとじゃないか〉
彼は頭を振って立ち上がった。外には日ざしがさんさんと降りそそいでいた。

*

午後四時。

リンリン。隣の駅との専用電話がけたたましく鳴った。ヤンが急いで受話器を取った。

「別於谷です。どうぞ」

「一四〇七列車、普通ピドゥルギ号、ただいまそちらに向かいます。どうぞ」

「了解。どうぞ」

その間に青年は急いで帽子をかぶり、赤い旗と緑の旗をしっかり握って駅事務室を出た。十六時ちょうど。甑山《チュンサン》発の普通ピドゥルギ号が到着する時刻である。

すでにホームにはシン・テムクが直立不動で立っていた。定年目前の彼は勤続三十五年、百戦錬磨の老将ではあったが、最低の階級である九級駅務員のままだった。小柄な体格に鋭い目つきの彼は、その職務に隙がないことで知られている。融通のきかない頑固者だと陰口をたたく職員もいる。

シンがゴホゴホと咳こんだ。朝から体調がよくないようだった。日頃から心臓に問題を抱えていることを青年も知っている。

「主事、ここは私に任せて中へ入って下さい」

「大丈夫だ」

「しかし顔色が」

「大丈夫だと言ってるじゃないか」

シンの眉毛がピクリとしたので青年はひるんだ。簡潔に短く答えるシン独特の話し方だ。その無愛想に閉口して人々は彼に近寄らなかった。シンは必要最小限のことしか語らず、それは徹底していた。だから同僚でさえも彼の身の上に関してはあまり知らない。

青年は改札口に戻った。乗客といえばここの若者四人だけだ。軍隊の休暇で帰って来た友人を連れて、街に飲みに行く様子である。パアーン。列車が構内に入ってくる。この列車は一日のうちでそれでも利用客が多いほうだ。全部で六、七人。通学する学生が半分で、あとは堤川《チェチョン》や原州《ウォンジュ》、寧越《ヨンウォル》などで用事を済ませて帰ってくるここの住民だ。駅舎がしばらく活気を帯びる。

「ん、なんなんだ。あの子は」

改札口で切符を受け取っているとき、誰かが青年の背中を指で小突いた。制服姿の女の子が待合室へすばしこく逃げていく。会うたびにサインしてくれとうるさくねだる金物屋の娘だ。

「おい、怒るぞ」

青年はわざとこぶしを見せつけた。鞄を大きく振り回して女の子はくすくすと笑っている。後ろからついてきたその子の友だちが青年の前にぬっと顔を突きだした。

「詩人のお兄さん！」

「何だ？　君もか」

「あの子をちょっと叱って、お兄さん」

「早く帰りなさい。君たちの相手をしてる時間はないんだ」

「あの子の名前、知ってます？　キョンジャです。オム・キョンジャ」

「ちょっと、ファン・ヨンミ。あんた、どうかしてない？　黙れ。ほんと。むかつく」

キョンジャが向うで飛び跳ねながら怒鳴った。

「キョンジャがお兄さんのこと好きだって。お兄さんのせいで勉強もできないんだって」

ヨンミが逃げまわりながら大声で言った。後から出てくる人たちもにやにや笑っていた。青年の顔が赤くほてってきた。二人の女の子は駅前の空き地で追っかけっこをして騒いでいる。

パアーン。シンが力強く緑の旗を振ると列車がガタンと動き出す。列車が構内を抜けきるまでシンは身じろぎもせず直立していた。白いものがちらほらとのぞくシンの後頭部が青年の目に入った。ガタンガタン。レールを滑る車輪の音が遠ざかっていく。別於谷の谷はすでに山の影のうちに沈んでいる。ほの暗いホームの端に旗のように立つシンの姿が美しく思えた。鞄を振りながら追っかけっこをする女子高生キョンジャ。旗を手にプラットホームに立つ老駅員の後ろ姿。今夜、青年はノートにそれを書きこむだろう。

＊

夜九時半。

旌善行の最終が出るとやっと体があく。朝方、二時十五分に甑山発の列車が到着するまで、少なくとも四時間のあいだは列車がないのだ。いま青年は一人で当直をしている。シンとヤンは仮眠をとるために先ほど部屋へ行った。彼らは始発の時刻に合わせて起き、青年と交代する。

テレビのチャンネルを何度か回してみたが消した。ドラマはいずれも陳腐なストーリーで、テレビ画面の状態さえ安定しない。仕切りのガラスの向こう、開放されている待合室に目をやった。かすむ蛍光灯の光が五、六坪あまりの室内を満たしている。反対側の窓から首を出した。駅舎の前は広場を兼ねた駐車場で、その向こうに二車線の国道がある。時たま車両が過ぎるだけで辺りはとても静かである。

青年は首を出したまま周囲の暗闇を見つめた。谷間のそれはとりわけ濃密で重い。陵線から一斉にこぼれおちてきた星々が懸命に瞬いている。夜が濃ければ濃いほど、星は透明に輝くのである。ここに来てからはじめてわかった。夜ごとに無数の星が地上にガラス玉のごとく流れ落ちることを、そして夜の闇がどれほど多くの色、深さ、体積、重さを持っているのかを。

今日は心が重い。犬の痛ましい死体がちらついている。見なければよかった。夕食を終え定食屋から戻ってきたところだった。駅の敷地の片隅をシンが掘っていた。「あの、何をしてるんですか」

何気なく近寄って息をのんだ。アスファルトに貼りつくように押し潰されている赤黒い肉塊。あのチワワだった。シンが草の茂みを掘り、埋葬するまでの流れを呆然と見つめることしかできなかった。吐き気がしたからだ。この三日のあいだ辺りをうろついていたのだろう。

窓外の夜を見つめながら青年は深呼吸してみる。「お兄さん、電話、切らないで。ちょっとだけでいいから、あたしと、こう、こうしていいちゃダメ？　ただただ寂しいの」赤毛の枯れた声がよみがえる。胸がさらに重苦しくなる。

席に戻るとつい先ほどまで読んでいた本を開いた。いまはなき炭鉱の村に取材した分厚いルポ写真集である。ずいぶん前に出版されたその本はほこりにまみれて駅倉庫の棚に押しこまれていた。白黒の写真。レンズが切りとる被写体がそもそも一面の黒である。炭鉱も黒ければ、貯炭場や坑道のどんづまり、それから鉱夫たちもだ。村も、蟹の甲羅に似た社宅の屋根も、路地も。鉱夫の妻も子どもも、学校、運動場、教会、木、石、山、谷川、そして空までも。青年はその場所をどこか外国の地だろうと思い、また日本による植民地時代の、あるいは第二次世界大戦の資料写真だろうとも考えた。しかし意外にもその写真は太白、舎北《サブク》、黄池《ファンジ》、古汗《コハン》、甑山、咸白、九切里で撮られたものだった。撮影時期もわずか十年前である。

ページを繰るほどに彼の表情は陰鬱さを増した。写真の一枚一枚から炭塵が巻きあがるようだった。黒に蔽《おお》われた大地と家、人間たちがどこか不吉で恐怖を感じた。その暗黒世界と人塊とが表す貧しさ、卑しさ、怒り、絶望、無気力を前に、不可解な力に圧倒される思いがした。彼が知ることなく過ごしてきた世界であり、だからこそそれらは言い知れず恐ろしく不気味であり、目を反らしたくなるもうひとつの現実であった。写真の村や鉱夫、またその家族の暮らしをまったく知らない。都会で生まれ、ずっとアパートで暮らしてきた。彼にとっての故郷は都会を、家はアパートを意味した。石炭を見たことがないばかりか、テレビで練炭というものをちょっと見た記憶があるだけだ。

ページを繰りながら手がたじろいだ。戦慄の写真が次々と現れるのである。酸鼻な戦争のありさまのようだ。「一九八〇年舎北事件」という活字が見えた。〈待てよ、一九八〇年といえば光州事件だな。それはだいたい聞いたことがある。だけど舎北事件というのは初耳だな〉。戒厳令下で鉱夫たちが起こした暴動らしい。その家族たちも加わった暴動とわかってさらに瞠目した。山奥の炭鉱の村で何があったんだろう。信じがたく恐ろしい写真は続く。銃と装甲車で武装した軍。血まみれの鉱夫。狂ったように叫ぶ女と子ども。破壊され燃えさかる建造物。

とうとう本を閉じた。深呼吸を何度かしてみる。ぶん殴られたように頭がぼうっとなり、禍々しさに捉われた。待て、おかしくないか。わりと最近のことなのにどうして僕は全然知らなかったのだろう。彼は自分の過ごしてきた時間をはじめて疑った。彼はすべてにおいて平凡だった。顔も名前も身長も、家庭環境も成績も友だちづきあいも。他の人と同じようにがむしゃらに受験勉強をし、大学を出るとすぐに入隊した。除隊してからは図書館にこもり、そして公務員試験に合格した。

本当にそうだったのか。僕は特徴もない平凡な人間だったのか。僕の人生はいったいどこで間違ったのか。それらしい答えがすぐに見つからない。写真の世界と黒い人塊とが亡霊のように目の前をよぎる。むごたらしく潰されたチワワの肉塊。その犬の透明な眼球。唐突に不可解な恐怖に憑かれ、窓の外を見まわした。

「いや、それは違う。お前はお前にうそをついている」

彼はつぶやく。そうじゃないか。彼は生まれからして普通ではなかった。ただそのことに自ら目をそむけ、認めまいとしてきただけなのだ。父さん。彼の口からうめくように漏れでた。

まだ母のお腹にいたころ死んでしまったという父。その死は疑問に満ちていた。遠洋漁船に乗っており、そのさなか暴風に見舞われたという不確かな事実を知るのみで、それ以上は何も知らない。おかしなことだ。母と祖母とはなぜそのことについて徹底的に口をつぐんできたのだろう。彼自身もやはりいつしかその話をまったくしないよう努めるようになった、誰に対しても。父という存在はもはやつかみどころがなく、それは月の裏面に似た巨大な暗黒として、彼の内なる深い井戸に埋められているだけだ。そしてその暗闇に胎児のごとくちぢこまり、外の世界に対しかたくなに耳をふさいで生きてきた。

がたん。

突然どこからか聞こえてきた音。あわてて立ちあがって出札口の辺りを見まわした。その刹那、肝をつぶした――仕切りのガラスの向こうに硬直して立つ人影があったのだ。「すみません。すみません」誰かがせっぱつまったように掌でガラスを叩いていた。

「何をしているんです？　どうしたんですか？」

「あの、あの……」

五十代後半の見知らぬ女。くたびれうす汚い格好。何かに驚いて飛び起きた風にあわてるその姿に、正気だろうかと疑った。顔じゅうを涙でぬらした女は息も絶え絶えだ。

「ゆっくり話してください。ガラスは叩かないで」

「汽車、汽車の切符」

「どこまでですか」

「ヨ……餘糧《ヨリャン》。今すぐ……」

「もうありませんよ。次は明け方です」

「いや、今すぐに。餘糧に行く。切符をください、切符。早く」

女はわっと泣き出した。一方の手でガラスを叩きながら、もう一方の手で涙と鼻水を拭った。「私の息子、ああ、チュンソブ」そのときドアをがたりと開けて若い女が飛び込んできた。やはり見覚えがない。

「母さん、どうしてここに。どうかしてるわ、本当に」

「違う。汽車は、ある。すぐ来る。乗れば餘糧に行ける」

老女はまるでパニック状態だ。車の停まる音とともにブッブーとクラクションが鳴った。娘は女の腕を引いて声を張りあげた。

「タクシーが来たわ。早く」

「汽車で行く。タクシーより汽車の方が速いじゃないか。あ、あ、チュンソブ」

「しっかりして。兄さんは死なないわ。だから……」

「除草剤だと言ってなかったかい？　ああ、除草剤を飲めばみんな死ぬんだよ」

娘が母親をむりやり引っぱっていった。タクシーが駐車場を出た後もしばらく出札口から離れなかった。あの親子に何があったんだろう。どこから来たんだろう。青年は思った。老女の絶望に満ちた目を、かすれた泣き声を、追いつめられたようにガラスを叩く掌を。

「なんにも言ってくれなくていい、しばらく私の話を聞いてくれればいいの。ああ苦しい。息するのがつらい。どこか遠くへ飛んでいきたい。世界は広いってのに、ばかやろう、私の身ひとつ隠せるところがないなんて……」あの夜、受話器から聞こえてきたどこまでも孤独で乾いた声。いま少しだけわかるような気がした。あれはサインだったんじゃないか。しのつく雨の中の真っ暗な小部屋。寂しさに疲れはて、地上の誰かに向けて出した最後のサイン。なのに僕は耳をふさぐだけだった。


「美しさって……」

喉が詰まってきた。あきれた、どれほどまぬけだったんだ。美しささえあれば詩ができると信じていたのに。ガラスに頭をもたせた。そして静かに泣きはじめた。その涙の意味は自分でも理解できない。恐怖や後悔、あるいは恥ずかしさや悲しみのためかもしれない。だが少なくとも一つのことだけはぼんやりとわかってきた気がした。人生とは美しさだけでも悲しみだけでもない。どれほど恐ろしく悲惨であっても、決してそれから逃げたり、目をそらしてはいけない、そんな何かであることを。

ある瞬間、驚いて頭を起こした。白い何かが窓の外でひらひらとしている。何だろう、あれは。目を瞠った。白い蝶である。小さく危うげな蝶が夜光のようなうす明かりを発し、ちょうど目の前、外のガラスにじっとしている。息をのんでその静かな羽ばたきを見つめた。驚いたことに蝶は一匹だけではない。蛍のごとく外を明るく照らし、数十の白い蝶が虚空をひっそりと燻らせていた。そして忽然と視界から消えた。急いで窓から首を出した。冷やかな大気が顔をふっと撫でる。暗闇には何もない。どうしたんだろう。幻を見たのかな。口を開けたまましばらく半端な格好で立ちつくした。そもそもこんな初冬に蝶なんて。

目をつぶってゆっくり息を吸いこんだ。山あいの夜、いまや世界には乾いた木の葉の香りが満ちている。

夏

――別れの谷

1

別於谷の村に訪れる朝。夜と昼とが不分明に身を交わらせている時刻《とき》、老駅員シン・テムクは屋根の低い下宿でまたもまんじりともできずに朝を迎えていた。何日ものあいだその部屋の灯りは一晩じゅうついたままだった。明らかに悪化してきた不眠症のせいだ。いつの頃からか彼は暗闇を恐れるようになっていた。灯りを消して横になる、すると人生のすべての時間と記憶とが滝のごとく一挙にほとばしるのである。

シンが眠りを喪ったのはずいぶん前のことだ。朝鮮戦争から逃れる道で家族と離ればなれになってしまった八歳の冬のときからかもしれない。軍事教練のとき以外には深い眠りに落ちたことなどなかった。彼の脳には睡眠を蝕む一匹の獣が巣食っていた。鼠に似たそれは時間に関係なく脳の中をかさこそと這いまわる。そいつの小さく鋭い爪で引っかかれるたびに陰惨な記憶と幻影とが塵のように立ちのぼる。ときにそいつは深く噛みつきながら、いつまでも執拗に脳髄を食いかじる。そんな日、彼は胸を抱えながら一晩じゅう寝がえりを打ちつづけるのである。

シンは煙草に火をつけた。灰皿は吸い殻でいっぱいになっている。「ふだんからストレスをためないにこしたことはありませんよ。とりわけ病人の場合、喫煙は自殺行為も同然ですからね」。二年前に煙草はやめた。医師からの忠告のせいではなく、ひどくなってきた胸の痛みがこらえられなくなってきたのだ。だが十五日前の仁川《インチョン》行き以降、また煙草を手にしている。

「どうしたもんだろう、いやな夢だ」

煙をゆっくりと、そして深く吸いこんだ。明け方の不穏な夢。道を歩いていた。混みあう都会の真ん中。彼の手がうっかり誰かに触れる。その瞬間、その人は黒炭に変わってしまう。彼の切迫した悲鳴に通行人がどっと押し寄せる。彼は怯えから両腕を振る。彼の手に触れた人々はみなまた炭と化す。いや違うんだ。気が狂ったようにわめきながら逃げる。気づけば荒野のただ中に一人残されている。そのとき眼前に妻がふいに現れた。蜜蝋のように血の気のない顔。憎しみと恨みに満ちた日。この世で最後に着ていた白いセーター姿そのままだ。「おい赦してくれよ。頼む！」。悲しみと後悔とで体を震わせながら手を伸べたそのとき、妻もやはり一塊の黒炭になってしまった。「ああ違う！　そうじゃないんだ！」呪われた両手に血まみれになるまで噛みつきながら絶叫する。しかし声は体に閉じこめられたまま、ついに声にはならない。息が詰まる。心臓が弾けんばかりに膨れあがった。自分の首を絞めながら崩れていった。そのとき誰かがそばでささやいた。「泣け！泣いてしまえ！　泣かないとお前は死ぬぞ……」そうしてはっと目が覚めた。

誰だったのだろう、あの声は？　男なのか女なのかもはっきりしない。幼いころ、空《から》の甕に頭をつっこんで「あ、あ」と言うと変に虚《うつ》ろに響いたあの音——それによく似た声。俺の闇の部分に巣食っている、俺以外の奴《やつ》の声なんだろうか。

シンは立ちあがってカーテンを開けた。薄暗い庭の真ん中の老いたイチョウが葉のない枝を天に向けて佇んでいる。夜のうちに黄の葉が地面にうず高く積もっている。今日に限ってその風景が遠い世界のもののように思えた。イチョウと古びた塀のあいだの濃い影が、錆びたトタンの庇《ひさし》と雨どいが、そして倉庫の壁に斜めに立てかけられたスコップの柄さえもが、暗く不吉に感じられた。何かが背後からひそかに近づいてくるような、そんな得体の知れない焦燥。

手ぬぐいを持って部屋を出た。二間ほどのくたびれた部屋。三年前、別於谷駅に赴任したとき母屋の離れを月払いで借りた。村の西のふもとにぽつんと佇む静やかなここが気に入ったのである。男やもめの苦しい身を隠すことができたので何よりも安心できた。台所からお湯を運んで庭の水道に向かう。朝の空気が存外ひんやりとする。手を水に浸けようとしてはっとした。盥《たらい》の中に半白の男がいる。かさついて融通のきかなさそうな印象。頬骨から顎にかけての線はその持ち主の頑固さを物語っている。盥の男は十歳以上も老けてみえた。

「あれ、おかしいわね。三〇三号室のお宅はご夫婦ともに身内が全然ないってうかがってたんですよ、あたしの知る限りじゃあね。本当に親御さんですか？　あの奥さんとは顔だちが違っていらっしゃるようですけど」

半月前、住所の書かれたメモひとつだけを手に仁川に行った。娘の目をうかがいつつも安否を問う電話をくれていた義理の息子から、一年近く連絡が途絶えていたのだ。自宅の電話も婿の携帯電話もまったく通じない。何か尋常ならざることが起きたのに違いない。商店街の端に押しこまれた古い賃貸アパートを見つけるのはさほど難しいことではなかった。案の定、二人は半年前に引越しをしたとのこと。自治会長の女がちょうど同じ階に住んでいた。彼女はあからさまに疑いの目を向け、本当に父親であるかと重ねて問いつめた。

「本当を言うと実の娘ではないのですが……」

「ああやっぱり。小さいときに父親を亡くしたって。鉄道事故だとか……」

最後には娘夫婦が新婚旅行中に西帰浦《ソギポ》の正房《チョンバン》滝で撮った写真を見せた。娘には知らせずに婿が送ってくれた、唯一の写真だった。二十年以上ものあいだ、娘には一度も会えていない。女はようやく打ち明けてくれた、娘夫婦が借金を抱えて夜逃げしたことを。全財産たるアパートの保証金すらも債権者に奪《と》られたようだった。

「あそこの商店街で惣菜屋をしていたときはそれでもよかったんですよ。でも通りの向かいに大きなスーパーができて、それが大打撃だったんでしょうね。店を閉めるかどうかで泣くの泣かないのって騒ぎをやってるなと思っていたんですけどね、その矢先、ちょうど新しくできる地下鉄の駅の近くにいいテナントが格安で売りに出されてるって、泣いた子がすぐに笑って、でもねえ、それがまたねえ。オーナーが一晩のうちに入居者全員の契約金と内金をまるごと持って海外へどろんしちゃって。被害者は三十人を超えるんですって。全部で五十億ですってよ。テレビのニュースでもやってましたよ、知らなかったんですか。もしかしてあなたもお金を？」

連絡先を知っているかと尋ねると女はあきれたようだった。もっともそんな状況では連絡先を残すはずもない。もし何か噂でも聞いたら知らせてくれと頼み、名刺を渡した。虚しく帰ろうとしたとき女が言った。

「そう、赤ちゃんはどうなったかしら。つわりがとてもひどくてね」

はっとして立ちどまり女を見た。

「赤ん坊が……、また赤ん坊ができたのですか、あの子に」

「たぶん三、四ヶ月でしょうね。どこかで占ってもらったら、今度こそ間違いないんですってよ。七回目は生まれるって」

「七回目……」

「もう自然流産なんてふつうのことでしたよ。体があんななのに頑として産むって命懸けですがった人、ほんとはじめてですよ。ご主人はもちろん医者も口を酸っぱくして止めたらしいんです、危ないからって。なのに今度が最後だってがんばって、それで許してもらったんでしょうね。占いが当たってるならあとひと月くらいですよ」

何かが盥にはらはらと舞い落ちた。イチョウの葉だ。「あの山を越えて向こうのあの丘にいかなる花ぞ咲きたらん、昼去りゆきて夜《よ》とならば花泣かざるや淋しきがため、エイヤホ、エイヤホ……」

耳に響いてくる歌声。娘の声。枯れ草を細かくちぎって川にまき散らし、山猫の子のように粗野に鋭く、歌いにうたったあの歌。

瞳を閉じた。青黒い川の水が、幾万の歳月にも似た川の水が、眼前を一刹那のうちに流れていった。幼い娘の姿がよみがえる。記憶の中の彼女はいつも二十年前のあの日のあの顔そのままだ。夕焼けの鮮やかな時刻《とき》、川合《かわあい》のほとりでもがくようにして歌っていたあの姿。

顔を洗うと出勤の支度をした。ひげをそり、それからワイシャツにアイロンをかける、これは毎朝の日課である。部屋を出ようとした瞬間、ああっと胸をつかんで座りこんだ。心臓が逆流するかのような激しい痛みが襲う。やっとのことでポケットから薬の瓶を取り出した。二錠を口に含むとそのまま床に横たわった。ああ、このまま終わってしまうのか。結局こんなみっともないざまで……。死の影が金属的なきしみを立てながら目の前をゆっくりと通っていった。鈍い痛みは少しずつ治まっていく。体は汗でじっとりとしていた。いっとき間隔があいたと思っていたが、今月だけでもう二度目である。壁に背を凭《もた》せて目をつむる。悪夢のような記憶がいっぺんに襲ってくる。

「あんた、テムクだけ連れて早く行って。あたしは、あたしはもうだめ。ねえ見て。ミンジャが、ミンジャが息をしてないわ」じっとりとした血の海、爆弾に下半身をすべて吹っ飛ばされた父の流した血の海にへたりこんで息を切らして絶叫した。父の腕に抱かれた妹の顔は血にまみれている。「だめよ。あんた！　ミンジャ！」気がちがったように母が泣き叫ぶ……。

エイヤホ、エイヤホ、昼去りゆきて夜とならば花泣かざるや淋しきがため、エイヤホ。もうちぎる草がなくなり、少女は両手を熊手のようにして小石をいっぱいにがさっとつかんだ。こっちに来なさい。おうちに帰ろう。彼は呼ぶ。しかし少女は川に石をぽちゃんぽちゃんと投げて歌をやめようとしない。

「あなた、私の話を聞いて、お願いだから」。妻は彼の腕にしがみつき、感極まって泣き出した。「どうしたっていうの。あなたっていう人は世界中の誰一人信用できないのね。怖いわ、あなたがとても怖い」。エイヤホ、エイヤホ、我は行かん、蝶のごとくにひらひらと、エイヤホ。雪のように白いセーターを着た妻がこっちを振り向いて晴れやかに笑っている。折り紙で作った立葵の花束を胸に抱えた妻は春の光のように美しく華やかだ。結婚式を挙げず、町の写真館で二人きりで撮った結婚記念の写真。シンは喉の奥からむかむかと突きあげてくる熱い塊を痛みとともに再び飲み下した。

やっとのことで門を出た。路地を下りるだけなのにむやみに膝がガタガタ震える。彼は何度も足を止め、落ちついて呼吸をしてみる。砂の山に押しつけられたように胸が重く、息苦しい。「泣け、泣いてしまえ、そうしなければ死んでしまう」夢の中のあの得体の知れない声がよみがえる。

「ああ、ひょっとするとその日はまさに今日なのかもしれない」

このごろやけに死を思うようになった。最後の瞬間《とき》は思いもかけないときにやってくるはずだ。こんなふうに道端でそれに出くわすこともあるだろう。だいぶ前、Ｊ市の駅でのことだった。一人の老人が待合室で倒れ、そのまま息を引きとった——その光景をそばで見つめていた。たぶん心筋梗塞だったのだろう。少なくとも、その老人のように野次馬に囲まれて死を迎えることだけは避けたい。しかしそれもまた運命であるならばどうすることもできない。

交差点そばの定食屋に入った。朝食はいつもそこですませている。ときには昼食や夕食を駅の宿舎で同僚と作ったりもする。おたがい安月給なので食費を節約するための方策なのである。社食を備える都市部の駅を除いて、田舎の地方線に勤務する駅員はどこもそんな感じだ。主人のソはすぐに心配そうな表情を浮かべた。

「シン主事、顔色がよくないですが、大丈夫なんですか」

「眠れなかっただけだ」

「いやいや、そんなんじゃいけませんよ。世の中に眠りよりいい薬はないっていうじゃありませんか」

奥の方では六、七人の作業員が席を囲んでいた。坂の拡幅工事の工期は何ヶ月も延び延びになっていた。定食を待つあいだに朝刊を手にした。このとき一枚のチラシが落ちた。「行方不明者を探しています」郡警察から配布されたものだ。

「まさか本当に子どもをてめえで殺《や》ったんだか」

「親父がふつうじゃねえからな。まともな奴なら、狂ったから殺りました、なんてこたぁ言わねえさ」

「何かが憑いたんだとさ。ガキは病気だってな。殺したのは手前《てめえ》に狐が憑いたからだってへどもど供述してんだって？　そんなんがちょくちょくあるわな。テレビでもやってたろ。カルトにはまった連中がむごいことをやらかしやがる」

「しかし俺にゃわからんな。ありゃあ夜中の二時だったんだろ？　現場にはガキの母親《おふくろ》もいっしょにいたっていうじゃねえか。どうして何もしなかったんだ。亭主が手前の子どもを殺して埋めるまで何してたんだ」

「女房はよ、山ン登る途中でへばってたんだってよ。ふだんから腰が悪くてろくに動けやしねえ女だと」

「いやそうじゃない。サツ《警察》にしょっぴいてったらよ、女房も左巻《これ》だったらしいぜ。亭主ほどじゃねえが元っからそんな気《け》があったってよ」

「くそ、二人ともパアってか。どうしてそんな連中がくっついてガキまで作ったんだか。まともに育てらりゃしねえってのに」

「まだ遺体も発見できてねえそうじゃねえか」

「警察が犬まで使って探したんだが見つからなかったと。父親は相も変わらず精神病院でしどろもどろにでたらめを並べてるんだってよ」

「逃げりゃあよかったのにな」

「ああ？　無邪気な子どもがよ、何がわかって逃げるってんだ。まさか親に殺されるなんて思いもしねえさ。しかも夜中の二時だぜ。チッ、むごたらしいな」

席を立った男たちはざわめきながら店を出た。シンはいつものように一人で静かに食事をとった。幾箸かを無理やり押しこむと箸を置いた。そして黙ってチラシを見つめた。

十月二十四日午前二時ごろ、○面○○里の峡谷付近まで精神疾患のある父親に同行しましたが、父親だけが戻り、当該失踪人は現在まで連絡がとれず行方不明になっています。
氏名等：チェ・○○（九歳・男子）、○○邑○○小学校三年生。

人相および服装：身長二十cm、体重三十一kg、中肉中背、丸顔。失踪当時はグレーのセーターに黄色のジャケット、下はグレーのズボン。

右失踪者をご存じの方、あるいは目撃された方は……

子どものカラー写真が掲載されていた。修学旅行のときに友だちが撮ってくれたものだろうか。二台の観光バスを背に、照れくさそうな笑みを浮かべてカメラを見ている。かわいらしくあどけない印象。住所を見ればこの峠のすぐ向こうの町である。

「本当にあきれたことですな。その子の父親は。駅前で小さな店をやっているんですけどね、顔は知ってますよ。ふだんは無口でまじめな人なんですが、何日か前から頭がおかしくなったようです。軍隊で殴られて以来、そうだったらしいんですがね。事件の当日、子どもが癇の虫を起こしたもんで村の病院に運んで、それでなぜか医者といさかいを起こしたらしいんです。それで診せもせずに出て、夜遅く、帰り道で例の谷の辺りに車を停めたらしい。それから三人で山に登ったと聞いとります。その辺の細かいことは誰もわかりませんがね。女房は腰のせいでともかく途中であきらめて、父子二人で行ったわけです。だけども父親だけが数時間後に一人で戻ってきたんです。それで女房が警察に届けて、親父がお縄ってわけですが、真っ暗闇の中での事件ですからね、もし自分で直接埋めたにしても、場所を正確に覚えていられますかね。しかもまともじゃないんですから。とにかく警察はいまのところ何の糸口もつかめていないらしいです」

定食屋の主人のソは片づけをしながら説明した。漆黒の夜、険しい山道を並んで歩く一人の男と子どもの後ろ姿が、悪夢の一場面のごとく、シンの眼前にはっきりと思い描かれた。喉の奥から何か熱くて不快な塊がこみあげてくる。ソがあわててその肩を支えた。

「すまない！　めまいがしてつい……。ありがとう」

「町の病院まで車で送りましょうか」

「いや、もう大丈夫だ」

主人とおかみさんは心配そうな顔をして店の外まで見送った。努めて何気ないふうを装って、彼は交差点をゆっくりと渡った。今日はどうしたのだろうか。煙草のせいだろうか。もう本当にやめなくては。駅に向かって足を運びながらつぶやいた。顔と背中は冷汗でびっしょりだ。

「あのひと心臓がよくないんだ……」

店の前で彼の後ろ姿を見つめていたソがぼそりと言った。

「あんなふうで、急に死んだらどうするんでしょうね。どうしてあの年でやもめなんでしょう、本当にわからないわ、りっぱな仕事もちゃんとおありになる方なのに。万が一のときに連絡するようなご家族はいらっしゃるのかしら」

「家族といっても誰もいないようだ。朝鮮戦争のとき、こっちへ逃げる途中で家族を亡くしたらしい。母親と二人だけが生き残ったんだと」

「結婚はしてたと言ってらしたんじゃないかしら」

「らしいな。汽車で小さい女の子を連れた若い女にたまたま出会って、それから何年かいっしょにいたみたいだ。餘糧にいる俺の同期がその顚末を知っててな。すぐ隣にあの人の一家が住んでたんだとよ。心の優しい女房だったんだがな、どうしてか不幸せな夫婦だったんだ。女房が自殺したんだってさ。川にどぶんとさ」

「あらまあ、そしたら娘さんは」

「娘？」

「奥さんは子連れだったんでしょう」

「その子の話は聞いてないな。どうせ血がつながってないんだからよ、娘ともいえないんじゃないか」

「あの方も本当に不幸ですね」

「そうだな。ほんとに気の毒だ」

夫婦は店へと戻った。

2

午前九時、別於谷駅の駅員全員が事務室に集まった。駅長を除く駅員五人が二十四時間ずつの二交代制で勤務している。毎朝の朝礼は業務の引き継ぎと点呼が行なわれる場である。いつもの朝のように簡単な業務連絡と確認があった。

「本日は特別なお知らせがあります」

おおかた終わったかと思われたとき、駅長が改めてファイルを開いて言った。駅長は本庁への二日間の出張を終えて戻ってきたばかりだった。

「結論から申し上げます。本庁から最終決定が出されました。当駅は来年度の十一月十五日より、現体制から駅員一名の体制へと変わります。加えて現在運行中のピドゥルギ号は廃止となり、代わって統一号にアップグレードされる予定です」

若い駅長は一音一音を明瞭に発音した。鉄道大学出の彼はエリートコースを歩んできた若い世代らしく、何事に対しても覇気に満ちて意欲的であった。自分よりも年長の者が三人もいたが、その人なつっこい性格で事務室を難なく仕切っている。

「他の駅はどうなるのでしょうか」

「旌善線の全七駅のうち、起点の甑山駅、それと旌善駅を除いたあとの五つの駅すべてが駅員一名体制へと縮小されます」

それは噂のとおりだった。まさかと思っていたのでみな驚いた様子である。駅員のうち一人のみが残るということは、ついには駅自体がなくなってしまうということを意味している。

「残り一年もないってことだな。ほんと、気が変になるくらい追いつめやがる」

「何にせよ旌善線はそのうち廃線ってわけだな」

「しょうがねえな。慢性的な赤字路線を最優先にして片づけるって寸法だろう」

「まさか。旌善線自体を完全に廃線にしたりはしねえさ。ボロくもなってねえレールを片づけるなんてこたぁできねえしよ、何か考えが出てくるさ」

「郡のほうじゃあ観光列車を代わりに走らすってなことを検討してるってよ」

ざわめきにしばらく耳を傾けていた駅長が再び口を開いた。――残念ですが、私たちとしては趨勢に従うしかありませんね。実はアジア通貨危機以降、諸般の事情が非常に変わりました。数年後にはソウル・釜山間を二時間で走破する時速三百キロの超特急が登場します。これをきっかけにして鉄道庁は完全に民営化される見こみです。文字どおり激しい生存競争へと突入するのです。乗客の減少と後れた設備のせいで慢性的な赤字にあえぐ路線および駅、これらを優先して可及的速やかに整理する――これが本庁の方針です。経営合理化・構造改革ということです。立ち後れる前に活路を見出さなければなりません。手にしているメモに目を落としながら長々と説明した。駅員たちの表情はこわばっていた。

「リストラの嵐がやってくるってわけかな」

「そりゃおきまりの路線さ」

めいめいが複雑な顔で席を立った。前日の組がみな退《ひ》けたあと、駅長はシンの許に寄って書類の入った封筒をそっと出した。ちょうどそのとき、ほかの二人はその場にいなかった。

「よりによって僕の手でこれをお渡しすることになり恐縮しています。本庁からの決定です。退職に必要な書類のようです」

「ああそうですか。申請してからだいぶ経ったのに、どうして返事がないのかと訝っていたのですが」

シンは努めて平然としてそれを受けとった。

「名誉退職の申請に関しては来年一月末付で一括処理するそうです。近いうち大々的な人事異動も行なわれるとの噂がありまして、本庁もたいへん浮き足だってます。しかしシン主事が去られますと僕たちも淋しくなります、どうしましょう。あと二ヶ月しかありませんね……」

「老兵は消え去るのみ、です。図々しくもここの椅子を長らく占領しておりました、まったく。ははは」

シンは低く笑った。それは本音だった。いわゆる国鉄特例法のもと、大規模のリストラがすでに進められていた。若い職員も強制的にその波に巻きこまれているのだから、自分は天寿を全うできたのも同然だ。とはいえ、やはり心のどこかがいささか寒くなる。

シンは制帽をつけて外に出た。列車の到着時刻である。花壇のそばの鳥籠をのぞいていたチョン・ドンスがぺこりとおじぎをした。気温ががたっと落ちた数日前のこと、シンは手ずから鳥籠を宿舎の中に移した。黄色のインコのつがいである。

「君が出したのかい」

「日ざしがいいですから。中では息苦しいようで、こいつらぐったりしてたんです」

きれいに揃った歯をにっとさせて恥ずかしげに笑った。その初々しい笑みに自分の新米時代を思い出した。——俺も他人《ひと》と同じように世間に根を張って生きていけるんだ。そんな大それた期待と自信に満ちあふれていた時代。しかしそれはほんのつかの間であった。以降の人生は幻滅と苦痛まみれだった。もしあの予期せぬ事故さえなければ、俺の人生もちょっとは違っていたかもしれない。胸に深く秘めた悔恨がふいに顔をのぞかせた。こんなつまらんもんだとはね。そう呟いて空を見上げた。

チョン・ドンスが水入れをいっぱいにして鳥籠に入れた。去年の夏、たまたま雄の鳥が事務室に入ってきた。聞きづてに町のうちを探したが、飼い主が現れることはなかった。結局シンは町の市場で鳥籠と雌を一羽買った。それ以降、鳥の世話は事実上彼の担当になっている。

「こいつらお前を怖がらないな」

「もう僕の顔を覚えてるんです」

「そりゃいいな」

シンは微笑んだ。自分がいなくなっても、あいつらはこの男が世話してくれるはずだ。柔らかい日ざしにたっぷりと浸《ひた》っている鳥たちがさえずる。自ら手塩にかけた花壇を改めて眺めた。狂い咲いた花が黄色く枯れている。彼は駅舎周辺の片隅々々に毎年花の種をまいているのである。パンジー、鶏頭《けいとう》、鳳仙花《ほうせんか》、サルビア、オシロイバナ、ワタゲハナグルマ……それらは途切れることなく、春から秋までかわるがわる花をつけた。彼は鳳仙花をとくにたくさん植えた。春には鳳仙花《つまべに》の色が列車通学する村の女の子の爪を美しく彩る。時おり駅を訪れる登山客たちも花壇の前でシャッターを切る。カボチャ、ヘチマ、ヒョウタンも鈴なりになる。まれにいる欲張り者には、種として使うように言って実を摘んでわけてやった。いま彼の机の引き出しには、来春に蒔くための花の種が袋ごとしまってある。あの袋もあとであいつに渡さなくては、と思った。

待合室に入るとそこに腰かけていた二人の中年女性が会釈した。足許には大きなプラスチックの盥がひとつずつ置かれていた。

「やあ、かなり大粒の川蜷《かわにな》ですね。これから市場ですか」

「いいえ、市が立ったのは昨日でして。寧越《ヨンウォル》に商いに行く途中なんです」

「駅前に定食屋がずらっとありますでしょ。私らとおつきあいしてくれる店がそこにあるんですよ」

「こんなにたくさん、みんな一日で採ったんですか」

「一日？　二、三時間もあれば袋の半分は軽く採れますよ。この時期はこれが一所《ひとところ》に集まってくる季節ですからね、川じゃあ石以外はみんなこれですよ」

「去年はこれよりもっとたくさんありましてねえ。大きな石の下だけで三キロも採ったんです。川から一人で持ってくるのがたいへんでして」

二人の手の甲は木の肌のように荒く、爪は黒くなりすり減っていた。川辺の町の女である。春と秋、川の真ん中で直角に腰を曲げて川蜷を採っている彼女たちの姿をいつでも見ることができる。農地が少ない山村の住民にとって、それはたいへんうれしい臨時収入であった。町の郷土料理屋ではその鍋や汁が観光客に人気で、糖尿病と肝臓によく効くというそのエキスはかなりの高値で買われている。盥からは生臭いにおいが漂ってきた。

シンの妻も時おりそれを採ってきた。海辺で育った彼女はそれを淡水の巻き貝と呼んだ。二日酔いに効くという話をどこかで聞きつけたようだ。生臭いのがいやだと言って自分は最後まで食べなかったが、酒を飲んだ翌朝の食卓にはきまって青黒いおつゆを出したものだった。

ある土曜日の午後だったろうか、勤務中、事務室の窓の向うを通る妻の姿をたまたま見つけた。餘糧《ヨリャン》駅後方の川沿いを一人下っていく妻。脇に小さなざるを抱えていた。特別に明るかった初夏のその日、少し離れたところから盗み見る妻の後ろ姿はとても美しく、愛らしかった。急にいたずらをしたくなって事務室をそっと抜け出た。気配を完全に消して近づき、ぬっと顔を見せて妻を驚かせる腹であった。いつもは感情表現がまったく下手な彼らしからぬ行動である。驚いて顔を赤くほてらせた妻を見たくて、イボタノキの垣根を越え、斜面になった土手まで急いだ。

川幅が広く流れが穏やかな所に妻は一人腰をかがめていた。日ざしはひよこの産毛のように柔らかく、水は彼女の太腿まで青く満ちている。周りには誰もいない。水に顔をつけて静かに底を見つめている妻は一羽の白鷺のようだ。そのときどこからきたのか、揚羽蝶がふいに彼女の頭に舞い下りた。それにさえ気づかない。真昼の川合《かわあい》は水音で溢れている。彼女のきゃしゃな背筋に日は輝いて、鏡のような水面はきらめく光の玉を次々と弾ませている。垂れかかる髪を時おり撫であげる白い手、その折に現れる細く白いうなじ。揚羽蝶は依然として頭の上を静かに舞っている。妻の姿は非常に美しく、視線が釘づけになってしまう。幸福で胸がいっぱいになり呟いた。ああ、あれが俺の妻だなんて……知らないうちに涙がこぼれた。岸の柳の陰に立ちどまり、長いあいだ目のくらみを感じていた。

あの日のあの白いうなじと細い手、透きとおる水に浸かった白い膝と足首。これらがシンの目にありありと浮かんできた。ああ、もう一度あの夏に戻れるなら。たった一瞬でも時間を巻き戻せるなら！　喉の奥の熱いものを苦しそうに飲み下した。

「みなさん、お支度を。列車が参ります」

彼のことばに女たちは盥を急いで頭に載せて立ちあがった。乗客は彼女たちですべてだ。向こうの山裾の隈《くま》を回って列車はよろよろとその姿を現した。二両の客車がぶら下がっているだけなのに、古びたディーゼル機関車はそれも手に負えずに毎度ふらついている。走ってもせいぜい時速五十キロ。線路のすぐ脇の舗装道路をこれみよがしに疾走する車に比べれば情けないスピードである。あれはいま国内に唯一生存しているピドゥルギ号だ。国内のほかの全路線で機能の優れた新型車両に駆逐され、かなり前に絶滅した。にもかかわらず、あいつはいまだに一人、ここ旌善線に残り喘ぎ声をあげている。しかしシンにとっては身内のようになじんだ奴だった。汽笛の音を聞いただけで、あいつがどこからやってくるのか、お見とおしなのだ。

「あいつを見ろ。喘息病みの老いぼれのように息切れしてる体たらくさ」

手ずから育てた老牛を見るように小さく舌打ちをした。険しい山脈を拓いて旌善線が開通しはじめたのは一九六六年のことだった。鉱業が活況を呈していた時代、太白線と旌善線は全国でもっとも活気に満ちた路線だった。二路線が交わる甑山邑では子犬さえ札《さつ》びらをくわえて歩いていると伝えられるほどであった。朝な夕な炭鉱《ヤマ》へ通う鉱夫、通学する子どもたち、それから各地からやってくる出稼ぎの連中までもが入り交じっていた最盛期。もうそのすべてが伝説のような、はるか昔の物語になってしまった。

長いあいだ山の住民のよき足になってくれていた簡易駅は、もうどれも憐れな身分へと転落してしまっている。別於谷駅だけを見てもそうだ。村に市が立つ日くらいは人々の姿を見るけれど。交差点にあるバス停へと誰もが遠慮なしに足を向ける。もっとも、早くて便利な車をさしおいて誰が列車を待つだろうか、たかだか日に数回出るだけのぐずでボロの列車を。速く。もっと速く。みなは言っているではないか、スピードと利便性だけを求め、発狂しそうなほどに駆け抜けていく輝かしい時代であると。いまや「江原道の山奥」は昔の話だ。どこに行ってもきれいな車道やトンネルがあちこちに通っていて、行けない場所などほとんどありはしない。

パーン、とかすれた警笛を鳴らして列車が入構する。シンはホームの端に直立不動となる。青い旗を力強く揚げた。盥を頭にした女たちが乗りこんでいく。降りた客は一人もいない。客車の中が寒々しい。今日に限っていつもにまして古く昏《くら》く見える車両。最近では電気ヒーターがついているが、以前は通路に練炭ストーブを熾《おこ》して冬をしのいでいた車両である。機関士が目礼をよこす。無線機を手にした車掌のファンがホームに降りた。

「朝から晴れたり曇ったり、せっかちな天気ですね」

「そうだな。ついさっきまでは明るかったがなあ」

毎日のように顔を合わせる二人はこうしてたがいに挨拶を交わす。

「午後から急に寒くなるそうです。白いのが来ますかね」

「もうかい？」

「今年の冬はえらく早いんだそうです。大関嶺《テガルリョン》では二、三日前に初雪だったとかで」

一分の停車時間はすぐに過ぎた。じゃあ行きます。そうかい、ごくろう。車両の最後部をすばやく、そして二度も点検したシンは、笛を鳴らして旗をしっかりと振った。ガタン。車輪がゆっくり回りはじめる。そのときだ。窓際に座った二人の姿が目に矢のごとく飛びこんできた。細面の女性の横顔。小さな口を丸くすぼめて窓に息を吹きかけている少女。彼はあわてて両手を伸ばした。

「お、おい！」

列車はすでに向こうへと去っていた。憑かれたように歩き出したが、それから力なげに立ち止まった。まさか……いや。俺は狂っている。もう幻覚まで見えるとは。首を横に振りながらも、シンの曇った視線はまだ列車を追っていた。レールを噛む車輪の音が遠く消えていく。くらりとまためまいがする。里程標に手をかけたまま息を吐《つ》いた。

3

すべての不幸はたった一つの小さな失敗にはじまった。ふいの一瞬のそれは思いもかけない事故を引き起こし、彼の人生そのものを泥沼にぶちこんだ。

運命のその日、一九七三年十二月二十四日、J市内の駅。街にキャロルの音《ね》があふれていたクリスマス・イブのこと。シンは前日の朝からその時間まで連続で三十時間も働きつづけていた。本当ならこの日の朝に交代することになっていたのだが、引き継ぎの人間が突然入院したとの連絡が来たのだ。やむを得ず午後まで勤務を続けなければならなくなったのだが、それほどの不満は抱かなかった。翌日のクリスマス丸一日を休めるからむしろよかったと思ったりもした。せっかくだから、一人で暮らしている母を連れて温泉でも、などと心づもりをした。

当時の彼には格別に喜ばしい話題もあった。勤続八年にしてはじめて昇級試験に受かったのである。ひと月後には昇給と同時に新しい勤務先に異動する予定になっていた。三年のあいだ激務に追われたJ市内の駅を離れ、静かな田舎での勤務となることに心が弾んでいた。

午後五時三十分、乗降担当の彼はホームに待機していた。ソウル発T市行急行列車を送り出せばいよいよ勤務交代となる。ひどく寒く暗い夕方であった。前日の雪でどこも滑りやすくなっていた。二十分も遅れてきたすし詰めの列車がいっぺんに乗客を吐き出し、ホームには立錐の余地もない。

停車時間の三分を過ぎた列車は発車を急いでいる。彼は慣れたふうに最後尾の車両の脇に立ち、機関車に安全信号を送った。すぐ後ろの若い男に彼は気づいていない。泥酔した男はホームに膝をついてかがんでいる。下に落ちた手提げの鞄を拾おうとしているのだろう。そのとき背後から湧くぞっとするような悲鳴。驚いたシンは機関車に緊急停止の信号を出す。だがすでに遅かった。

病院に向かう救急車でその男は息を引きとった。二十二歳の鉱夫であった。男の暮らす江原道舎北邑には、結婚してわずか一年の妻と赤ん坊が残された。男はJ市での友人の結婚式でしこたま飲んだのち、一人で帰途についていたのであった。同僚たちが引き止めたにもかかわらず、シンは一人で病院の霊安室まで行った、しかし入口から先へは入れなかった。焼香をする勇気など出なかった。人目を避けて病院の周りをうろつくしかなかった。それはきわめてわびしい弔いだった。仕事仲間以外には親族でさえそれほど来ていないように見えた。シンはガラス越しにその妻をはじめて目にした。せいぜい二十歳前後の、いとけない顔をした女が眠っている赤ん坊を抱きながら呆然として壁に凭《もた》れていた。紙のように青ざめたその顔色がシンの胸を刃となってえぐった。泥棒のごとく窓際に忍ぶ彼は、内心で死者とその家族に幾度となく赦しを乞うばかりであった。

過失を問われて減給六ヶ月という重い懲戒処分が下された。予定されていた昇給ももちろん取り消しである。しかしそれよりも重く責任を問われたのは駅を統轄する駅長だった。定年をわずか三年後にひかえた駅長は、引責という形で退職を早めることとなった。シンは何度も辞表を出そうとしたが、そのたびに周囲の強固な引きとめにあって、いかんともすることもできなかった。

それからというもの激しい罪障感に苛《さいな》まれた。根を下ろした不眠症はしだいにひどくなり、自虐的に酒に溺れていった。非番の日にはきまって深酒をした。酔いが回ってくると一変して攻撃的になる、そんな彼からはみなが離れていった。同じころ、一人で暮らしていた母も突然世を去った。戦災を避けて南に逃れる途中、爆撃を受けて夫と娘をいっぺんに喪った母。市場の露店で商いをしながら一人息子だけを見つめて一生を送ってきた母。自分が公務員になったとき、世界を独占したかのようにうれしがったその姿を忘れることはない。いまこそちゃんと母の心残りを埋めあわせてあげよう、そう思っていた。そうすることは、貧しさと寂寥をかこってきた自分自身の過去に対する最善の慰藉でもあった。しかしいまやその願いは永遠に、無惨に崩れ去った。怖ろしいまでの絶望と自責だけが彼に残された。そんな彼は自ら廃人になろうとしたかのようだった。しかし運命は別の様相でまたもや彼を待ちうけていた。酒とギャンブル、放蕩と自暴自棄のうちにあがいていたそのとき、再びあの女と出会ったのだ。

旌善線餘糧駅に赴任した最初の年、その夏の終わりごろのこと。折しも台風が北上してきていた。数十年ぶりだという超大型台風は、恐るべき威力で南部地方を荒らしたのち、中部地方へ接近していた。テレビは続けざまに特別ニュースを放送した。午後になると風の力は急激に強くなった。古い扉と窓ガラスは壊れんばかりに揺れ、植木やらゴミ箱やらが外に散らかった。古びた駅舎はその全体が風になぶられた。

夜九時の最終列車が到着するころ、台風の威力はピークに達した。ホームでは体をまともに支えることすらできない。大きく広がった川原のそばに位置する餘糧駅は、ふだんから風の激しいことで知られている。最終列車を送り出して、戸締りのために待合室に入ったとき、片隅に身をすくめていた親子づれを見つけた。二十代後半の女と五、六歳の女の子。二人は困憊《こんぱい》している様子だった。女は大きなかばんに身を凭せたまま幽霊のように座り、子どもは母親の膝で眠っていた。

彼はその青白い顔の女をすぐに思い出した。彼女だ。数年前、J市の病院の霊安室で赤ん坊を抱いたまま悲しげに泣いていた、あの若い鉱夫の妻。その刹那、雷に打たれたように目がくらんだ。やっと我に返って女に近づいた。声をかけようとしたが女のくぼんだ目にはほとんど反応が見えない。彼女はひどく震えている。全身が熱を帯びほてっている。台風の吹きすさぶ闇夜、病院も旅館もない辺鄙な山里の町。急いで宿直室に走り同僚を呼んだ。その夜は親子を宿直室に寝かせた。

翌朝になって女は目を覚ましたが、依然としてうわの空であった。シンは女の子から、二人が数日のあいだ空腹のままであてもなく放浪していたことを知った。駅前の定食屋で汁飯をあてがってから、母子を自分の下宿に案内した。彼女たちがそこで過ごしているあいだ、彼は宿直室に泊まった。

数日かけて女はしだいに正気に戻っていった。彼女はシンが自分を前から知っていることに気づいていない。彼女は東海岸をめざして子どもと出奔したらしいのだが、それについて次のように話した。

「どうしてここに来ることになったのか、私にもわからないんです。朝、目が覚めたとき、急に息ができなくなったんです。気管に塊がつかえているようでした。ああ、このまま死ぬのか、そう思いました。お金も底をついていましたし、これ以上頼るところもありません。ふっと最後に海を見たくなりました。広い広い海岸に立てば心も解放されるように思ったんです。それだけです」

虚ろなくぼんだ目をして呆《ほう》けたようにつぶやいた。それ以上聞かなくても理解できた。子どもと心中しようとしたのだろう。しかし乗る列車をまちがえて海へでなく、奥深い山あいのこの餘糧に流されたのだ。悲しげにすすり泣く彼女の前でいたたまれない恐ろしさに捉われた。いったいなぜこの二人が俺の前に。呪うべき運命のいたずらとしか思えなかった。だが自分の正体を彼女に明かすことはできなかった。

十日ほど過ぎたある日、シンは物をとりに行くため昼休みに下宿へ向かった。何気なく門を開けた瞬間、たじろいで足を止めた。庭の水道のまわりにシンの服と布団を山と積みあげて女が洗濯をしている。腕まくりをしてパンパンと力強くそれらをはたく彼女の横顔をぼんやりと見つめた。いつしか体は電気が走ったかのように熱くなってきた。するといままで頭の中でもつれていた結び目がほどけてきた。喉の奥の熱い塊をごくりと呑みこんだ。水道に近づいていき、彼女の濡れた両手をぐいと掴んだ。

「僕が、これから、お、お世話をいたします」

呻吟するかのように緊張感を帯びた低い声で言った。

「ど、どなたの？」

「あなたのです。あの子といっしょに」
彼女の瞳孔が開いた。驚いたのは彼も同じだ。なぜそんなことばが飛び出したのか、彼自身にもよくわからなかった。彼は二間の家を新しく見つけ、彼女と子どもを連れて引っ越した。町の西、川を見下ろせるこぢんまりとしたトタン屋根の家だ。結婚式はしないことにした。なぜか彼女がそれを頑なに拒んだのだ。その代わり、婚姻届の提出と同時に彼女の子を娘としてシンの戸籍に入れた。そうしてくれるよう彼女が強く頼んだのである。そうして三人はとうとう家族になった。シン三十七歳、女二十六歳、娘七歳のときのことだ。

十一歳という年の差にもかかわらず、二人の仲は円満で穏やかそうであった。幸せは意外にもほんのささいなことのうちに見つけられた。妻が心をこめて作った素朴な料理、きれいにアイロンがけされた服、いつもきちんと片づけられている家、仕事から帰ったとき家に感じる人のぬくもり、温かいご飯の香り、まな板の音……これまで淋しさと困憊のうちに生きてきたシンにとって、それらすべてがこの上のない驚きと感激に満ちていた。毎日が新奇さに輝いた。これほどまでに満ち足りた時間を過ごすのは生まれてはじめてであった。なにより妻との褥《しとね》に天国のような幸福と満足を味わった。若い妻の肌理《きめ》と唇、乳房と熱い吐息は熟れた果実のように香り高く、春風のように柔らかい。幸せな共寝をした翌朝には、彼の顔はとくにうす紅く上気した。呼吸をするごとに妻の甘い肌のにおいがしっとりと彼に滲《し》みこむのだ。

妻はもとから無口だった。言葉《くち》ではなく、特徴的なそのさっぱりとした穏やかな笑みとまなざしとで物を言うことを常としていたようだ。しかし、いつしか彼はその穏やかな笑みの裡《うら》に隠されている淋しい影を見てとるようになった。彼は本能的にその不吉な影の正体に気がついた。あの男だ。妻の体と心にはあの男の声と体臭が墨痕鮮やかに刻みこまれている。

妻のそんな愁いある笑顔を見るたび堪えられないほどに苦しくなった。喉が大きな鉛の塊で塞がれたような感覚だった。しかし秘密を告白することはできない。それを言った瞬間、すべてを根底から失ってしまうことはわかりすぎるほどにわかっていた。もはや妻は彼の人生のすべて、自分の命よりも大切な存在である。結局すべてを自分の胸に秘すことにした。その秘密はゆくゆく自分の肉体とともに葬り去られるはずだ。

しかし運命は彼を解放しなかった。不眠は日増しにひどくなる。秘密を打ち明けられないことで恐怖と不安が内攻していき、それらは魂の陰に毒蛇のごとくひっそりととぐろを巻いた。その毒蛇は妻への飢餓的な愛情を唯一の糧とした。妻を愛すれば愛するほど蛇の毒は強まり、その歯も鋭くなってゆく。ついに彼の魂は平和と安息を失った。愛はもはや幸福と逸楽を意味しなかった。それは堪えがたい悲痛と惑乱の別名であった。

シンはかつて徹底的な独身主義だった。父と妹のむごたらしい死体を見捨てて逃げてきたあの日以来、一生家族はもたないと決めていた。なのにあのとき洗濯をしていた女の手を掴んだ。それは何故《なにゆえ》なのか。それもやはり運命のいたずらなのか。あるいは罪悪感、またあるいはろくでもない憐憫のためかもしれない。——死んだ男の妻と幼い娘を護《まも》ろう。俺が彼女たちに垂れこめている暗雲を取り払うんだ。

　彼は妻をあまりにも愛していた。しかし彼は知らなかった。度を越した愛はつねに盲目の熱情と化すということを。そしてすべての熱情的な我欲のうちには暴力と狂気の種が確実にひそんでいるという事実を。彼の熱情は滝へと落ちようとする流れのように緊迫し危うげだった。愛が大きくなるほど、深くなるほど、妻にのめりこみ、とりすがった。その息づかい、その眼に映るすべてのもの、彼女の考えることや抱いている印象——これらを所有し独占することを欲望した。さらには彼女の心に蓄えられた取るに足らない記憶や思い出、空想のいちいちまでを確認したがり、やはりそれらの所有と独占を欲したのである。その欲望は底知れぬ深海の暗黒であった。褥で絶頂に達し、全身が熾《おき》のようにほてるとき、血がしたたるまで妻の耳を噛んだ。そして破れるような歓喜と充足の喘ぎのうちにこう叫んだ。

「君は俺なんだ。俺も君なんだから。わかったかい？　それを忘れないでくれよ。俺たちは永遠に、ひ、ひとつなんだからね。俺たちは絶対に離れちゃいけない。忘れるな。ああ！」

　粘着的な愛欲と所有欲のもとに相手を捉えて離さないこと、それこそが地上に存在するもっとも純粋な愛の形態であると確信していた。それはその人生で体得してきた彼独特の愛の方法であった。それは死んだ母と結ばれた運命のへその緒と同質であった。敵だらけの非情な現世という戦場において、避難民の母子はどこまでも独力で生きねばならなかった。たがいとたがいを結ぶロープで一蓮托生となった母子は、五里霧中たる世間に翻弄された。広い空の下、ただふたりきりしかいない。一方がもう一方にとっての救命具として存在せねばならない、そんな必死の関係。このような関係が彼の唯一知る愛であった。

いつのころからか妻の顔が青白くなっていった。笑みが失われ、その眼は徐々に暗さを帯びていった。なぜかいつもいらだたしげで、首を絞められたひとのように息を切らしたり、しばしば深い呼吸を必要としたりした。彼は悟った、彼女の心のうちの小さな扉がひとつずつ音もたてずに鎖《とざ》されていくのを。布団の上でも妻の体は冷めていた。家事をしている最中でも、ふいに手を止めて長いあいだぼんやりとした。そんなときの彼女はまったく別次元の世界へ一人で行ってしまったかのようであった。彼はその虚ろな瞳に死んだ男の姿を見てとった。禍々しい血痕のように、鉛の塊のように、彼の心中奥深くに隠蔽された男。田舎の教会で聖歌隊のテノールを担当し、ソリストであった男。炭鉱で稼いだら大学に行って声楽の勉強をしようと夢みていた男。大きな黒い目と秀麗な容姿を具えた男、彼はいまでも生きて妻のまわりをうろついていた。

シンははじめその男への罪悪感と申し訳なさに駆られていた。しかしその気持ちはいつの間にか怒りと憎悪の入り混じった奇怪な欲望の塊へと化していた。その男だけを憎み、嫉妬しているのではない。男と妻がともに過ごしてきた時間を、妻が胸にしまっているすべての思い出の細部までを、狂ったように憎悪し妬んだ。もちろん彼にもわかっていた。そんな混乱した感情と欲望に捉われることがどれほど致命的であるかを。しかし制御不能な力の虜となった彼は、破局に向かって転落するほかなかった。

何かによってそこから救われる必要があった。彼は自らの血を分けた子どもを待望した。しかしなぜか三年経っても兆しが見えなかった。原州への出張の帰り、総合病院に立ち寄って診察を受けた。間違いなく先天性無精子症です。医者がそう告げたときとくに驚かなかった。呪い、因果、運命、そんなことばが脳裏にちらりとよぎっただけだった。

家に戻る列車の中で、ぐっしょりするほどに悪い汗をかきつづけた。このすべてはあの男の呪いのせいではないのか。疑念はすぐに確信へとかわった。そうだ。たしかに呪われたゲームに巻きこまれたのだ――絶対に拒めず、立ち向かったとて勝てるはずのないゲームに。夜遅くなって駅に降り立ったがすぐには帰宅せず、暗い川べりを目指した。砂利道にごろりと転がって昏《くら》い虚空に叫んだ。気が狂ったように泣きたかった。血を吐くがごとく、気が晴れるまで慟哭したかった。しかしまたもや泣けなかった。胸に乾いた砂だけが満ちた。幼少期以降、一度たりとも涙をこぼさなかった。母の葬式のときですら、一粒の涙さえ流すことはなかった。彼は長らく泣き方を忘れていた。

その日からうってかわって自棄《やけ》を起こすようになった。泥酔して帰宅するたび、家の中は必ずめちゃくちゃになった。ついには妻にも手をあげはじめた。彼は妻を自分の命よりも愛し、永久に所有することを欲していた。その愛と欲望は知らぬ間に狂気と暴力の様相を呈した。酔いの醒めた朝には堪えがたい後悔と羞恥心に襲われた。手首を掻き切りたくなる。けれどもその数日後には同じことがくり返されるのだった。

シンは妻を勘ぐりはじめた。ようやく三十になったばかりの彼女は未婚の女のように美しかった。彼は気づいていた、彼女を窺う男たちのひそかな視線に。四十の峠を越した彼は閨房に冷えている彼女の体を温めてあげることができない。そんなとき若い妻にすまなく思い、あるいは自分にも理解できない侮辱感に苛《さいな》まれるのだった。

いつのころからだろうか、妻の心に別の男がいるのではないかという奇矯な考えが、蛇が頭をもたげるように兆すようになった。とたんに種々のことが疑わしくなった。妻の一挙手一投足を神経質に観察した。猜疑心に蝕まれたのである。その愚かしい疑いがもたらす破局はもちろん予感できた。だが己を統制する力は失われていた。妻への罪障感、自責の念、愛情、憐憫、これらが混じりあった病的な狂気にだんだんと沈んでいった。

と同時に、娘が自分に向ける視線に、ひやりとする憎悪と怒りとを感じた。初対面のときから彼に対してずっと心を開いていなかった。疑念と警戒心のもとに何歩か離れたところをうろつくばかりだった。家族になってからも父さんと言ったことは一度もなかった。娘の冷たい目つきの前にいつも当惑を覚えた。もしや娘はあれを知っているのでは。そんな途方もない疑いさえ抱いた。

ある夜のことだった。酔って家の戸をくぐったシンは、あわてて台所に隠れようとする妻の後ろ姿を目にした。せっかく買ってきた果物の袋を叩きつけるや台所に駆け入った。妻の髪をわしづかみにして庭に引きずっていくとき、彼はその太腿に何か鋭利なものを感じた。振り向くと包丁を手にした娘がにらんでいた。

「殺してやるからな。ぜったい殺してやる」

娘は呪詛のことばを吐いた。息まいて彼をにらんでいるその目つきは獣のようにすさまじい。呆然となり娘から包丁を取りあげないままに家を出た。

いよいよ終局が訪れた。結婚五年目になる冬。その夕方、いつものとおり駅務室にいた。突然電話が鳴ったその瞬間、言い知れぬ不吉の予感にぎくりとした。

「悪魔……あなたは悪魔よ」

受話器を取りあげて聞こえた最初の一言だ。妻である。おかしなほどに低く落ちついた声。

「あなた……はじめからみんな知ってたのね」

「何のことだ」

「あの日あなたはあそこにいた。まさにあなただったのね」

「何だ？　何を言ってるんだ」

「もういいわ。駅長さんからみんな聞いたの。ああ、私は、私はそんなことも知らないで……」

世界が暗転した。おい、いま正気か。いったいどこでそのとんでもない話を聞いたんだ。受話器をつかんだまま体をぶるぶると震わせた。

数日前に昇級審査の結果がわかった。はじめから毛ほども期待していなかった。J市での事故が経歴上の致命傷になっていたからだ。過失のために重い処分を受けたので昇級など永遠に不可能なはずである。このころ妻は駅長の家によく出入りして、家事を手伝うなどしていた。駅長夫人が足を骨折して動くのに不自由だったからだ。その日、昼食のために戻った駅長が、おそらくは履歴ゆえに昇進は難しいと慰めるつもりで、よりによって、あのことを話したのである。もちろん駅長は彼女のことをまったく知らなかった。

「心の底から聞いてみたいことがあるの」

妻はしばし話を中断した。

「どうして。はじめからわかっていたのに、どうしてあのとき私たちをここに置いたの」

「違うんだ」

「おそろしい。あなたという人が……いったいなぜ私を……悪魔だわ。悪魔よ」

ブツリと電話が切れた。おい、ちょっと待て。俺の話を聞いてくれ。おい。彼は家へと急いだ。誰もいない。そこに畳まれた洗濯物を目にした瞬間、はっとした。そこへちょうど戻ってきた娘と鉢合わせになった。母さんはどこだ。早く言え。娘は警戒心を露わにしながら首を横に振った。

彼は外に飛び出した。商店の老婆が彼女を見たと言う。焼酎の一升瓶を買っていったとのこと。村中をくまなく探して、うわさを頼りに隣町まで電話をかけた。列車はもちろん、バスに乗ったわけでもなさそうだった。野原や川、そのどこにも彼女の痕跡はない。その晩はまんじりともせずに過ごした。

四日後、遺体が川合で見つかった。村からそう遠くないところだ。厚さ数センチほどの氷の下からぬうっと浮かびあがってきたそれの第一発見者は都会からの釣り人であった。氷の下に赤い靴下のようなものがちらりと見えたと証言した。元日一週間前の、とりわけ寒く雪の多い冬の日のことだ。白いセーターと刺し縫いにしたグレーのズボンを身につけた妻は身を真っ直ぐにして浮かんでいた。麓のほうに来ていなければ、ずっと下流まで流されていたはずだ。

遅れて捜索作業に入っていた軍の要員が川岸の乾燥した草地で彼女の防寒靴と酒瓶を見つけた。一升瓶には酒が半分くらい残っていた。警察は酒に酔った彼女が釣り人の掘った氷の穴に自分から飛びこんだと推定した。

4

気がつくと日が傾いていた。駅舎は薄墨のような黄昏のうちにひそやかに沈んでいる。シンは老眼鏡を外して立ち上がった。胸のむかつきはまだ続いている。風に当たれば少しはよくなるだろう。倉庫のほうきを取って駅前の広場に出、花壇の周りに積もった落ち葉をゆっくりと掃きはじめた。

もう秋もすっかり終わりだ。葉をすべて落とした木々はむしろ軽快そうだった。谷の向こうの林もここ数日でぐっと透いてきたようだ。一見すると穏やかそうだが、生きとし生けるものはみな、目に見えぬところで気忙しく動いている。そこにある冬の気配をすでに察知しているからだ。彼らはすぐに迫ってくる冷酷な試練の季節《とき》をじっと待ち受けている。人も、家畜も、野の獣も、木々も。山女《やまめ》も蛙も山椒魚も川蜷も。それから枯れ葉の下に息をひそめる種子たちも。ほうきを止めて腰を伸ばした。鼓動が時を刻む秒針のような危うげな音を立てる。ゼンマイがとけた途端に壊れてしまいそうなポンコツ時計である。空を仰ぐと雪が落ちてきそうなほどに暗い。

「主事、そこは私が」

チョン・ドンスが小走りでやって来てほうきを取った。

「いいんだ。運動のつもりでやってるんだ」

ほうきを手にして軽快に掃く青年の姿は清々しく力強かった。低い駅舎があらためて目に焼きつけられた。ここを自由に出入りできる日もそう長くない。屋根の小さな看板に目が留まる。「別於谷」白地に黒で書かれている。

「別れの谷か。こんなときにな」

誰なのだろう、この辺鄙な谷にこんな名をつけたのは。そのことはいつも気になっていた。李氏朝鮮のはじめ、高麗の遺臣七人が国破れしことの恨みを抱えながら身をひそめた居七賢洞《コチルヒョンドン》、それはこの谷のどこかだったのかもしれない。忠節を尽くすために草の根だけを食べて一生を過ごしたという彼らとこの地名とのあいだには何か関連があるらしい。一方で単に町の中心にある交差点から名づけられたという話もある。旌善、嚢陽《ヤンヤン》、甑山、寧越に向かうそれぞれの道がそこで交わっているのである。

「紅葉って散らなきゃきれいですけど、散っちゃうと汚いですよね。それに掃く手間がかかりますし」

チョン・ドンスは手を休めずに話しかける。

「軍にいたころ、秋のあいだはこれで死にそうでしたよ。副隊長が変な人だったんです。練兵場に落ち葉の一つでもあろうものなら有無を言わさずにしごかれるんです。ひどいですよね？　掃いても掃いてもそのそばからまた落ちてくるもんですから、みんなで木に登って葉っぱをぜんぶ摘んだりなんかして、結構えらい騒ぎでしたね」

今日の青年はいつもより多弁である。

「でもソウルの街路樹は変ですね。真冬になっても散らないんです。紅葉もしないで、鉛色したやつがずっとあるわけですから気味が悪いですね。なぜなんでしょう」

「さあ、公害のせいかもな」

「でしょうね、都会じゃ街路樹の落ち葉は腐らないんですって。殺虫剤のまきすぎらしいですね」

しばらく沈黙が流れた。何もない広場にほうきの音だけがしている。

「主事、あと二ヶ月だそうですね」

彼は急に手を止めた。シンは何も言わずに微笑んだ。

「さびしいでしょう?」

「さびしいというかすっきりしたというか、なんだかね。ハハハ」

「三十年以上とのことですね」

「今年で三十五年目かな……」

「歩く鉄道史ですね」

「歴史なんてもんじゃない、昔っから山ン中の駅ばっかりあっち行っちゃあ、こっち行っちゃあしてるもんだから世間のことにはまったく疎いもんさ。いまじゃ世間からは置いてけぼりだね。でも鉄道にはずいぶん親しみを感じている、それはたしかだ。寝ていたって列車の入って来る音や無線の信号音が聞こえてくるほどなんだ」

シンはいつもよりことば数が増えているような気がした。

「主事は興味深い話の種をたくさんお持ちのようですね。実は前から聞こう聞こうと思っていたんですけど、これからは暇な時間にうかがいますよ。いろんなお話をうかがいたいんです」

「語ることなんかないさ。こんなつまらない私に」

「みんな言ってますよ。『旌善アリラン』をいちばんかっこよく歌えるのは主事だろうって」

なんだ。そんなことか。少しだけ作り笑いをした。忘年会のとき、見よう見まねで覚えたその歌を口ずさんだことが二度ほどあった。それだってもう数年前のことである。青年はまたきびきびと作業に戻った。シンは花壇近くの石に腰を下ろして煙草をくわえた。そよ風に吹かれる。地面に積もった枯れ葉が宙に上がり、やわらかく舞い降りていく。

シンは黄葉した一枚の落ち葉を手にした。水分がすべて蒸発したその細胞組織は乾燥しきっている。冬を目前にした木々はみずから葉を落とす。そこに水分を残せば寒さのためにすぐ凍結してしまうからである。わずかな未練も残してはならない、在《あ》るものは手放さなければならない、そのことを木々は熟知している。

「しかし俺はな」

低く嘆息した。自らの人生も冬の戸口にさしかかっている。その向こうでは激しい吹雪が待ち受けていることをたしかに感じている。もう時間がない。発つべき時だ。一抹の執着もなくきっぱりと行ってしまわねばならない。しかしむやみに後ろ髪を引かれる。命への執心のためでなければ死への恐怖のためでもない。人生の多くを占める鉄道員生活への未練のためでもない。

「殺してやる。ぜったい殺す。覚悟しな」

目をつむった。娘の鋭い声が鮮明によみがえる。娘は叫んでいた、素足のままで雪の畑に地団駄を踏みながら。必ずぶっ殺してやる。おまえが母さんを殺したんだから。覚悟しろ……。

「主事、シン主事」

頭を上げた。青年に肩を揺すぶられていた。

「どうかしたんですか」

「いや、ちょっと考えごとをな……」

「お電話ですよ」

青年の手が駅舎を指している。事務室の窓から手招きしているのはヤン・キベクである。

「もしもし、お義父《とう》さんですか？」

「どちら様？」

「僕です。ソン・ヨンインです」

もう少しで電話を落としそうになった。ちょ、ちょっと待ってくれ。あまりに急だからびっくりしてしまって。いや大丈夫だ。椅子にかけて息をついた。

「いまごろになって申し訳ありません。重ね重ねお詫びします。のっぴきならない事情があって、本当にどうしようもなかったのです。あの、実はこのまえお義父さんからお借りしたお金なんですが……」

――いや、いいんだ。こっちもだいたい話は聞いてる。実はこの前アパートに行ったんだ、仁川の。あんまり連絡がないもんでね。おっと、金の話は後回しだ。あれぽっちの金のことで気をつかう必要はない。それよりいまどうしてるんだ？　食うのには困っちゃいないか？　そこはどこなんだ。

――ここですか？　麗水《ヨス》です。全羅南道《チョルラ》の。ご心配はいりません。友人がここで事業をやってるんです。孤児院のときからずっと兄弟以上の仲です。かわはぎの干物を作ってるんですが、僕はその配達をやってます。だんだん落ちついてきたところですので、ご安心ください。一生懸命やれば借金のほうもどうにかなると思います。はい？　エスクですか？　すみません。話さなければいけないことを忘れて要らないことばかり。ここで義理の息子の声がうわずった。

「えっと、お義父さん、妻は少し前に分娩室に入りました。今朝方いきなり破水したんです。予定日はひと月後のはずなもんですからえらく驚きました。先生がおっしゃるには一歩まちがえれば大変なことになっていたそうです。幸いにもいまのところ子どもには問題ないそうです。いちど陣痛促進剤を試してみるから、そのあいだひたすら祈っていてくれとも言われました。僕があまりにもビクついていたもんですからね。はい？　ええ、そうです。ご心配なく。お義父さん、今回は大丈夫ですよ。いい夢を見たんですからね。ちょうど七回目、ラッキーセブンってわけです。おっと？もう切れそうです。とにかくすぐに電話しますから……」

　突然切れてしまった。返事をすることもできない。公衆電話からなのだろうか。小銭が切れたのかもしれない。そうだろう。いてもたってもいられなくなって受話器をとったり置いたりをくり返した。娘婿に連絡する方法はない。うっかりしていた。電話番号、いや病院の名前だけでも聞いておくべきだった。

「あの、どなたがお悪いんですか。近ごろの医学はずいぶん進んでますからね、何のことはありませんよ。それより主事のほうが心配ですよ。ほんとに」

　不安げに立ったり座ったりしているシンにヤン・キベクが言った。

「違うんだ。事情を知らないからだろうが、私の娘は……」

「え？　娘さん？」

瞬間、あわてて口をつぐんだ。むしろ驚いたのはヤンである。シンは逃げだすように事務室を出た。ホームのベンチに腰を下ろして続けざまに煙草を吸った。

――三年前、一人の見知らぬ若者が駅に彼を訪ねた。

「あの、覚えていらっしゃいますか？　ハン・エスク、いやシン・エスクと言ったほうがいいでしょうね」

その名を聞いた瞬間、シン・テムクはめまいを覚えた。

「婚姻届を出すために戸籍を見て偶然わかったんです。妻はいまでも自分はハン姓だと言っていますし、外でもハン・エスクでとおっています。僕たちは職場で出会って結婚しました。僕と同じような天涯孤独の身だと言うものですからそうだとばかり思っていました。戸籍のことを尋ねたんですが、まったく話してくれません。気にはなりましたが、何か口にできない事情があるのかと思い、それ以上は聞きませんでした。今朝、僕は江陵《カンヌン》に向かっていたんですが、その途中でここを通りかかったとき、はっと思いだしたんです。実はお義父さんがこちらにいらっしゃることを何日か前に知ったんです。妻には内緒で情報を集めていたんです。いったいどんなわけがあるのか気になりますし、ぜひ一度はお会いしたいと思っておりました。戸籍上では僕の義理の父にあたる方であるわけですし」

苦労の多い生い立ちのせいか実年齢より老けてみえる顔だったが、とても純朴な若者であった。彼がソン・ヨンインである。シンからいきさつを聞くとすぐに「お義父さん」と呼びはじめた。なんとか妻を説得してみますよと壮語して帰った彼から数日後に電話がかかってきた。私は死んでも会うつもりはない、いったい何のつもりで訪ねたのか。エスクはそう激怒すると、興奮のあまりその後は口もきかなかった——彼は生気のない声でそう言った。

その後、彼からは時おり安否を尋ねる電話がかかってきた。幼いとき両親と離別し、親の顔も知らずにいることが胸のつかえになっていたが、思いがけなく義理の父ができてとてもよかった、そう彼は喜んでいた。うれしくもあり、また感心できる若者だった。

彼に資金援助を申し出たのもまったくシンの希望からであった。小さな店を作って商売でもやってみたいという彼のことばをシンはむしろ喜んだ。娘のために何かしてやりたい、そんな切実な気持ちを抱えていたので、願ったり叶ったりだった。決して少なくはない金額だったが、返してもらうつもりは最初からなかった。もちろん彼の娘はそのことをまったく知らないはずだ。あの子には絶対秘密にしておけと念を押してある。

死んでも会わないというエスクの反応が当然すぎるものであるということは充分にわかっている。あの子の前に立つ資格さえない。赦してもらえるはずもない。そんなことはわかっているのに、エスクをあきらめることはできなかった。十五年前、最後に目にした十二歳の彼女の眼と声のためである。

妻の遺灰を川にまいてから十五日が過ぎた日のことだった。ぼたん雪が幾日も降りつづいていた。

なぜあの哀れな娘に手を上げてしまったのか、自分でもわからなかった。母親を亡くした娘は食事を何日も拒みつづけた。顔も洗わなかった。部屋の隅に膝を抱えて、獰猛な獣のようにしてシンを睨《ね》めつけた。ある日、彼女は皿を彼に投げつけた、その刹那、興奮して彼女の頬をひっぱたいた。路地に飛び出た彼女は雪の畑を跳ねまわりながらあらんかぎりに歌った。エイヤホ、エイヤホ。吾は行かん、蝶のごとくにひらひらと。エイヤホ。歌ではない、むしろ咆哮だった。追いかけると彼女は逃げていき、あきらめて戻ると後からついてきてわあわあわめいて歌った。家に戻った彼は一時間後にまた外に出た。いまだに彼女は降りしきる雪の中で野獣のようにして踏んばっていた。素足で雪に立つその両足は青銅色になっていた。

「殺す！　てめえをな。きっと。おまえが母さんを殺した。だから殺《や》ってやるんだ、この野郎。必ずだからな」

路地に積もる雪の上、奥歯をきつく噛みしめながら声を絞り出すように叫んだ。罠にかかった狼の仔の断末魔が路地をどよもした。ようやく静かに向き直った彼女は素足のままで路地を出ていった。彼は「エスク！」の一言も言えなかった。路地のつきあたりで幽霊のように立ちつくすほかなかった。暮れ方のことである。その夜、揚羽蝶の夢を見た。小さなそれは雪に覆われた野原のはるか向こうへ飛んでいってしまった。

それから彼女が戻ってくることはなかった。極度のショック状態から立ち直ると、遅ればせながらも娘を探しに出かけた。ソウル、原州、堤川、江陵、大田《テジョン》、非番のときには多くの街々をさまよい歩いた。一日に何百回となく娘の甲高い声が響いた。憎悪と憤怒に満ちたあの日が突如として眼前に立ちふさがった。必ず見つけ出す必要があった。会わなければならなかった。しかし痕跡ひとつ見つからない。そうして年月は流れた。

いまこのときもその凄絶な叫び声とまなざしは錆びた鉄杭としてシンの胸に深く打ちこまれている。その杭のために一日たりとも安らかな眠りを得ることができない。時間を巻き戻せるなら。たった一瞬でも巻き戻せるのなら。この実現不可能な願いを捨てることはできない。会いたかった。あの日、かたく凍った足で雪を踏みしめていた十二歳の娘に会って赦しを乞いたかった。そしてその恐ろしい声とまなざしをすぐにでも彼女から取り去ってしまいたい。

そのようにしたかったのだが、彼女はいままた新たな子どもを産もうとしている。六回の流産の末に宿った七番目の命を花開かせるために、自分の命をかけている。

夜が更けたものの連絡はない。シンは一人駅務室に番をしていた。午前二時を少しまわった。予定どおりであれば勤務交代の時刻である。本来は宿直室に連絡してヤンとチョン・ドンスを起こさねばならないが、彼はそうしなかった。冷たい水を何度も飲んだが唇が鈍く熱を持っている。ありとあらゆる不穏な想像が際限なくわきおこる。時が経つにつれ、その想像は確信へと変わっていく。二時半。ようやく電話がけたたましく鳴った。しばらくの間、それを取りあげることができなかった。手がむやみと震える。

「もしもし、お義父さんですね。もしやと思いまして」

ソン・ヨンインの声は落ちついていた。はっとした。

「おい、子どもは……」

「男の子ですよ。お義父さん」

ハハハ、とっても元気なやつです。お義父さん。エスクも無事です。なかなか余裕がなくて連絡できませんでした。ハハハ。うれしいでしょう、お義父さん……電話の向こうの声が遠ざかっていく。

突然目が開けられなくなった。炙られているかのように両の目が激痛に襲われた。熱い鉄のような塊がそこから押し出されるかのごとくだ。両手で顔を覆った。その指の間から熱いものがこぼれおちてくる。涙だ。

「もしもしお義父さん。いま泣いてるんですか？　もしもし、もしもし……」

目の前が真っ暗になった。その暗闇に何かが見える。一匹の揚羽蝶がひらひらとやってきた。受話器がガタンと落ちた。ああっ、胸をかきむしって倒れた。

冬

——帰路

1

朝六時、辺りはまだ濃密な闇に包まれている。雪にすっぽりと覆われた村は深い眠りのうちにある。谷も家も道も、厚い綿布団に身を縮めながら熄《やす》んでいる。車の騒音さえも夜のうちはまったく聞こえない。こんな日には、アイスバーンとなった道路が一面の鏡面と化す。別於谷を貫く四本の道路はいずれも険しい傾斜路である。加えて、このような時期には、ややもすれば雪のために道路が閉鎖されることさえある。

一寸先も闇の村の片隅に忽然と灯りがきらめいた。西の山裾にあるその家はイチョウの家と呼ばれている。森の入口にある、吹き出物のような土壁の家。イチョウの老木が、猫の額ほどの庭を独占しているそこには、かつて炭焼き小屋があった。だから土地の古老は今でもそこを炭焼き場と呼んでいる。今そこには二人の女が住んでいる。七十代半ばの老婆と五十の峠を越したばかりの女。土地の人間ではない。

昨春、この村にこっそりとやってきた。ある午後のこと、その家の近くに軽トラックが停まり、彼女たちを降ろしたかと思うとたちまち消え去った。それまでの三年間、そこはずっと空き家だった。老夫婦がかつて暮らしていたが、おじいさんが亡くなると、子どもたちがおばあさんを都会に引き取っていった。

彼女たちは自分たちで引越しの荷物を運び入れた。荷物といっても、布団、それから衣類をまとめた風呂敷包み、この二つがすべてである。空き家に越してきたのは婆さんと中年女二人きり——

隣人は首をかしげた。たくましい若者たちはみんな都会に行ってしまい、ここに残る多くは年寄りだけだ。子どもといっしょに都会で、とみんな内心ではそんなことを熱望しているのに、彼らは縁のない田舎に流れてきたものだから、いささか奇妙であった。

「死んだじいさんの遠い親戚らしいね」

「いや、じいさんとは無縁だと聞いたがね。行き場のないあの二人を知ったあすこの長男が寝場所をやったって話だ」

「役所の福祉課の方たちが出たり入ったりしてるようですから、ちょっと特別な人たちかもしれませんね」

「ちっ、特別たぁどんなことだ。何が特別だ。生活保護とか貧乏人の面倒をみるとか、そんなのはもとから連中の仕事じゃねえか」

　老人会館ではしばしこの話題でもちきりとなった。いずれにせよ、久しぶりの新参者を歓迎するはずだった。しかしその好奇心はそう長くは続かなかった。越してきてから数日後に起きたあるできごとのために。見慣れぬ七十くらいの老婆が奇妙な鞄をキュルキュルと引きずりながら村に姿を現した。イチョウの家に越してきたうちの一人である。身なりもみすぼらしい老婆は老人会館の前を亀のようにゆっくりと過ぎ、村をひと回りしてから、とぼとぼと家に戻った。貧乏たらしいけれどもキャスターのついた大きな鞄をそのあいだじゅう引きずっていた。それからは新人云々の話は老人会館のだれもが口にしなかった。代わりにその老婆には「鞄ばあさん」の名が与えられた。

2

山のふもとに位置する一軒家。すきま風を防ぐためにビニールシートが張られた小さなガラス窓。そこからほのかな灯りがこぼれている。屋根はスレートで葺かれ、その庇にはトウモロコシに似たつららがずらりと並んでいる。庭の真ん中にはイチョウの老木が屹立しており、背の高さほどのブロック塀がボロ家を粗雑に囲んでいる。

しばらくすると家の古い引き戸が音もなく開けられた。そして黒い鈍重な鞄が縁側に押し出されてきた。続いてその後ろから腰を曲げただれかが出てきた。短く薄い、白髪まじりの頭。背の低い小太りの老婆は、縁側の端に腰をかけてマフラーを巻いた。髪ごと巻きこみながら念入りに。これからの長い道のりに備えて入念に準備をしたふうだ。ほつれた毛糸の手袋。安物のジャンパー。綿布を刺し子にしてつくられた平べったいズボン。それらで膨れに膨れてまるで海亀のようだ。

防寒靴にようやく足を入れると鞄の把手をもち、歩を進めた。部屋にはまだ灯りがついている。キュルキュル。庭の雪には足跡と轍が並べられていく。スンネ、スンネ。はっとして足を止め、きょろきょろと辺りを見回す。だれかが自分の名前を呼んでいるような気がした。しかしそこにあるのは一面の暗闇だけだ。すさまじい冷気のためにすぐに顔から感覚が失われる。把手から手を離し、マフラーの裾をていねいに直した。十六のときに満州で打擲され、肘の骨を潰して以来、左腕はまともに動かない。再び鞄を引きはじめ、静かに歩いていく。キュルキュル。悲鳴のようなキャスターの音が夜の道を揺さぶり起こす。

3

膝が笑っている。折れた左腕のせいでますます歩きづらい。息が切れてこれ以上速くは進めない。馬の蹄の音がいまにも聞こえてきそうな気がして、何度も後ろを振り返った。薄い雲間から死体の腐乱した眼球に似た半月が見えた。雪の広野《ひろの》がおぼろげな月影の下でほの白い。その向こうにとぐろを巻いている兵舎がかすかにうかがえた。少し前にそこから逃げ出してきた。ここまではせいぜい一キロ程度だが、何十キロもがむしゃらに走ってきたように思えた。心臓は破れそうで、口には苦い液体がたまっている。スンネはひと握りの雪を口に押しこんだ。

「生きのびようがくたばろうがどっちだっていい。どうせないも同じの命じゃないか。ブタ野郎どもめ。畜生が」

鼻息を荒くしながらぶちまけた。大人連中の使うような罵言を吐き捨てると少しはすっとした。広野の真ん中に響く自らの怒声は恐怖を打ち消して、代わりに理由のない勇気を湧きおこした。今度はさらに大声で叫んだ。

「そうだ、この畜生。煮て食うなり焼いて食うなり好きにしやがれ。こんな地獄で生きながらえようなんざーこれっぽっちも思わねえからな」

最後は喉から血を出さんばかりにわめいた。どっと涙がこみあげてくる。それは頬のあたりですぐに凍ってしまった。添え木をした左腕に右手をあてがい、歩みを速めた。ここからは雪がひざ下まで積もっている。そのことは兵舎からますます離れつつあることを意味した。兵舎周辺の道路はしばしば連中によって除雪がされているのである。雪の中ではやたらと靴が脱げてしまう。冬に入り、吉田は四十三人にもなる女たちに軍靴を一足ずつよこした。その軍靴である。ぶかぶかのそれに包まれた足の指にはもう感覚がない。

「兵舎の前の新道をまっすぐ行くと中国人の集落があるの。ここらではいちばんでかいって聞いてたんだけど、豚小屋同然だったね。去年、吉田があたしらをトラックに乗っけて風呂に連れてったことが何回かあってね。それが娑婆の空気を吸う唯一の機会だったの。だけどそんなこともうないね。こんな狭苦しいとこに軟禁されてりゃ、息がつまって死んじゃうよね」

いつだかこんなことを隣部屋のキヨコ姉さんが言っていた。キヨコは本名を決して明かしてくれなかった。ソウル出身、はたちの彼女は、紡績工場での仕事があるとの口車にのせられて、一年半前に連れてこられたのである。スンネが人事不省になって納屋に追いやられたとき、だまってもろこし粥をもってきてくれたのが彼女だった。キヨコはスンネの折れた腕に添え木をあて、包帯を結ぶと涙を浮かべた。

「鬼畜だね。たかだか十六の子をこんなにしちゃって。だけど帳場はもっとたちが悪いね。てめえも朝鮮人のくせしてさ。マサコ、あんた、本当はスンネっていうんだよね？　命があっただけでも幸せだと思いなさいね。逃げようとしてね、ぶん殴られた末に死んじまった女を二人も見たの。夜中に死体を簀《す》巻きにして、それで川に放りこめば一丁あがりってね。その後で行ってみたらさ、烏が群になってそれをつっついてるの。そんなのを見たくなきゃ目をつむって堪えるしかないよ。あんたさ、死ぬ前にお母さんの顔を一度見ないといけないでしょ？　泣かないで。外の帳場に聞こえるかもしれない」

しばらくやんでいた風が再び吹きはじめた。風になぶられる粉雪が顔と首に矢のごとく突き刺さる。目を開けることも呼吸することもできなかった。もはや道も見分けがつかない。かすむ視野には果てしない北満州の雪原がどこまでも眠っているだけで、集落どころか灯りのひとつも見えない。歯を食いしばり、膝まで沈みこむ雪をかきわける。体はすでにかちかちに凍っている。薄い軍服に毛布一枚を羽織っているだけだ。だが死ぬことはまったく怖くなかった。はじめから何かの成算があって逃げてきたわけではない。雪の上で凍死するだろうことは覚悟している。

逃げ出したのはあの夢のためだろう。この日は久しぶりに連中の慰みものにならずにすんだ。明け方、兵舎の全隊が突如としてソ満国境に出兵したおかげであった。ここに連れてこられてから数ヶ月が経っていたが、今日ははじめて天国のような楽しい時を過ごすことができた。女たちは凍った川を割って顔や足を洗った。手が切れそうなくらい冷たかったが気分は爽快だった。スンネは洗濯と部屋の掃除をした。そうして夕食を食べ、それからしばしの浅い眠りに就いた。

夢を見た。空も地も黄色く光っている。茱萸《ぐみ》の花が群れ咲いているのである。向こうの智異山《チリサン》老姑壇《ノゴダン》連峰が座敷の屏風絵のように手近に望める小村、求礼《クレ》郡山洞面《サンドン》の山里。そこが故郷である。三月になると、村の入口から裏山のふもとまで続く茱萸の群生が、ふんわりとその愛らしい花をつける。それで村は黄色の雲に浮かんでいるかのようになるのだ。スンネの家の庭はとても小さかったが、そこにも何本か茱萸の木があった。母が見える。花影の映える甕置き台のそばで、ざるを脇に置いて若菜の手入れをしている。スコップを持った父は畑の堆肥を桶に移している。感極まって叫んだ。父さん、あたしです。母さん、スンネです。涙が滂沱と溢れ、喉がつまった。しかし二人から返答はない。振り向いてさえくれなかった。母さん、父さん、あたしが来たんだよ。声を限りに叫ぶと目が覚めた。見えたのは二坪ほどの小部屋だった。天井、壁、床、すべてが黒ずんでいてうす汚い。そこは畜生どもの小屋、いや、地獄である。

「どうして私がここに？　うちに帰ろう。すぐに母さんのそばに帰るんだ」

がばりと起きあがって座った。枕もとにあるブリキの盥、石鹸、消毒薬の瓶、これらが目についた。壁に掛けられた古い軍用ズボンと汚いタオル。あわてて体じゅうをまさぐり、急に泣きはじめた。それは自分の体ではなかった。人間の体ではなかった。鬼畜たちの精液に満ちた汚らわしい肉塊。口に拳をつっこんだ。こみあがってくる腐った精液が一挙に溢れだしそうだった。

「ああ、母さん。かわいそうな母さん」

床に崩れた。はらはらと涙がこぼれた。よし、行こう。故郷へ、私のうちへ。母さんのところへ。すっくと立ちあがると服を身につけた。毛布を丸めて小脇に抱え廊下に出た。みんなは眠っている時間だ。四十以上の小部屋に区切られた慰安所には人の気配がまったくない。監視役の金山の姿さえない。

慰安所から忍び出ると軍靴を着けた。板垣を越えるとすぐに兵舎である。ふだんなら歩哨が立っているが、このときは兵舎も練兵場も妙に静かだった。兵舎の前は問題なく通れた。最後の関門は機関銃が据えつけられた物見櫓だった。その下を這い進んでいるとき、頭上で警備兵の咳ばらいがひとつ聞こえた――しかしそれだけだった。

足がもつれて雪の野に倒れた。顔を雪に埋めたまま、しばらくうつぶせになっていた。雪の中は意外に気持ちよかった。ゆっくりと目をつむった。このまま眠ってしまえばみんな消えてなくなる。故郷の布団のふんわりした感触が思い出された。母が洗濯したばかりの布団は触り心地がよかった……意識が明滅しながら遠ざかっていく。そのときどこからか妙な音が聞こえてきた。はっと驚いて顔を上げた。灯り、灯り、灯り。雪原の向こうに列なす灯りがこちらに近づいてくる。トラックのエンジン音も響いてくる。隊の帰還だ。

あわてて道路脇に飛びおり、雪の窪みにぴったりと身を伏せた。トラックが次から次へと際限なく通過してゆく。最後尾の車が行ってしまうとまた道に這いのぼった。まもなく追跡が始まるだろう。川に漂い鳥の餌食になっている姿が想像された。その想像をねじ伏せて急いで走りはじめた。どれほど走りつづけたのだろう？　ようやく中国人の集落が見えてきた。集落の入口に最も近い家は粉屋のようだ。助けて下さい、ここを開けて下さい。戸を叩きながら小さな声で訴えた。しばらくすると灯りがつき、足音もうかがえた。怯えた女の声もしたようだ。戸を細く開けてこちらをうかがう影を目にした瞬間、意識を失った。

「この売女《ばいた》が！」

何者かが脇腹を容赦なく蹴った。骨が折れそうだ。意識が戻る。朝のようだ。するとそこは納屋で、農機具や干したトウモロコシの茎の山があった。ドブネズミめ。逃げやがって。慰安所の監督である吉田と金山が威圧的に顔の横に立っていた。まだ夢の中のように思えた。

「コンチクチョウめ！　もう一度逃げてみやがれ」

吉田が軍靴で顔を蹴りあげた。鼻血が出て前歯が何本も折れた。金山は髪をつかんで外に引きずり出した。助けて、ああ。雪の野に犬のごとく引きずられて悲鳴をあげた。背の低い中国女と子どもたちが庭の辺りでぼんやりとこちらを見ていた。

4

暗く滑りやすい路地をどうにかそろそろと下ってゆく。その足の小さな運動と歩幅のために、それはむしろ足踏みに近かった。やがて路地から大通りへと出た。街灯もまばらなそこには猫の子一匹いない。小川にかかる小さなコンクリートの橋を渡り、警察署の塀に沿って進んでいく。

署の正門には銃を担った兵士の一人が直立不動の姿勢で立っている。数日前に配属されたばかりの新兵である。彼はとまどった、闇夜にキュルキュルと何かを引きずっている老婆がいたからだ。

「カン警部。あの、あそこから誰かこっちに来るんですが」

マッチ箱のような警備室をふりかえって尋ねた。暖房のそばで寝ているはずの古参兵からの返事はなかった。

「おばあさん、こんな朝早くにどちらへ」

正門の前を足踏みするように過ぎていく老婆に新兵はあえて声をかけてみた。彼女はそろそろと歩みを進めるのみだ。あれでも歩いてるつもりなのかなあ。彼はあきれた表情を浮かべた。ゼンマイじかけの鴨そっくりじゃないか。キュルキュル。しかしのろのろと引きずられているあれは何だろう。よく見ればそれは旅行鞄である。中に何が入っているのか、なかなかの重さがありそうだ。

「おばあさん、ちょっと待ってください。聞こえませんか」

おいおい耳が悪いのかい。新兵は首をかしげながらも、ただその後ろ姿を見送った。

「なんだ、誰かと思えば、おい、つまらんことはほっとけ。鞄ばばあじゃねえか」

警備室の小さな窓から顔をのぞかせた古参兵がこぼした。

「え？　小判ばばあですか？　あのばあさん、金持ちなんですか」

「なんだそりゃ」

「小判ばばあって」

「ばかをぬかすな。鞄ばばあだよ」

「ああ、鞄ですか。私はてっきり……」

新兵はくすくすと笑った。あのばあさん、ボケてるのか。それはそうと、どこに行くんですかね？ そう聞いたが後ろからはまた返事がない。ふりむくと、そこに古参兵の顔はなかった。

そうしているうちに朝が訪れた。東の山ぎわが薄いクチナシ色に染まりはじめている。それにあわせるように風もいったんおさまったようである。踏切を越えた彼女は薬局の前を過ぎてすでに交差点にさしかかっていた。目指すところはいつも別於谷駅である。家と駅とのあいだは一キロ余りだが、彼女の足では優に二十分はかかる。こんな天気であれば道のりはなおさら遠い。

凍てつき青黒くなった顔を老婆が待合室にのぞかせた。時計は七時四十分を示している。そこでは四人が始発を待っていた。五十代の夫婦、それから四十代半ばの女が二人。ストーブにあたっていた彼らは戸の音に一斉にふりむいた。

「おや、あれをご覧なさいな！　寒いのにまあ、あんなところに」

「おばあさん、お一人でどうしたんです？　早くおあたりなさいな」

二人の中年女が手招きした。彼女たちは土地の者ではない。法事がらみで夫の実家《さと》に来て、これから堤川に帰るところである。老婆は腰を下ろし、のそのそとマフラーをとっている。

「耳が遠いのかしら。聞こえないみたいね」

「あんななのに汽車に乗ろうとしてるのかしら、おばあさん。こんな早くに」

「まさか、誰かつきそいがいるでしょう。トイレかしらね」

すると夫婦者の夫のほうがチッと舌打ちをした。彼は厚い帽子を、妻のほうはマフラーを身につけている。彼らは村の人間だ。

「鞄ばあさんのお出ましだ」

「そうですね。今日はまたなんでこんな早くに出てきたんでしょう。ひどく寒いのに」

妻はほとほとあきれかえった。

「やっぱりどこかお悪いんですね、でしょ」

堤川の一人が尋ねた。

「頭ですよ。元はここの方ではなくて、昨年、京畿道《キョンギ》からいらしたんです。お生まれは全羅道のどこかのようですけどね。とにかく、しょっちゅうあんなふうにして駅まで来るんですよ」

「お子さんは」

「いないようですね。姪御さんとお二人でお住まいですけど、その方も五十を越えてましてね」

「息子もいなけりゃ、若えときからやたら体をアレしてよ、子なんて産めやしめえ。チッ」

そうつぶやく夫に妻は肘鉄を食らわせた。あなた。かわいそうな方にそんなこと言っちゃ。おばあさんに聞こえたらどうするんです。彼はようやく気まずさを感じた。チッ、ボケ老人にゃわかりゃしねえさ。ただの一人言じゃねえか。

「あれには何が入ってるんでしょう？　ずいぶん重そうですけれど」

「どうでしょう。何をああして仏壇みたいに後生大事に引っぱってるんでしょう、わかりませんわ」

「まさか金塊なんてことはありませんよね」

「ねえ、ちょっと見せてもらおうか」

堤川の一人がへらへらと老婆に近寄った。

「おばあさん！　どこか遠くへお出かけですか。ここには何が入ってるんですか？」

ぼやっと突っ立っていた老婆がゆっくりと頭を上げた。顔じゅうに太く刻まれたしわは醜悪で、しかも無生物であるかのように顔には表情がなかった。奥に引っこんだ目は小さく光に乏しい。そしてそれはぽかんと虚空に向けて開かれている。一刹那、中年女はびくりとして思わず首をすくめた。老婆の虚ろな両目に何かが見えた。永遠に一片の光さえも届かぬ深海、あるいは地下数千キロの洞窟にひそむ原初の暗闇——それはいったいなんなのだろう。女はあわててストーブへと戻っていった。

5

スンネの家はとても貧しかった。一杯の麦ごはんだけでもいいからお腹に満たしたい——それが幼い彼女にとっての最大の夢であった。生涯小作人だった祖父と同様、彼女の父も小作として暮らした。一家は一年じゅう土まみれだったが、やせた土のために収穫は乏しく、小作料はひどいものだった。毎年のように、春が来る前からさっそく飢えに悩まされた。この貧しい家に口は多い。彼女は長女であった。六人の弟妹がいたが、うち二人は育つことなく死に、四人だけが生き残った。

老いた祖父母を含めて九人の家族は、吹けば飛ぶような藁葺《わらぶ》き屋根の下に身を寄せあっていた。父は農閑期にも毎日のように木こりとして山に入った。村に市の立つ日が来れば荷を背負って何十キロと行き、薪を売らなければならない。薪売りで得た一升の米は雑炊となって、次の市までのあいだ家族の露命をつなぐ。それさえも底をついたときは一握りの麦に干し菜や干しよもぎ、草の根を加え、ときには松の皮混じりの雑炊をすすらなければならなかった。

彼女は「腹ペコ娘」と呼ばれた。餓鬼がとり憑いた娘。母はいつも彼女のことをそう言っていた。彼女自身もそんな自分を嫌っていた。本当に餓鬼がとり憑いているのかとも思ったりした。どうしてこうもむやみに腹がへるのだろう。彼女はただの一度も飢えから解放されたことがない。目に映るのは食べ物だけであるし、頭に浮かぶのも食べ物のことだけだ。空腹に耐えかねて、よその畑から大根やらさつまいもやらかぼちゃやらをかっぱらったりもした。そのたびに死ぬほどぶん殴られたが、飢えのつらさが消えることはなかった。弟妹は裁縫を工夫して大人のお古を着た。祝祭日には村の子どものようにコムシン〔訳注：ゴム靴〕をはきたいと思ってはいたが、父がよこすのは藁や藺《い》草で編んだものであった。彼女も字を習いたかったがその願いも叶えられなかった。村の青年が開いた夜学に一日行ったのみである。女が字を知ったところでうぬぼれるだけだ——父はそう叱って、棒切れで彼女の背を容赦なく打った。結局彼女は文盲のままで過ごした。

そんなある日、父がいきなり徴用された。村の若者二人とともに、その猫背は村の路地を出て行った。誰かに代筆してもらった手紙が北海道から届いたが、それはその一度限りで、年が改まって以降も、読み書きのできない父からの便りはなかった。よりによって父が去った年は凶作に見舞われた。どの家も苦しんだが、スンネの家族たちは目元がさらにどす黒くなり、深く落ちこんだ。彼女はめまいがしてまともに立っていられなかった。

「ほっときなさい。育ち盛りでしょ。食いたくてしかたないのに食えないもんだから、おかしくなったんだよ」

母がきつく叱るたび、祖母は哀れがった。その年、二歳の末っ子は蛙のようにお腹をぷくぷくに膨らませて死んだ。お母さん、腹へったよ。ごはん。死にゆく末っ子は食べ物を求めつづけた。大人たちが裏山の石くれだらけの斜面に墓を作った。埋葬を終えた日、布団の中から聞こえる母のすすり泣きを彼女は耳にした。


翌年十月の下旬。冬が来たかのように冷える日だった。洗濯物を頭に載せて川から戻ると、庭には里長と軍服姿の見知らぬ二人の男がおり、母をとり囲んでいた。おや、ちょうど来たじゃないか。お客様がお前をお待ちかねだ。ちょっとこちらに来なさい。里長はいつになく丁寧な物腰であった。軍服の一人が近づいてきた。蛇のような目をした男だ。

「いくつだい」

「じゅ、十六です」

蛇は隣の男に何か日本語でささやいた。うむ。口ひげを生やした小太りの日本人は彼女を上から下までなめるように見ながらにやついた。

「お前にとっちゃ願ってもない幸運だぜ。こちらの方が中国の紡績工場にお前を勧めさせてくださる。技術も身につきゃ金も稼げる。えらくいい話だろ」

里長は黄ばんだ歯を見せて微笑んだ。

「お金もくれるんですか?」

母の顔をうかがいながら、彼女はこのもうけ話に質問をはさんだ。蛇が笑いながら答えた。

「金だけじゃない。白い飯を毎日たらふく食えるんだ。きれいな服と靴もくれる。ほかの村でもわれ先に話に乗ろうとおおわらわだ」

「だめですよ。これはまだ小さくて頭がだめで使えませんよ」

母はあわてて彼女の腕を引っぱった。

「心配は要りませんよ。工場でみんな教えてくれますから」

「でも無理ですねえ。夫も徴用されましたし、この子までとられちゃ働き手がありませんもの。小さい子たちの面倒も見てくれなくちゃ……」

二人の男は何も言わず、厳めしく歩みながら柴垣を出ていった。

「なあ奥さん、あんたんとこの事情をよおくわかってるから言うんじゃねえか。食うに困ってんだからさ、口がひとつ減るだけでも大助かりだろ。それにスンネが給料取りになりゃ、きちんきちんと仕送りをしてくれるはずだ。断ってあとで後悔しないでくれよ」

里長は急いで男たちを追って出ていった。彼女は不安でいっぱいになった。中国なんて。そんな遠いところにたった一人、どうやって生きていけるだろう。彼女は一度も家を離れたことがない。工場というのがどんなところであるかもよくわからない。噂に聞いただけの、途方もなく大きくて遠い国。まともにことばも話せないのにそこでどうやって。しかしその夜、彼女の胸は高鳴っていた。

「綿布を織る工場だそうだ。辺りには田んぼがたくさんあって、白いご飯を毎日お腹いっぱい食べられるんだ」

蛇のような目をした朝鮮男のことばが思い出された。なにより、たらふく食べさせてくれるとのことばが気になって輾転反側を続けた。狭い部屋に雑魚寝している家族の寝息が聞こえる。母はしきりに寝言でうめいている。弟妹の一人は弱々しくおならをした。むきだしの壁からは土のにおいがする。彼女は起きあがって家族の寝姿を見回した。急に涙がはらはらとこぼれた。生まれてはじめて自分が家族の役に立てると思うと心が動いた。翌朝、かまどに火を入れながら言った。

「母さん、あたし行く。がんばって仕事して、給料は手をつけないでこつこつためる。お金をいっぱい貯めたらお米を袋ごと買って、みんなをお腹いっぱいにしてあげる。おじいさんとおばあさんには煙草を買って、弟や妹にはかわいい服とコムシンをあげたいな。母さん、許して。行かせて下さい」

言い終わるやいなや、母は彼女の頬を平手で打った。

「あんた、気でもふれたのかい。中国がどこだかわかってるの。またその話をしたらお前の口を裂いちまうよ」

数日後、男たちがまたやってきた。そのとき大人たちは朝から村の作業に出ていた。去年の梅雨に崩れた新道を直すとのことだった。村はからっぽだった。彼女が庭で弟と遊んでいると、軍服姿の二人が柴垣からぬっと現れた。一人は例の蛇で、もう一人ははじめての顔だ。二人はやにわに彼女の肩をつかんだ。

「お嬢ちゃん、工場に行きたいんだろ。さあ行こうな」

「え、あ、だめ。母さんが……」

「いいんだよ。お母さんもご承知だ」

おじいさん、おじいさん。手足をばたつかせながら引っぱられていく。中風病みの祖父は部屋に横たわっているばかりである。弟や妹は泣きだした。彼女を連れた男たちはあっという間に小路を出た。誰にも行きあわなかった。裏通りにひっそりと植わるカラタチの垣根に一台のトラックが横づけされていた。男たちが彼女の小さな体をひょいと荷台に投げ入れると、トラックは急いでそこを離れた。驚いて立ち上がろうとした彼女の頭を誰かが荒々しく押さえつけた。おい、命が惜しけりゃおとなしく寝てな。怯えて息もできない。ああ、これでおしまいなの。母さんにも会えないで死んじゃうのかな。

だんだん暗さに目が慣れ、周りを見回した。彼女一人ではなかった。数人の女の子がそこで身をすくめている。そのとき後ろから腕を引っぱられた。

「スンネ、あたし」

思いがけなくもそれは隣村のポンシムだった。遠い親戚にあたる彼女はスンネよりも二つ上である。村の少女としては珍しく夜学に通って字を覚えた彼女をいつもうらやましく思っていた。ポンシムに会えた瞬間、そのことだけで少し落ちついた。トラックが村を完全に抜けて大通りにさしかかると蛇が幌を少したくしあげた。ようやく息をつけるような気がした。雲のように土ぼこりをあげて休まずに走っている。求礼を通るときにはまた幌がしっかりと下ろされた。蛇が再び幌の端をあげたときポンシムが耳うちした。

「あれ、見て。求礼の大橋よ」

その下に蟾津江《ソムジンガン》の青い流れが見える。明るい陽の光に目がくらんだ。あんた知ってる？　この橋の向こうはよその町よ。つづけてポンシムは小さく言った。

「さらば故郷よ。稼いでまた帰る日まで」

スンネも口の中でそれをくり返した。求礼の橋、さようなら。あたしもお金を貯めて戻ってくる。突然口に手をあて、ポンシムがすすり泣きをはじめた。スンネも家族を思って涙を流した。

午後おそく、トラックは潭陽《タミャン》に到着した。ちょうど市の日だったので川辺《チョンビョン》の市場は賑わっていた。車から降りると、男たちは八人の少女を包囲しつつ小路に連れこんだ。三人の男のうち二人は日本人で蛇は朝鮮人であった。これからは俺を金山と呼ぶんだ。蛇が睨みつけながら言った。一行は市場に入口にある汁飯屋《クッパ》に入った。

「今日は特別に山下様がご馳走してくださるんだ。お前ら何してるんだ。ごあいさつはどうした」

蛇のことばにみなが八の字髭の日本人に頭を下げた。素焼きの器に入ったクッパを目にした瞬間、スンネの目には涙が浮かんだ。肉のスープと白いご飯は生まれてはじめてである。一杯をぺろりと平らげてしまうと、なぜかまた涙がこぼれてきた。店を出た一行は市場へと進んだ。日が傾きはじめ、市も終わりになるころであった。彼らはわりあいに大きな服屋に入った。山下が自由に一着を選びなさいと言った。みなはあっけにとられた。

「心配はいらん。代金は働いて返せばいいんだ」

金山がぶっきらぼうに言った。花柄の絹のチマ・チョゴリを選んだスンネの手はがたがたと震えた。木綿の服ひとつさえ新調したことがなかった。ポンシムは深い黄色をした服を手にとった。それから彼らは靴屋に行ってコムシンをそれぞれ選びとった。最後に寄ったのは市場の美容室である。パーマ頭の若い女は男たちと顔見知りのようだった。娘たちはみな三つ編みの髪を腰まで伸ばしていたが、一様におかっぱ頭にされた。髪の房が切り落とされるたびに母のことを思い、またもや涙をこぼした。

市場の近くの粗末な旅館に連れていかれた。夕食ではまた白いご飯をたらふく食べた。広い一部屋に八人が雑魚寝したが、恐ろしさと不安のためになかなか寝つけなかった。全員がお金のために家を出た農村の娘で、十六歳から二十歳の者たちであった。今日一日がとても物騒な夢のように思えた。母さんは今あたしがこうしていることを知ってるのかな――ポンシムはもぞもぞしていた彼女の背中を撫でながらささやいた。

「心配しないで。これからは私についてきなさいね」

「ありがとう。信じられるのは姉さんだけ」

ポンシムの手を握りながら眠りに落ちた。

6

「あれまた来てるぜ。最近見ねえと思ったらよ」

ヤンが皮肉げに笑った。勤務日誌をつけていたチョン・ドンスは頭をあげて待合室を見回した。十人が見えた。昨夜の大雪で峠道がふさがれたため、山奥の駅は久々ににぎわいを見せていた。片隅に小さくなっている老婆はすぐに見つけられた。薄汚い恰好をしており、例の滑稽な鞄も相変わらずである。

「おまえ知ってるか？　あのばあさん、慰安婦だったんだぜ」

ドンスは驚きの表情でヤンを見た。

「日本軍のですか」

「十六で北満州に連れてかれてよ、そんで命からがら戻ってきたんだってさ」

「それをどこで知ったのですか」

「定食屋のおやじさ。村の奴らには秘密ってことでな。役場の係長からの話だってさ。へっ、秘密、か！　何が秘密だ。秘密ったたって公然のだ」

「あのおばあさんが……」

あらためて老婆をまじまじと見つめた。彼の脳裡に映像《イメージ》の断片が猛スピードで錯綜した。ソウルにある日本大使館の前で毎週行われる抗議デモ。白い鉢巻をした老女。燃えあがる日の丸。一斉に上がる怒号。補償しろ。われわれは糾弾する。謝罪しろ。その映像の多くは報道で目にしたものだった。それらにはどこかで見たモノクロ写真のイメージも混ざっているはずだ。潰された軍帽。軍刀を佩きゲートルを巻きつけた兵士。焼けた顔。憤怒と恐怖が凝縮したまなざし。また別の映像も無秩序に交錯していく。褌一丁の男と素っ裸の女。淫らな歓声、入り乱れる肉体。折り重なって床に転がる裸……。彼はすぐにそれらを払いのけた。このろくでもない映像はポルノ雑誌からのものかもしれない。あるいはあの安宿——徴兵で入っていた部隊の前にあった安宿で、昼も夜も流れていたアダルトビデオの残滓かもしれない。なぜか老婆に罪悪感を覚えた。

彼と老婆の邂逅はここに赴任してすぐのことだった。出札口にいた彼はその老婆にいたく狼狽した。彼女はだしぬけに百ウォン硬貨一枚を差し出すと、それから黙りこくってしまった。まったく奇妙だ。もっとも安いところで千ウォンなのである。おばあさん、どちらまで。そのときヤンが助け船を出した。彼は硬貨を彼女に返すと何事もなかったように切符を渡した。のぞいてみると真っ白なでたらめの切符であった。それを受けとるとおとなしくいつもの椅子に戻っていった。この不思議な光景から彼は学んだ。これは彼女と駅員のあいだに築かれた暗黙の了解なのであると。

列車の到着十分前、ドンスは出札口に移動した。今月出札を担当するはずのシン・テムクはまだ入院中である。その分ほかの駅員の仕事が増えている。あの夜、事務室に倒れていた彼を見つけたのがドンスであった。堤川の総合病院に運ばれ、その手術は七時間以上もかかった。施術したものの、意識の回復については注視が必要だと医師は言った。

すぐに連絡すべき家族がおらず、みなが困っていたところ、シン宛てにソン・ヨンインなる者から電話があった。シンの義理の息子であると名のった。彼は遅れて麗水から一人駆けつけると、病室で一夜を明かし、それから家に戻っていった。シンは一週間後に意識を取り戻した。医師さえも意外であると驚いた。ドンスは先週も見舞いに行った。病人は今もことばと身体が不自由だった。この間ソンが二回ほど見舞った。しかしなぜか娘はまだ来ていないようである。

乗客がみな切符をもとめた後もしばらく出札口にいた。すると老婆が遅れてのそのそとやってきた。汚い手で差し出される一枚の硬貨。黒いしみに満ちた顔。歯がないせいでぽっかりとした空洞となっている口。七面鳥のそれのように垂れさがる首のしわ。醜い顔の中央にある枯れた両目は洞窟のようである。彼はだしぬけに不可解な寒気を感じた。衝動的に声高に尋ねたくなったがそれを抑えた。

「おばあさん、いったいどこへ行きたいんです?　どこなんです、そこは」

列車を送り出してから戻ると、老婆は改札口の脇に棒杭のように立っていた。彼女は一度も改札の向こうに行ったことがない。改札に立ち、線路のほうをぼんやりと眺めるだけだ。あの無意味な切符を手にしたまま空のどこかを虚ろに見ている。その視線の先を見やって、彼は思わずため息をついた。あの人のふるさとはまだあるのだろうか？　あの人を待っている誰かがいるのだろうか？　気づまりになって事務室から椅子を持ち出した。それを暖炉の前に置き、体を支えながら老婆を座らせた。もうすぐ姪のチョンおばさんが来るだろう。まああすみません、いつもご迷惑をおかけいたしまして。いつものようにかすれた声でみんなに挨拶してから老婆を引きとっていくはずだ。彼は事務室に戻った。

7

潭陽で一夜を過ごしたのち、再びトラックに乗せられた。朝から小雨がぱらつく日だった。前日とはうってかわって、女たちはたがいにさざめきあい、じゃれあいもした。半日かけて光州《クァンジュ》に着いた。今日もまた汚らしい宿の大きな一室にぶちこまれた。そこで三日を過ごした。その間にも男たちはどこからか女を何人か連れてきた。

光州から裡里《イリ》までは汽車に乗った。煤煙と炭塵で目が痛んだが、はじめての汽車にわくわくした。

裡里駅近くの宿屋で三日過ごした。ここでも男たちは女を次々と集めてきた。それらは二十歳か、それよりも若かった。一人だけパーマをあてた女がいた。彼女は結婚してすぐに三下り半を突きつけられたそうだ。いつしか女たちは二十二人に増えていた。そこを発ち、鳥致院《チョチウォン》、平沢《ピョンテク》、水原《スウォン》でそれぞれ一泊した。新しい女がどんどん加わっていった。みな汚らしくぼんやりとした田舎の処女であった。

ソウルに到着した三十三人は駅裏の大きな煉瓦造りに収容された。倉庫を改造したそこには暖気などなく、床は氷のように冷たかった。同行していた二人の男の姿は見えず、金山だけが残っていた。そのかわりに二人の男と一人の女——三人ははじめての顔である——がやってきた。三人とも日本人で、一行を引き継いで中国に連れていくのだと言った。男は軍服姿だったが、武器の類も持たず、階級章も名札もつけていなかった。三十代と思しき日本人女は澄江といった。血の気の失せた顔に暗い目つきをした女だった。長《おさ》である吉田の妻にも見えたし妾にも見えた。彼女は事務的な仕事を一手に引き受けていたようだ。ソウル初日から空気が一変した。食事は朝夕二回のみ、それさえも盛り切りのご飯に沢庵《たくあん》と味噌汁《テンジャンク》で全部だった。男たちはみな粗暴だった。

「今から朝鮮語は絶対に禁止だ。もし違反がばれようものなら覚悟しろ」

これが吉田の最初の警告であった。これはうそではなかった。思わず朝鮮語で返事をすれば必ず冷酷に殴りつけられた。日本語が下手なスンネははじめから口をきかないようにした。外出はおろか、塀を見やることさえできなかった。建物の後ろにある便所には必ず三人ずつで行かされた。

「工場じゃないらしいよ。軍へ連れてかれるんだって」

「軍？　何しに？」

「看護婦とか、洗濯とか炊事とかじゃない？」

女たちは監視の目を盗んでこんな話をした。

倉庫に軟禁されたまま五日が経った。お前らを乗せる汽車を待ってるんだ、黙ってろ。金山が蛇の目をつりあげて言った。だがポンシムの話は違った。彼女は炊事場で男たちの会話を立ち聞きしたのである。

「入国許可証が必要らしいよ。それを受けとるまでひたすら待つしかないみたい。でも変ね。どうしてこんな騒ぎをしなくちゃいけないんだろうね？　私らを囚人扱いにしてさ、会話も禁止なんてね」

一週間後、吉田が明るい顔で現れた。全員に許可証が出たのだという。その夜、前後を男たちに囲まれながら彼女たちは駅に連行された。そこで待っていたのは貨物列車だった。客車はすべて軍人のものとなっていた。三十三人のおかっぱは列車にのろのろと這いあがった。床には古い頭陀袋《ずたぶくろ》が敷かれていた。そこにはすでに見知らぬ女の一団が寄りあっていた。彼女たちは二十人ほどだったが、やはりこちらと同じ状況にあった。汽車は真夜中になって出発した。ランプがひとつだけのそこはひどく暗く、寒かった。寝そべったスンネの胸には車輪の音だけが響いた。家のことを思うとむやみに涙がこぼれた。

「姉さん、ほんとに戻れるよね、ふるさとに」

「心配しないで。工場で稼いだらスンネは何をするつもりなの？」

「弟と妹にね、白いご飯をいっぱい食べさせるの。それから田んぼを買う。村でいちばんの田んぼを買ってね、お父さんにあげるんだ。お姉さんは？」

「町で美容院を開きたいわ、勉強してね。スンネには無料《ただ》でやってあげるね」

二人はぐっと近よってぬくもりを分けあった。汽車は夜っぴて北へと疾駆した。翌日は清津《チョンジン》でしばらく停車し、夕方には鴨緑江《アムノッカン》〔訳注　中朝国境を流れる川〕を越えた。用便が許されるのは日に三回のみ、小さな駅だけでだった。鉄扉の隙間から満州の広野《こうや》がちらちらとうかがえた。初冬の荒原は行けども行けども果てしがない。むっちりとした陵線の丘には粗末な集落がかさぶたのようにはりついていた。延吉を通過し、引きつづき北へと向かう。聞いたこともない駅に停まるたび、軍人たちが乗り降りした。荒原の空を行く戦闘機がしばしば目についた。戦場が近づいてきたという証拠だった。

8

北へ行けば行くほど気温はどんどん下がっていった。十一月中旬の北満州はすでに真冬である。貨物列車の中は氷の中のようだった。チマ・チョゴリ一枚きりの女たちは寒さと空腹のため海老のように身を丸めていた。東寧を過ぎた汽車はようやく終点の牡丹江〔訳注　中国・黒竜江省にある都市〕に到着した。ソウルを出てから丸三日が経っていた。換気口の隙間からみすぼらしい屋根がのぞいている。着くやいなや、男たちは家畜を追いこむようにひどくせきたてた。追いたてられた彼女たちは慌ただしく駅舎を出た。駅前広場には戦場に向かう日本軍の部隊が蝟集《いしゅう》していた。数百名の日本兵は彼女たちを見ると一斉にせせら笑った。黒々と焼けた顔が獣のように獰猛だ。広場の入口で長いこと足止めを食った。工場行きの車を待つのだという。パン籠とやかんを持った中国人商人が近よってきたが、金山の一喝に驚いてあたふたと退散した。

待っていた軍用トラックが二台でやってきて数人の兵士がばらばらと降り立った。女たちは膝を抱えて座っていた。名前を呼ばれたら前に出るんだ。金山が威嚇するように言った。呼ばれた順に車に乗せられた。スンネとポンシムは二番目の車に乗った。二台は幌を下ろして同時に発車した。車体をシーソーのように揺らしながら休まずにガタガタと走った。トラックは荷台を幌で蔽い、ひどい土埃をあげながら何時間も走り、それからようやく停車した。幌がさっと開けられたとき、スンネは両目を手で覆った。そこが限りなく広い、一面真っ白の雪原だったからだ。車から降りるやいなや、みな空っぽの胃からげえげえと嘔吐《もど》した。いつの間にか暮れ方になっていた。

「あら、前のトラックは？」

ポンシムのことばに振り向いた。たしかに先発したトラックが見えなかった。あの女たちはどこに連れていかれたのだろう。そしてここはどこだろう。雪原には集落も人家も見あたらない。そこはソ連と国境を隣りあう地域であった。目の前には大きな軍用テントがひとつあった。ゲルのような、丸型の大きなものだ。その隣には横長の建物が二軒並んでいる。ドン、ドン、ドン。建物の後ろから槌の音が聞こえてきた。屋根の上で作業していた男たちが淫猥なしぐさとせせら笑いをこちらに向けた。

「まわりは兵隊ばかりだね」

「そうだね。紡績工場はどこだろう?」

「建ててる最中なのかな」

そのとき、なぜかはわからなかったが、ラッパの鋭い音が響きわたった。先ほどの男たちも槌を下ろして姿勢を正した。吉田と金山も同じ姿勢で挙手の礼をした。全員、気をつけ。国旗降納式であった。金山の命令に女たちはてんでに体を振り向けた。スンネはそのときはじめて向こうの丘にいくつもの兵舎があることに気づいた。練兵場の中央に据えられたポールを日の丸がゆっくりと降りていく。

追いたてられるようにテントに入った。そこは炊事場兼食堂となっており、ひどく大きな釜が二つ、かまどにかかっていた。火の番をしていた老いた中国人がこちらを振り向き、じろりと一瞥した。畳の敷かれたところには食卓があった。すぐに夕食となった。水同然の薄い味噌汁と、トウモロコシ混じりのわずかな麦飯ですべてだったが、みな瞬く間に平らげてしまった。そのとき見知らぬ女の一団がやってきた。彼女たちはみなおかっぱ頭で、ふくらはぎをむき出しにしており、その服装は珍妙であった。古い軍服をつめて作ったアッパッパだった。食卓についた彼女たちは小声で言った。

「まあたいへん。かわいそうにねえ。田舎の娘が連れてこられたんだね」

「ほんと。あんな小さな子まで」

しかし金山が現れると口をつぐみ、食事を済ませて出ていった。スンネはテントの中で一枚きりの毛布にくるまって北満州でのはじめての夜を迎えた。

「ここは軍隊にまちがいない」

「姉さん、あたしたちはどうなるの」

「わからない。洗濯やら炊事やらをさせると聞いたことがあるけど。もしかすると看護婦の仕事かもしれない」

毛布の下でポンシムの手を探った。ポンシムの手は小さく震えていた。

翌日、全員がテントから移された。きのう男たちが屋根の修理をしていたあの建物へとである。兵舎を間にあわせに改造した横長のその中はまるで鳥小屋のようだった。唯一の入口から入ると、中央には板張りの長い廊下があり、その左右には数十の小部屋が隙間なく設けられていた。もっとも入口寄りの部屋だけが大きい。吉田と澄江の部屋である。その向いに金山の部屋があった。

彼女たちが入っていくとあちこちの戸が開き、またすぐにぱたんと閉められた。昨晩、食堂に来ていた女たちのようだ。部屋部屋の戸の脇には、番号と名前が小さく貼り出されていた。吉田がそれぞれの部屋を指示しながら名前を呼んだ。

「おまえは一号室だ！　で、おまえはユキコだ。わかったな？」

突然ユキコになった女は腰をかがめて小部屋に入った。日本風の名が次々に呼ばれた。アキコ。ミエコ。キミコ。キクコ。カズコ……ポンシムはハナコになった。この女《あま》、とっとと入りやがれ。金山の怒声に怖じけ、あたふたと七号室に駆け入った。スンネはいちばん最後に呼ばれた。

「おい、ちび。おまえはマサコだ。早く行け」

彼女は十五号室となった。実際、部屋は鳥小屋並みに狭かった。二メートルもない。壁も天井も戸もみな黒く、まさに棺桶のようであった。マサコ、マサコ。黒い部屋に身を縮めてその違和感ある名を何度もくり返した。すると向かいの戸がそっと開けられ、その隙間からひとつの顔がちらりと見えた、しかしすぐにそれは部屋へと消えた。彼女はびっくりした。少し見ただけだが、とても幼くか弱い少女であった。憔悴しきった顔とくぼんだその目は病人そのものだった。

金山と澄江が支給品を置くために部屋部屋を回った。軍用毛布二枚。木の枕。ブリキの桶。手拭。石鹸。櫛。それにわりあい大きなガラス瓶――中の赤い液体がなぜだか忌々しかった。最後に服が配られた。綿を刺し縫いにしたモンペと作業用の上っ張りが一着ずつ。それらは古い軍服を作りかえた粗末なものであった。唯一の新品は綿製の足袋だけである。金山が頭陀袋のような、だぶだぶのアッパッパを手にして言った。

「これは寝巻き兼仕事着だ。仕事のとき着るものだ。慰安所ではいつもこれを着ていなければならん。さあいますぐ着がえるんだ」

　慰安所。それが何を意味するのか？　その瞬間、女たちは二様の表情を見せた。ある者の顔からはすぐに血の気が失せたが、多くの者はぽかんとして視線を泳がせた。スンネの服は大きすぎた。着がえると、それぞれの部屋の前に一列に座らされた。一回目の点呼である。袋をかぶったようなおたがいの姿に笑いがもれた。突然、誰かが弱々しく泣きはじめた。それは恐怖と絶望に満ちていた。するとあちこちから嗚咽が聞こえてきた。

「おい、何を泣くんだ」

　金山と吉田が即座に駆け寄った。おいこら！　ばかやろう！　髪をひっつかむと気が狂ったように打擲し、蹴りとばした。たちまち数人が死体のようにぐったりとなった。鼻血を流し、髪の毛はばさりと抜け落ちた。金山は半ば意識を失っていた女をひきずっていき、壁に叩きつけた。そのおぞましい光景に女たちは身を震わせた。気がつけば金山の手には棍棒が握られていた。

「虫けらども！　これはなんでもないことだ。これまでてめえらのケツにどれだけ金をつっこんだと思ってる？　親どもに渡した金、ここまで連れてきた経費、これだけでも二千ウォン以上だ、ばかやろう。この貸しを返してもらうまではここから一歩も出さん！　わかったか？　もちろん働けばその分はきっちり払ってやる。だからとにかく稼げ！　金さえ返せばいつでも家《うち》に戻してやる」

　女たちは凍りついて息もできなかった。血まみれで倒れていた者たちもいつしか起きあがって震えていた。それから入浴となった。タオルとブリキの桶を持った女たちは澄江についてテントに入った。ドラム缶風呂だった。それぞれ側溝に向かって座り、体を簡単に洗った。顔を洗ったのは数日ぶりだ。一人がスンネを見て目を丸くした。

「おや、見てみな。まだろくにおっぱいも膨らんでないよ」

「まだねんねえだね」

彼女はあわてて体を手で隠した。

「あんた、あれははじまってるの？　あれさ、生理」

「せ、生理ですか？」

「あら、生理も知らないの」

突然私語《ささめき》が静まった。いつの間にかそばに来ていた澄江がスンネの裸をなめるように眺めた。

9

「遠いところをご苦労だったな。今日は部屋でゆっくり休みなさい」

風呂から戻ったとき金山が怪しげな笑みを浮かべた。スンネは毛布をかぶるやいなや眠りに落ちた。どれほど経っただろうか。肩を揺すぶられているような気配に目を覚ました。驚いたことに澄江が枕もとに立っていた。スンネを起こし、入口そばの広い部屋に連れて行った。吉田と彼女のための部屋である。部屋の中央にはカーテンが下ろされ、その後ろが寝室になっているようだ。

「ここへおいで。座って」

彼女の口からだしぬけに朝鮮語が飛び出てきた。

「びっくりした？　あたし、半分朝鮮人なのよ」

再度驚いた。澄江の物腰が柔らかかったからだ。

スンネの手をとって尋ねた。

「いくつだっけ？」

「じゅ、十六です」

澄江が化粧品の詰まったバスケットを持ってきた。ピンク色のパウダーがつんとした香りを漂わせ、その途端、視界がぼやけていくような気がした。パフに紅をとるとスンネの頬を軽くはたきはじめた。外がざわついてきた。おおぜいの浮かれ声、軍靴の音、笑い声——入口が騒々しい。

「将校たちが押しかけてきたね。新しい子が来ちゃ、われ先にってあの馬鹿騒ぎ。ケダモノだね」

彼女のことばがすぐには理解できなかった。手ひどくお扱いになっちゃ困りますよ。水揚げから傷物にされちゃあ営業に差し障りますからね。喧《かまびす》しい笑い声に混じって吉田の声が聞こえた。やにわに将校たちの足音が建物にどっとなだれこんだ。どさっと抜け落ちるのではと思われるほど、床がぎしぎしとやかましく鳴った。部屋部屋の戸がめまぐるしく開《あ》け閉《た》てされる音。喚声。突如、喉笛が引き裂かれたかのような悲鳴。ああああっ、母《オン》さん《マ》。火がついたように泣き叫ぶ声、男たちの奇声、罵詈雑言、それに怒号——これらが入り混じって塊となる。壁を叩くドンドンという音。戸を蹴りとばすドシンドシンドシンという音。男たちがくすくすと、あるいはげらげらと笑う声。息も絶え絶えな女の悲痛な叫び。恐ろしさのあまり、スンネの視界はかきくもった。

「十六か、わたしたちのみっちゃんと同じね」

スンネの頬をはたきつづけながらつぶやいた。

「みっちゃんってね、あたしの娘なの。どんなにかわいかったかあんたにゃわからないね。笑うと半月のえくぼができてね……ずいぶん前に死んじゃったの。熱が四十度以上も出てね。でも雪で車が通れなくて、あたしは何にもできなかった……」

何かに憑かれたようにこぼした。部屋の外では相変わらずの悲鳴と泣き声とどんちゃん騒ぎである。何か恐ろしいことがきっと起きている。血まみれになった女たちの姿が頭に浮かんだ。ポンシム姉さんは？　がたがたと震えるスンネの顔に澄江は眉を描きはじめた。

「ハルピンの砲兵旅団にいたときだった。そこでこの仕事をはじめたの。吉田は朝鮮に行っていて――女の子を買いにね、で、あたしは一人でみっちゃんといたの……最初はただの風邪だと思ってたのよ。だから軍医のよこした薬を飲ませてから寝かしたの。だけど夜中にあんな熱が出るなんてね……あたし一人だった、焼かれるのを見守ってたのは。吉田が後から帰ってきて、遺灰を川に流した。今日がちょうどあの子の誕生日なの」

その顔はまだ夢うつつであった。隣の部屋の狂騒はまだ続いている。澄江は口紅を手にした。

「豚ども！　輪姦の乱痴気騒ぎだ。ありゃ死にたくないからなんだ。処女とやると死なないんだってさ。銃弾《たま》は処女の血のにおいが嫌いなんだって。どうかしてるよ！　処女と寝ようと賭けをしたり、くじを引いたり、吉田に賄賂を贈ったり――。さあおしまいだ。ついてきな」

バスケットを隅にやって立ち上がった。部屋から出ようとしたときだった。ああっ、助けて。裸の女が廊下に転がり出てきた。男から逃げてきたのだ。二人の男が追ってきたが、それもまた裸だ。男たちは女の足首をそれぞれ掴み、くつくつと笑いながら元の部屋に引きずっていった。吉田と金山が眉をしかめてそれを見つめている。スンネは正気を失いそうになった。いまここで犬のように引きずられていった女がどうもポンシムのようだったからだ。

「マサコ、早く来なさい」

あわてて澄江の後についてそのまま建物を出た。すでに夜である。月のない荒原が眼前にほの白く横たわっている。空き地を越えて鉄条網に沿って歩く。そのあいだ澄江は一言も口を利かなかった。兵舎を警護する歩哨が鉄条網の門を開けた。煉瓦造りの官舎にやってきた。小さな窓からは灯りが漏れている。

「これは長谷川隊長の宿舎。言われたとおりにおとなしくするのよ。隊長を怒らせると生きちゃいられないわよ」

顔をぴったりとくっつけ、スンネの目を睨みながら耳打ちした。氷のように冷やかで殺気を帯びた声だ。中に入ると、繰戸がひとつ、居室の内側に設けられていた。それを開けると中央に一人の男が寝巻き姿で待っていた。それは白髪まじりの中年で、体躯がよさそうだ。部屋には暖炉の温かさが満ちている。教えられたとおり、スンネはひざまずいて頭を下げた。寝巻きの隙間からでっぷりとした腹と太腿がのぞいている。お前は下がっていい。男はひりついた声で言った。澄江は一礼し、音もたてずに退いていった。注意深くドアが閉められた。

男はスンネの顎に手を伸ばし、ゆっくりと上に向けていった。そのぎょろりとした赤い両目をスンネは見た。「おお！　かわいい！　すばらしい」スンネの頬を愛撫しながら低い声を漏らした。荒い息づかいとともに酒のにおいがぷんと漂ってきた。すっくと立ち上がった男は寝巻きを脱ぎ捨て、やにわにスンネを掴むとそのまま抱えあげた。

「いい子だ。いい子だ」

そうささやきながら太った体を押しつけた。えらいえらい。静かに。じっとしているんだ。スンネは手足をばたつかせた。パシッ、パシッ、パシッ。彼女をひっぱたいた。いい子だからね。お嬢ちゃん。じっとしなさい。彼女の鼻血にもかまうことなく、男はスンネを抱いて横たわった。その刹那、体じゅうの骨が同時にばらばらになるかのような痛みが貫き、スンネはあああっ！　と叫んだ。

翌朝は遅くまで床《とこ》から出ることができなかった。夜通し蹂躙されつづけたのだ。彼女が苦しめば苦しむほど鼻歌は高鳴り、それを楽しんでいるようだった。えらいね、かわいいよ。お父さんが戻ってくるまでおとなしくしてるんだよ。朝、さっぱりとした軍服に身を包んで出かけるとき、毛むくじゃらの手で彼女の頬を撫でながら穏やかにささやいた。

まる一週間、長谷川の部屋に閉じこめられた。食事時になると当番兵が現れ、無言で膳を置いていった。ご飯とたくあん、かまぼこ一切れですべてである。一人うずくまってそれを食べているとしきりに涙が流れてきた。腹が満ちるとばったりと倒れこんで眠った。傷だらけの肉体は際限なく眠りを欲した。夜がくればまたあの烈しい苦痛に耐えねばならない。陰部はひどい痛みに刺し通され、血を流した。

その部屋には窓がひとつあった。窓と塀のあいだは小さな空き地となっている。ある日、窓際にもたれてぼんやりと外を眺めていた。そのとき何かがふわりと目の端をよぎった。空き地は雪に白く覆われている。

「あ、山茱萸《やまぐみ》だ！」

窓に顔を押しあてて叫んだ。蝶々だ。一羽のそれは輝くばかりに美しい黄色をしている。その色はあの明るい黄色である。春、ふるさとにあふれるほど咲き乱れる山茱萸の黄色。空き地をしばらくうろついていた蝶々は忽然と塀の向こうに消えた。日が暮れ、夜の闇が深くなるまでそこに立ちつくしていた。夢？　こんな真冬の雪原で。しかし彼女は首を横に振った。そう、たしかに蝶々よ。

一週間目の朝。正装した長谷川は長い軍刀を佩いて出かけていった。愛撫もなく、甘いことばもなかった。その一時間後、澄江が姿を現した。来たときと同じようにその後ろについて慰安所に戻った。途中いくども立ち止まり、下腹に手をあてなければならなかった。

慰安所の門には数十人の男が列をなし、さざめきあっていた。彼らは煙草の煙を吹きかけあってふざけていたが、二人を見つけると野獣のような笑い声をたてた。中に入っても同じような乱痴気ぶりである。どの女の部屋にも数人の順番待ちができていた。戸をどんどんと叩きながら「とっととしやがれ！」と怒鳴る者もあった。ポンシムの部屋の前にも男たちの一団が陣どっていた。スンネは怖気づいてしまい、自分の部屋に這いこんだ。すぐに澄江が後からやってきた。

「マサコ、あんたは今日までたっぷり遊んだんだ。だからいまからすぐに仕事だ。さあこれを」

小さな紙の箱がこつんと落ちた。

「サックだよ」

「サ、サック？」

「男が来たらね、とにかくつけてくれと言うんだよ。いやだと言ったらあんたでつけてやるんだ。じゃないと病気になっちゃうからね。病気ってのはね、きったなくて忌々しいやつなんだよ。わかった？　もしこれで病気になったら承知しないよ。それからあの薬だけどね」

枕もとの赤い薬瓶を指さした。

「事が済んだらあそこをちゃんと消毒しな。盥の水に一滴か二滴垂らして洗うんだ。仕事はなるたけさっさと済ますこと。短いあいだにたくさんこなせば、あんたもあたしたちもそれだけもうかるんだからね。あたしが言ったこと、よく覚えとくんだよ！」

吐き捨てるように言うと、くるりと向きをかえて出ていった。しばらくすると一人の男がぬっと姿を見せた。男はすでに下半身を露出している。ああ、母さん。かたつむりのように身を縮めて泣いた。

10

ドンスは残った仕事を片づけると体を伸ばした。午前十時半。今日は退勤《ひけ》が少し遅くなった。玄関を出ようと待合室を通ったとき、ふっと立ち止まった。暖房のそばにはまだ老婆が腰かけている。寝ているのかと思ったが、目は焦点も虚ろに開かれていた。

「おばあさん、まだいたんですか」

肩に手をかけるとゆっくりと頭を上げた。ぼんやりとしたその目には何の反応もない。博物館のミイラがちらりと頭をよぎった。

「ここに長くいちゃあだめですよ。もうお帰りください」

やはり無駄であった。ドンスはしばらく逡巡した。どうして今日はチョンさんが来ないのだろう。こんな日に老人をいつまでもここに放っておくわけにはいかない。きっとまだ朝も食べていないはずだ。事務室に戻ると机の引き出しから紙片を取り出した。こんなときに備えて、老婆の姪にあたるチョンさんの電話番号をメモしておいたのだ。呼び出し音が続くものの相手が出ない。しばらくしてかけ直してみたが同じだ。もしかすると外に出てるのかもしれない。ひょっとするとこっちに向かってるのかも。

「どうしたんだ」

駅長が机の向こうから声をかけた。

「あのおばあさんを帰してあげようと思いまして」

「誰も出ないのか」

「はい」

「君はもう帰っていい。連絡は俺がしてみよう」

事務室を出ると、待合室には老婆の姿がなかった。外を見てみると老婆はいつの間にか鞄を引きずり、空き地に向かっておぼつかない歩みを進めていた。急いで老婆を追い、その後ろについて歩きはじめた。風花はおさまり、空はどんよりと曇っている。予報のとおりならば午後からはまた雪だ。マイナス十八度だなんて。ものすごい寒さだなあ。今日に限って老婆の歩みはいちだんと遅い。雪の積もった空き地をようやく半分だけ過ぎた。その後ろ姿はひどく心もとない。滑りなどすれば一大事だ。

「その鞄、僕に渡してください。お持ちいたしますよ」

老婆はまじまじと彼を見つめた。するとだしぬけに鞄をぐいっと引っ掴んだ。

「おばあさん、僕のことわかりませんか」

「行け！　行け！」

突然獣のような一喝をすると腕を激しく振った。びっくりした。今まで老婆の声を聞いたことがなかったからだ。認知症で言語障害を患っていると思っていた。彼女はよたよたと歩みを再開した。ドンスはその後ろ姿をとまどいながら見つめた。老婆は鞄を盗られるのではと不安げな様子である。あの滑稽な鞄に何が入っているのか。空き地を後にした老婆はもうすでに大通りにさしかかっている。後ろのドンスは進んだり止まったりをくり返した。今日は人通りも少ない。凍結した道路には車の行き交いさえぱったりと途絶えている。

教会の前まで来るとドンスは立ち止まって煙草をくわえた。いつまでもこうしてついていくわけにはいかない。ここからはいくぶん平坦な道になる。おばあさんは亀より遅いけれど、なんとか家には帰れるだろう。老婆の家はドンスの家からさほど遠くない。警察署の後ろの路地を行くとわかれ道がある。左の道の入口に彼の下宿があり、反対側の道のどんづまりに老婆の家がある。

「そうだね。イチョウの木のあそこがわたしらのところ。夏は涼しいけど、日が差さないから冬は寒いよ。雄の木だから銀杏もできないし。どうして大家さんはあの枯れ木をそのままにしているのかわかんないね。ところで、駅員さんたちには、叔母がいつもお世話になって悪いねぇ」

ある日の帰り道、とても明るい顔をしたチョンおばさんに声をかけられた。黄色に染まったイチョウの木を指して、一度遊びに来なさいと言った。だがまだ行ってはいない。

向かいに旌善食堂が見えた。ここで遅い朝食をとろうと思っていた。道を渡ろうとしたちょうどそのとき、老婆が鞄とともに雪の上に転んだのが見えた。すぐに駆け寄って助け起こした。幸いにけがはないようだ。しかたがない。家まで送ってあげることにして、彼は老婆から鞄を取った。今回はおとなしく鞄から手を放してくれた。三、四歩離れてついていきながら心の中でこうつぶやいた。どうやら今日は朝飯ぬきだな。彼は何気なく老婆の靴――黒い毛皮製だ――に目をとめた。

「うわ、ひどくちっちゃい足だな。まるで子どもだ」

彼は驚き、あらためてその足に注目した。毛皮の靴がこれだけなら実際の足はどれほどなんだろう。ここに流れつくまでに、この小さな足でどれほどの道のりを歩いてきたのだろう。そんなわかるはずもない問いが急に浮かんだ。するとなぜか胸が苦しくなった。振り向けば足跡とキャスターの跡が雪の上に長く続いている。それは彼女が一人で描いてきた人生の軌跡――遥かな、そしてさみしい軌跡のようであった。理由のない悲しみでいっぱいになりながら歩いていたドンスははっとした。

「おや、あれは？」

向こうのほう、老婆の真ん前をずんずんと歩くおかっぱ頭。一見するとその恰好は非常に奇異だ。膝丈の黒い裳《チマ》に真っ黄色の襦《チョゴリ》。いまでもあんな服があるのかな。顔はよくわからないが少女のようだ。滑稽にもおかっぱ頭で、黒いコムシンを履き、さらに驚いたことには、彼女は靴下も着けず、ふくらはぎをむき出しにしていた。ひゃあ、こんなに寒いのに裸足かよ！　誰だろう？　いつ、しかも突然に？

狐につままれたようにぽかんとなった。少女は老婆のすぐ二、三歩前で踊りはねるようにぴょんぴょんしている。老婆との間隔は詰まらない。チョゴリの黄色い袖と胸紐がひらひらとする。真冬の雪原にそれは一羽の紋黄蝶のようにあでやかだ。そのうちに少女と老婆の後ろ姿は角の向こう側に消えた。彼は小走りになり急いで角を曲がった。

ところがどうしたことだろう。老婆が一人よろよろしているだけで、少女など影も形もない。驚いて辺りをきょろきょろと見まわす。えっ、どこに行っちゃったんだろう。途中に路地があるわけじゃないし、幻覚かな。チョン・ドンスは鞄を手にしたまま、しばらく茫然と立ちつくした。

11

初日は十三、二日目は二十二、三日目は十七。はじめの数日、スンネが相手をした兵卒と将校の数だ。もしあんなことがなければ三日目の数字はもっと大きくなっていたはずだ。日曜日だったその日は三つの部隊から数百人がなだれこんだからだ。

三日間のあいだ膣から血が流れつづけた。泣いて苦悶すればするほど乱暴に責めたてられた。今度は本物の処女らしいぞ。近隣の隊にぱっと広まった噂にわれ先にと男たちは押しかけた。耐えがたい痛みに男の体を突き放すと、すぐさま罵言を浴びせられ殴りつけられた。血はなかなか止まらない。局部は腫れあがったままだったが情け容赦もなかった。疲れ果てて泣くほかなかった。彼らに体を委ね、死体のようにぐったりしながら。二日目は水さえまったく喉を通らなかった。熱にうなされながらも男を受け入れなければならない。夜になるとあちこちから苦しげなうめき声が漏れた。こらえきれなくなって澄江に哀訴すると、彼女はスンネをひっぱたいた。

「マサコ、ほかのみんなはなんとも言わないで我慢してるじゃないか。そんなおおげさなこと言ってるのはあんただけだよ。薬できれいに洗いなさい。治ったらそのうち慣れてくる、そうすればなんともなくなるよ」

三日目の午後。別の男がやってきたときだった。わあああっ、枕を放り投げると気が狂ったように泣きわめいてしまった。もうわけがわからなくなった。間髪を入れず吉田が駆けつけるとその足にすがりついた。

「お助け下さい、どうか。痛くて痛くてだめなんです。いっ、痛っ」

ばかやろう！　吉田が腹を蹴りとばすと金山が雑巾を口に押しこんだ。スンネの頭を毛布で覆うと二人はひとしきり足蹴を食らわせた。意識を失った。目を開けると夜になっていた。廊下の明かりとりの小窓から月光がかすかに射しこんでいる。胸の奥から泉のように涙があふれた。そのとき音もなく誰かが入ってきた。

「静かに。そうしてたら殴られるよ」

「泣かないでね、お姉さん、ね？」

班長のキヨコと向かいのユリコだ。スンネは唇を噛み、涙をのんだ。キヨコはマッチを擦り煙草に火をつけた。三人はその小さな光におたがいを認めた。

「名前、何だっけ？」

「スンネ、チョン・スンネです」

「へえ、全羅道なまりか、田舎者だね。どうしてこんなところに？」

「紡績工場で働かせてくれるって……」

「外道め！」

しばらくのあいだキヨコは煙草を吸うばかりだった。ユリコがおでこを何度も撫でてくれた。小さく弱々しい手だったが温かかった。ユリコがひっきりなしに小さく乾いた咳をした。十五歳のユリコは四十人以上の女のうちでもっとも幼く小柄である。暗闇の中でキヨコが口を開いた。

「ねえあんた、自分だけが騙されたと思ってる？　ここの連中はみんないっしょ。あたしらの人生はもう終わってる。ここじゃ豚の子扱い。名前もなけりゃ年齢《とし》も無関係。朝鮮語《ことば》もだめじゃまさに犬か豚。それを忘れちゃいけないよ。じゃないと一日でさえ我慢できないよ」

そこで口をつぐむとしばらく聞き耳をたてた。どこかからうめき声がかすかに聞こえる。

「吉田と金山は人でなしだね。あいつらに殴られて死んだのが二人もいるの。あたしがちゃんと見たんだ。いつかは帰してくれるって言うけど、そんなのは一人もいない。さあどうする？　あんたも畜生みたいにぶん殴られて死にたい？　この情けない田舎者！」

彼女の声は震えていた。ユリコはさめざめとしてスンネの肩に顔をうずめた。スンネは口に手をあて、棺のような暗闇のうちに涙をこぼした。地獄の日々、野獣の時間はこうしてはじまった。

12

何ヶ月かが過ぎた。毎日、何人もの男に体を渡した。少ないときで十数人、多いと三十人近くにもなった。それでも年上の人たちに比べればたいしたことはない。ここで一年以上になる者が相手にするのは平均三十人以上にもなるからだ。日々の日課はいつも同じだ。七時に起床、洗顔、掃除。八時の朝食ののちに簡単な化粧。九時になる前にすべての準備を終えて廊下に正座して吉田と金山の点呼を受ける。

慰安所は年中無休。休みなどない。たまに半日、あるいは一日じゅう、ぱったりと客が来なくなるときがあるにはあった。総出動したときや非常待機命令が下ったときだ。しかしそれは全然うれしいことではない。その後はきまって困憊してしまうことになるからだ。ふだんより多くの男が一挙に押し寄せるのである。数十人の一団となってやってくる。彼らはいつも軍服を着け長い軍刀を佩いてくる。あるときなど遠く離れたほかの隊の団体がトラックで押しかけてきたこともあった。慰安所に出入りできる時間は兵卒と将校では厳格に区別されている。前者は昼間、後者は夕方六時以降となっている。新米だろうが高級武官だろうが将校たちはみなここを訪れた。

本来、規則の上では、慰安所は歩兵連隊の管轄であり、連隊長の直轄下にある。しかし歩兵以外にも近くの高射砲隊や工兵隊もまた慰安所を利用した。吉田の慰安所の四十人は、結局それら数千人全員を相手にしなければならないのだ。所轄の各隊は人数を規制するためそれなりに規則を別途定めていた。隊のあいだで順番を決め、日ごとに一定数を慰安所にやったり、午前に行く組と午後に行く組に分けたり。だが実際にはそんなきまりはほとんど遵守されなかった。ややもすれば、さまざまな隊から連絡もなしに数百人が殺到し、建物の内も外も市のように終日賑わった。

そんな日、女たちは夕食もろくにとれない。列をなしている男たちのため、片時も部屋を離れられないのである。なんとか隙をついて出られたとしても、咀嚼《そしゃく》する暇などなく、あわてて丸飲みし、それから小走りで戻らねばならない。食事は朝夕二食のみ。米がちらほらと混じる麦飯に薄いみそ汁。おかずは炒り煮干しにたくあんの切れっぱしで全部である。吉田は大盤ぶるまいをするかのように、軍用乾パンとサイダーを時おり昼に配った。もちろん、そんな日にはきまっていつもの倍ほどの男と寝た。

男たちは朝早くからつめかける。営業は朝九時から夜の九時までで、休憩もなく受け入れる。一回あたり二十分。少しでも延びれば外では大騒ぎだ。早くしろと戸をどんどん叩いては野次と罵詈雑言をふっかけ、大喧嘩となる。平日はそれほどでもなかったが、土日はまるっきり地獄となる。朝、庭からのざわめきが聞こえるとスンネの視界は黄色くなり、息がつまった。夜十二時ごろまで、さらにひどいときには二時まで客の相手をしたこともある。戦線から帰還した直後のような場合だ。そんなとき、吉田と金山は格別にうれしそうであった。「とっととしろ」急き立てるのは慰安婦部屋の前で順番を待つ兵士だけではない。吉田と金山もまた、女たちに迫って「早くしろ」と声をはりあげた。

「女《あま》ども！　長々やらずにさっさとやるんだ。一人でも多くこなさなきゃならんだろ」
こんな日は完全にくたばってしまう。排水溝わきで局部を洗っていても、吉田や金山がふいに現れては女たちをせきたてた。だが二十分という規定の時間を縮めるなどとてもではないができようもない。下手をすれば兵士を怒らせ、殴られるのがおちだ。朝から晩までどうしようもなく嬲《なぶ》られるのだから、神経は高ぶり、体は傷だらけになってしまう。夜が更けて横になると、そこかしこから病苦にうめく声やすすり泣く声が聞こえた。

慰安婦部屋には小さな裏口がある。そこを出ると排水溝の通る廊下となる。そこにいくつか置かれた古いドラム缶には王老人によって時おり水がためられる。排水溝は女たちが局部を洗浄した後の水を流すためのものである。消毒は数秒のうちに済まさねばならない。事が済んでから男が服を着けているあいだ、一目散に裏口へ駆けていく。盥に水をため、赤黒い消毒薬を数滴垂らす。溝近くにしゃがみ、洗ったかどうかであわてて部屋に飛びこむ。この間に別の男が服を脱いでいる。溝の通る廊下は両側から丸見えである。彼女たちは一日に何度もここで顔を合わせた。ふだんであれば隙を盗んでは朝鮮語を交わすのであるが、盥にしゃがむこのときだけは目さえも合わせない。

仕事中は入口に立つ吉田と金山により監視されている。机の前の壁には板が掛けられ、そこには女たちの名前、写真、部屋番号が書かれている。男はそれを見て希望の女を選び、決められた部屋の前で順番を待つ。軍規上、代金は必ず軍票でと決まっている。兵卒は五十銭、将校は三ウォンとなっている。将校の場合、特別に八ウォンを出せばお泊まりも可能である。スンネもまた、やってくる男からきちんと軍票を受けとった。日本陸軍発行のそれは軍内部でのみ通用する一種の手形である。花札大のそれには金額と赤い判が捺印されていた。

「反故《ほご》紙のようだけどここじゃカネだ。ためておきゃあ本物と換金してくれるらしい」

そう年上の人が教えてくれた。仕事を終えるとその日にもらった軍票を吉田に納めた。

「おい聞け！　これはみんなお前らのためなんだ。俺から借りた金は返すんだ。そうしたら希望は何でもかなえてやる。もうちょっとがんばればいくらでも客がつくだろ。口紅もつけて、おしろいもつけて、そうして笑って媚を売るんだ。たくさん稼いで得するのは俺だけか？　お前らも故郷に錦を飾れるだろう。ちがうか？」

稼ぎのよい日、吉田はたぬきのようににたにたと笑った。移り気な彼は金山に劣らずあくどくて残忍である。何かが気に障って怒りに火がついてしまうと、むごたらしいまでに暴力をふるった。それでも稼ぎのよい女たちには優しかった。優しく美しい顔に均整のとれた体――そんな女にはたくさんの常連がついた。兵卒はもちろん、何人かの将校もまた、毎晩のように彼女たちを訪《おとな》うのである。一方で売上げの悪い者に対してはつっつけんどんであった。醜女《しこめ》。ろくでなし。むだ飯食らい。軍票を受け取るたびに叱咤し罵った。

吉田は帳簿をつけており、女たちの名前の下にその日の売上げを記入していた。しかしそれをちゃんと見せてくれたことは一度もなかった。女の中で字がわかるのはたかだか数人である。班長のキヨコはそのうちの一人だった。「帳簿を見せて下さい。私がどれくらい稼いだのか気になりますので」あるときそんなことを言った。すると髪を掴まれ、気の遠くなるまでぶん殴られた。顔の腫れあがったキヨコは怒りを堪えることができずに言った。
「ぼったくり野郎。帳簿だってろくに書いちゃいないし、誰もわかりゃしない。あたしらの金はみんなあいつがピンハネしてる」

吉田が最も憎むのは性病である。週一回の診察には軍医が衛生兵とともにやってくる。その日半日は慰安所も休みとなる。彼女たちは次々と呼ばれベッドに横たわり、股を全開にするのである。感染が判明すると治療終了まで仕事は厳禁となる。性病により帝国陸軍の戦力を弱体化させてはならぬとのことだった。感染者の部屋には立入禁止の札がすぐに掛けられる。軽いものであれば数日で治るが、梅毒となると数週間、あるいは一ヶ月以上も要することがある。そのあいだずっと吉田と金山にあてつけられることとなる。病気よりもそのことが恐ろしかったので、よもやうつされてはと戦々兢々とした。吉田の示す予防策はごく簡単である。「サック」なる白く薄いゴムを男につけるだけだ。しかしそれを頑として拒む男が問題だった。

ある日のことである。作戦の終了直後で、かつ週末でもあったため、朝早くからひどく混みあっていた。吉田の命令により女たちは急いで朝食を済ませて待機した。またもや悪夢の一日のはじまりだ。おとといの戦闘は悲惨だったようだ。中国のパルチザンが深夜に奇襲をしかけ、数十名が死亡、負傷者も多数出たという。

当然のことながら、この日、兵士たちの雰囲気はまったくちがっていた。みながみな気がたっていて不機嫌だった。復讐の相手を求めていらだつ野獣。軍規では酔った者の出入りは禁じられている。しかしこの日は例外だった。こっそり水筒に酒をしこみ部屋で飲む者もあり、大小さまざまな騒ぎが絶えなかった。

宵闇が迫っても兵士の数は減らなかった。スンネはまた夕食抜きにするほかなかった。最年少のユリコがついに気絶してしまった。たちまちひと波瀾だ。金山がそれを裏門まで引きずっていき、氷水を頭からぶっかけた。スンネの目も幾度か暗くなった。瞳はただあけられているだけで、夢かうつつか判然としなくなっていた。十二時ごろようやく最後の兵士が出ていった。スンネは夕食をとる気力さえなく、その場に倒れ伏すとそのまま眠りに落ちた。しかしそれで終わりではなかった。深夜になって、泥酔した将校の一団が殺到したのである。

この夜はひどくついていなかった。彼女のところに来たのはこともあろうに「狂犬」とあだ名される林であった。その八字髭の憲兵に女たちは恐れをなしていた。横になれ。ひっくり返れ。膝をついて這え。ありとあらゆる奇態を指示して夜っぴて責めさいなむのである。あちこちに歯を立てる。痣だらけになるまでつねりまわす。インポだとか発狂してるだとかという噂もたっていた。だが林が何をしてくるかわからないので、誰一人としてそんなことは本人になど言えやしない。その権柄づくの将校の前には、吉田もへいこらするほかなかった。

その日、林はまさに狂犬であった。歌え。踊れ。立て。丸裸にしてひっぱたいたり、つねったり、くすぐったり、足をねじったり。スンネはついに精魂尽きて倒れこんだ。腿の内側に煙草をあてられても悲鳴をあげることさえできなかった。スンネを尻に敷き、髪の毛をわしづかみにすると、くっくっと笑いながら真っ黒な性器を彼女の口に押しこんだ。その瞬間、彼女は無意識に奥歯でそれを噛みしめた。あっ——声にもならない悲鳴とともに、林が床にのたうちまわった。驚いて駆けつけた吉田と金山によってスンネは裏門の外に引っぱりだされた。金山の打擲に片手を折られ、失神した。

目を覚ますと倉庫にいた。腕には添え木もなく、いいかげんに布が巻かれているだけである。三日のあいだそこに監禁された。食事さえろくに与えられなかった。四日目、真夜中になってからそっとそこを抜け出した。逃亡に成功するなどという期待はなかった。やけくそだった。捕まって殴り殺されてもかまわなかった。雪原を何時間もさまよってようやく中国人集落にたどりつきはした。しかし結局は吉田と金山に捕えられてしまったのだ。

そのときから希望と期待をすべて捨てた。彼女は地獄の泥沼の中にいた。時おり寝ぼけて家族の姿が見えたりした。だがいずれも陰鬱な夢にすぎなかった。

13

地獄での時間にどんどん押し流されていった。そして北満州での春を再び迎えた。おぞましい慰安所生活にもようやく慣れていった。はじめはまったくできなかった日本語もそれなりに上達した。ある程度のやりとりには困らないほどである。

ある日の朝、いつものように早起きした。四月とはいえ外の空気はまだひやっとする。彼女とユリコは人よりも早く起き、建物の中と周りを掃除しなければならない。それに加えて吉田と澄江の洗濯もだ。

「ろくに稼いじゃいないくせに、飯だけは一人前に食おうってのかい？　今日からお前ら二人は掃除洗濯係だ。飯代は公平に、だろう？」

澄江の言うとおり、スンネとユリコの売上げがいちばん悪かった。お得意の多い女に対しては吉田と澄江の態度が違う。白粉《おしろい》やクリームといった基本的な化粧品、ちり紙、サック、歯磨き粉、石鹸――これらは隊から支給される。これとは別に化粧品だとか薬だとかがほしければ澄江か吉田に頼めばよい。東寧《トンニョン》で買ってきてくれるのだ。もちろんその代金は給金から天引きされる。しかしスンネやユリコはそんなことを頼める立場にさえない。

スンネの過敏な膣はたびたび問題を起こした。何かにつけて腫れあがったり炎症がぶり返したりするのである。いったん悪化するとひどい痛みのために数日間も客をとれない。ユリコの場合はさらにひどかった。彼女の部屋はふた月ほども立入禁止となっている。痼疾となってしまった悪性の梅毒のせいだ。

スンネが廊下に出ようとすると、ちょうどポンシムも出てきた。ポンシムはこのところ食事当番になっている。当番は四人制で、半月ごとに交代することになっている。スンネはうれしくなって笑いかけた。

「姉さん、おはよう」

「あ、うん」

ちらりと目をよこすと冷ややかに背を向けた。まぶたは腫れぼったく、顔が黄色く濁っている。また阿片をやったのね。寝ぼけてふらつくポンシムの背中を心配そうに見つめた。いつのころからかポンシムはまったくの別人になってしまった。誰よりも目が澄んでいたポンシム。「心配しないでね、スンネ。何があってもあたしだけを信じなさい」自分自身も不安でいるのに、こう言ってスンネをぽんと叩いたあの心強いポンシム姉さんではなくなっていたのだ。

彼女はすでに阿片中毒になっていた。慰安所では少なからぬ女たちが阿片の味を覚えた。好奇心程度に阿片を吸う者も含めると十人以上になるはずだ。しかしこの事実に対して吉田は見て見ぬふりをしている。女の病気《やっかいごと》さえ起きなければそれでよいのだ。阿片を手に入れるのは簡単である。雑役夫の王老人に軍票を握らせればいつでも街からもってきてくれる。女たちは要領よくへそくりを貯めている。常連の将校から少なくない軍票をこづかいとしてもらっているのだ。顔のきれいなポンシムには客が多く、そのために阿片も買うことができるのだろう。

阿片をやるのは女たちだけではない。吉田と澄江もまたそうであった。澄江は中毒症状がひどく、ふだんの行動の中でもそれははっきりとしていた。阿片が切れると癇癪を起こすほか、発作的に叫んだり泣いたりする。だから澄江の様子がおかしいと気づくと女たちは用心をした。

スンネは腕まくりをして床の雑巾がけをはじめた。まだ眠っているのかユリコは来ていない。両側の部屋部屋からは疲れきった寝息がこぼれてくる。今朝は久々に朝寝が許されている。前日の午後から連隊全部が国境方面に出動しているからだ。戦況は非常に緊迫した方向へと推移しているようだ。荒原の向こうから重苦しい砲声がひっきりなしに聞こえてくる。何日か前の深夜には川の対岸で銃撃戦が展開された。戦闘機もいつになく頻繁に行き交っている。隊に緊急命令が下ったり、軍事作戦が敢行されたりするので、慰安所にやってくる男も少なくなった。吉田は苦々しい顔をしていたが、女たちは内心で喜びあがっていた。

「ねえ、マサコ」

すぐ目の前の戸がぱっと開き、誰かが顔を出した。タケコである。忠清道から連れてこられた彼女は二十四歳。婚家から疎まれて出戻っているとき、工場で働かせてくれるという話に自ら乗ったのだという。

「ああ、驚いた」

「布切れ、ないの」

黄色く濁った顔で力なく微笑んだ。いつも魂が抜けているような感じで、このごろは症状がめっきりとひどくなっている。一人でふざけてぷっぷっと笑ったり、わけのわからないことをやたらにしゃべったりするのである。何日か前からは、ぼろ切れを見つけてはやっきになって集めるという習癖がはじまっていた。

「今はありません。今度見つけたらあげますね」

「そう、悪いわね」

戸が音もなく閉まった。布をどうするつもりなんだろう。もしかしたら生理のときに使うのかもと思った。生理用には隊から布の支給がある。だがそれだけではまったく足りない。慰安所の規則では、病気のときはもちろんのこと、生理中の商売は禁じられていた。しかし吉田にとってそんなことはお構いなしだ。そんなとき女たちは綿や包帯を小さくして膣に押しこめなければならない。それでも十分でなければ、古い布団の綿や布切れで代用するのである。

スンネは便所掃除のために外へ出た。玄関脇の吉田と澄江の部屋からは何の気配もしなかった。その向かいにあたる金山の部屋からはいびきが漏れていた。いつからか女の出入りはうるさく監視されなくなった。慰安所から出たところでどうせ隊の中なのだ。隊の外に通じるすべての門は兵によって固められている。四方は茫漠たる荒原で、もっとも近い中国人集落からも十キロ離れている。掃除を終えるとスンネはユリコの部屋に行った。スンネを見るやいなや、ユリコは涙を浮かべた。その手には血まみれの脱脂綿があった。

「姉さん、どうしよう。今日はひどいの」

「こっち向いて」

ユリコが裾をまくったが、スンネは思わず目をそらしてしまった。股間全体がぞっとするほど爛れていたからだ。

「姉さん、怖くて見られないよ」

「心配いらないよ。注射と薬でだんだんによくなるって」

「あたし、もうだめかも」

涙をこぼしながら膝に顔を埋《うず》めた。ユリコのその小さな体はしなびた藁くずのようだ。彼女はスンネよりもひとつ年下で、話し方にしろ顔だちにしろ、ふるまいのすべてに幼さをとどめている。父が病死したのち母が再婚し、伯父の家で育てられた。そしてその伯父が自分の娘の代わりとして、彼女を報国隊〔訳注　植民地時代、労働に強制動員するためにつくられた組織〕にさしだしたのだという。ここに連れてこられたときたったの十四歳。あまりにも子どもだったので最初の一年の仕事は掃除と雑用だけだったそうだ。

「そんな注射なんかだめよ。なぜかあたしには効かないんだって。軍医がそう言ってたの。こんなのはじめてだとも言ってた」

「そんなことない。どんなにひどい梅毒だって606ならあっという間。あたしもそう。心配いらないよ」

暗い部屋には悪臭が漂う。そのむっとしたにおいは何かが人知れず腐ってゆくにおいであり、それはまた酸っぱくもある。骨の出たユリコの背中を黙って撫でてやった。恐ろしい梅毒は慰安所では珍しくはない。何ヶ月か前にも一人が死んだ。長らく患った末に陸軍病院に運ばれたが、結局は茶毘《だび》に付されたという噂である。

スンネもすでにその病を経験している。ある日、これといった痛みもなく、不気味なしこりと斑点が陰部を彩った。そこで軍医から「サルバルサン606号」を二回ほど注射された。その注射は噂のとおりつらいものであった。すぐさま吐き気とともに悪臭がガスのようにこみあげた。薬のせいで一日じゅうろくに体を支えられない。スンネの場合は人より治療期間が長かった。もともと虚弱体質であるうえに陰部の爛れがひどかったからだそうだ。

だがユリコはさらに病状が悪く、治療が半年を超えても快方の兆しさえない。最近ではその注射さえ施してもらえない。過剰投与のために副作用が起きたらしい。代わりに軍医は少量の水銀を渡した。壺の水にそれを垂らして沸かし、それからその壺にまたがる。毎日こうして蒸気を患部にあてている。

「水銀を食べるといいんだって。あたしもそうしようかな、姉さん？」

「誰がそんなこと言ったの？」

「王じいちゃん。いい薬があるって……」

「あんた、お金がないのね？」

ユリコはうなだれたままでつぶやくように涙声で話した。スンネは何も言えず、ユリコの手を握りしめた。

「心配しないで。まだいくらかは持ってるから」

「また姉さんに迷惑かけて……姉さん、ありがとう」

涙をこぼさんばかりにして力なく笑った。


朝食の後、スンネはユリコとともに洗濯物を持って川に向かった。慰安所内の表情は久しぶりに気楽そうだ。掃除や布団干し、針仕事にいそしんでいる。ここぞとばかりに寝ようとして部屋に閉じこもる者もあったが、多くはスンネのように服や布団を持って洗濯場に行った。曇り空で日ざしを見ることは難しかったが、こんな時間はこれからもそうそうないはずだ。慰安所後方に鉄条網でできた小さな門があり、そこを出るとすぐに川となる。その門を守っている歩哨たちが女を見てふざけあっていた。

「ねえキヨコさん。ついでに俺の褌も頼めんかい」

「いいわ。じゃ、とっとと脱いで」

「今ここで？」

「そ、みんなの前でね」

「この女《あま》、俺をからかおうってのか」

にやついている兵士の一人からキヨコは煙草ひと箱をかっさらった。川辺には王老人が出ており、かまどにドラム缶をかけている。吉田の慰安所には全部で四十二人の女がいる。下は十五歳、上は二十七歳までで、連れてこられた理由もさまざまである。朝鮮人巡査に売られた女はその養父母からこっそりとまたここに売りとばされた。長いあいだ家政婦の仕事していたある女は仕えていた日本人夫婦の話に乗せられてやってきた。青菜摘みに出ている最中にトラックに押しこまれた女。阿片の密輸取締班と名のる日本人巡査と軍属によって汽車に乗せられてしまった女。継父に三百ウォンで売られた女。看護婦募集という話を信じて手を挙げた女……極貧の農村の少女でなければ、幼いときから宿屋や定食屋の下働きとして、あるいは家政婦などとして働きに出ていたような少女たちだった。たとえ親があったとしても、娘を探すような甲斐性さえない、しがない田舎者なのだ。

スンネは砂利の上に洗濯物を置いた。渇水期のようで川の水はとても少ない。女が集まれば途端に姦《かしま》しくなる。洗濯物といっても、ぶわぶわの作業用アッパッパと下着、タオル、それに敷布団から引っぺがしたものですべてである。その中でいちばん手間がかかるのは綿のシーツだ。少なくとも三日に一度はそれを洗濯しなければならない。それぞれで要領よく、暇を見つけては洗うのである。毎朝きれいなものを敷いておくけれど、男たちの体ですぐに汚れてしまう。夕方になれば、将校たちを迎えるために新しいものにとりかえるのだ。

スンネの洗濯物はいつも人の倍ほどだ。自分のもののほかに、吉田と澄江のものが風呂敷ひとつ分ある。スンネは沸騰したドラム缶にシーツを入れる。ドラム缶はたったひとつきり、シーツは百枚以上なのだから、何回かに分けて煮沸するほかない。苛性ソーダ入りの熱湯に服をしばらく浸し、それから川ですすぐ。そうすると少々の汚れはたやすく落ちる。王老人が火を熾しているあいだ、みなは平らな岩の上に車座となって煙草をふかした。重々しく陰鬱な雲に覆われた空の下で。

「馬鹿じゃないかしら！　こんなとこで孕むなんてね、いったいどう片をつけるつもりかしら」

キヨコが一人言のようにぽつりと言った。

「また誰か妊娠したの？」

「あの黄色頭のほかに誰がいるの」

「マユミ姉さん？」

「あきれた！　七ヶ月だって。子どもができたのさえ気づきゃしないウスノロだね」

ソウルで小学校を出たというマユミ。最初にここに来たときには数人しかいなかった、日本語を解する者の一人だった。無口で、またとりわけ臆病で、誰かが声を荒げるとすぐに顔を青くして狼狽した。

「堕ろすしかないね」

「それができるくらいだったらよかったんだけど。軍医はたまげたそうだよ。もう育ちすぎて、手を出せば母子もろとも」

「どうするんだか。産むしかねえだか」

「あんたバカね！　産んでどうする？　ここで誰がどうやって育てるの？　吉田がおとなしく見て

ると思う?」

　こんな地獄でもまれに子どもを産む女があった。もちろんサックを拒む男のせいだ。妊娠が明らかになると、薬を飲むか、軍医に手術をしてもらうかする。だがマユミのような例ははじめてだ。

「チッ、わかってて黙ってたんだよ。とろい女!」

　こう言ったキヨコにみなが驚いた。

「マユミ、同棲してたわね?　あの下士官と」

「ああ、佐々木さん!　そうだねそうだ。とってもいい人だったわね」

　あのときはみんなマユミをうらやましがっていた。その三十代前半の下士官は兵站の関係で慰安所にしばしば出入りしており、マユミをとても大切にしていた。ついには中国人集落に部屋を確保し、マユミと半年ほど生活を共にした。身請けの金として吉田にかなり払ったとの噂である。しかしそれも長くは続かなかった。ある日、運転中に襲撃を受けた佐々木が死亡したとの一報が舞いこんだ。その途端、吉田は彼女を連れ戻してしまった。

　スンネは悲しい思いでマユミを見つめた。向こうの川原に一人うずくまり、地平線をぼんやりと眺めている。あの人はこれからどうなるのだろう。どんな将来があるのだろう。スンネはため息をついた。

「じゃあ佐々木さんの子だね!」

「かわいそうなことしたっけねえ」

「だからあんたたちも気をつけな。あんなふうになりたくなきゃね」

「姉さん、あたしたちでも将来赤ちゃんを作れるの」

「将来？　いつ？　帰って、嫁に行って？」

「まあねえ、あきれた、お嫁なんて……」

「おバカなお嬢ちゃん！　夢を見ないでよ。おまんこがぐしゃぐしゃじゃあ嫁も何もないわね」

しばらくのあいだ、それぞれはただ紫煙を吐くだけだった。スンネはマユミの視線の先を見やった。マユミは相変わらず一人でいる。黄色の川のその向こう、地平線が遥か彼方に流れている。ああ、あっちが南だわ。地平線の向こうからふいにかすかな音がしたように思った。スンネはもどかしげに首を伸ばした。

14

川から戻るとユリコといっしょに前庭へ洗濯物を干しに行った。そこでは縁台の女たちがささやきあっていた。

「あのハナコ。いつかやるんじゃないかと思ってたわ。きのうもあたしに軍票をねだってね。どんだけ借金があるんだか」

「吉田んとこにどうやって入ったんでしょうね？　ばれたらどうするのかしら」

「阿片中毒は自分の子だって売っちまうらしい。薬が切れると目も見えなくなるからね」

「金山がいなかったからあんなもんで済んだけれど、もうちょっとでまた仏さんの片付けする羽目になるところだったよ」

スンネはびくっとした。ハナコを——吉田の部屋に忍びこんで引き出しを荒らしていたポンシムを発見したのは澄江だった。阿片を盗むためであることは尋ねるまでもなかった。それから吉田が寝室から飛び出してきてポンシムを半殺しにした。後で女たちがむごたらしく倒れていた彼女をやっとこさっとこ背負い、部屋に寝かせたようだ。

「マサコ、いまは行っちゃだめよ。吉田の命令。水のひと口でもやったら殺されると思えってさ」

「いやはや、あきれたね。澄江が止めなかったらハナコは殺されてたでしょうね」

スンネは縁台にくずおれた。その日一日、ポンシムの部屋からは何の物音もしなかった。夜が更けてからそっとポンシムのもとに行った。吉田の部屋を除いてほとんど灯りはない。久々にのんびりと過ごせたので早く床《とこ》に就いたようだ。男たちの汗のにおい、どしどしと響く足音、喧騒——これらにあふれるはずのいつもの室内はうそのように静かである。意外にもポンシムは目を覚ましていた。暗い部屋には紫煙が渦まいていた。

「どうして吉田のところに？　そんなに我慢できないの？」

「帰って」

ふうっと煙を吐きながら冷やかに言った。

「姉さん、どうしたの？　どうしてこんなになっちゃったの？　あたしだってもう姉さんが怖いわ」

ポンシムがごほごほとひどく咳きこんだ。煙草を持つ手が痙攣している。スンネは涙にむせんだ。

「ほんとうにこうして死ぬつもりなの？　阿片でぼろぼろになるのは怖くないの？」

「あんたには関係ないでしょ？　出てってよ！」

「あたしとの約束、もう忘れたの？　いっしょに帰って、それからお金を稼いで町で美容室をやるんでしょ。ねえそうでしょ？」

「気でも狂ったの！　あんた一人で帰んな。どうせあたしには家だってふるさとだってない。こんなざまでどうやって帰るつもり？　ちっ、あたしを売りやがった継父《おやじ》。会ったらこの手でぶっ殺してやる」

「何？　どういうこと」

「あのケダモノはね、四百八十ウォンであたしをあの日本人に売ったんだよ。ばかな母さんは何にも言えないでただ部屋で泣いてたの。そのときは、母さんもあたしも工場に行くものだとばっかり思ってた。だけどあの外道は慰安婦になるって最初から知ってやがった」

「まさか、どうして……」

「スンネ、自分は別だとでも思ってるの？　あんたんとこだって金をもらったんでしょうに。知らぬは本人ばかりなりよ」

「だ、誰がそんなふうに言ったの」

世界が発光した。スンネはポンシムの手をぐいっと掴んだが、その体はひどく震えていた。

「誰だと思う？　あたしよ。あたしがこの耳でしかと聞いたのよ」

「うそ、うそよ」

「あの日あんたの村にトラックが停まってたとき、中からあいつらの話を聞いてたの。三百五十ウォン。あんたの母さんはね、はじめはだめだって怒ってたわ。だけどこっそり里長から受けとったのよ。フッ、信じられないならそれでもいいけど」

スンネは酸素不足の魚のように口を開けたまま息をつまらせた。母の怒声が耳元にこだました。狂ったのかい。何言ってるだね。もう一度言ってみな。口をぶっ裂くよ。ああ、それは本当なのだろうか。あのときはもうあたしを売るつもりだったのか。いや、そんなはずはない。上体を起こそうとしたスンネはポンシムにすがりつかれた。

「あたしを、あたしを助けて。今度だけ、これっきりだから。スンネ」

スンネはため息をついた。そして足袋から軍票と紙幣を何枚か取り出した。先ほどユリコに渡して残ったうちのすべてである。

「これで全部よ。もう阿片で死んでも知らない。これ以上は助けてあげられない」

「ごめんスンネ。すぐに返すわ。もうすぐ星本中尉が休暇から帰ってくるから」

扉が閉まるとき、そう力なげに言った。慰安所のみんなは星本中尉のことをポンシムの恋人だと言った。彼は背の低い、きれいな顔だちの青年だった。しかしもう二度と彼には会えないだろう。

一ヶ月前、星本は戦闘中に両目を失って日本に護送されていたのだ。

部屋に戻ったスンネはまんじりともできずに夜を明かした。あれはうそだ、でたらめを並べてるだけだ、そう思って首を横に振った。だがそうすればするほど、心の片隅に疑念がとぐろを巻いた。連れてこられた日の朝のことがしきりに思い浮かんだ。村の仕事を手伝うため、母さんとおばあさんは朝早くからばたばたしていた。思いがけずその朝は麦ご飯が出た。父の——徴用でいなかった父の誕生日でもなかったように思う。金粉のような麦ご飯をどうしてこんなに。おかしいと思ったのも束の間、弟妹と入り乱れ、スンネも餓鬼のようにして一瞬のうちに平らげた。母さんがちらっとあたしを見たような。うす赤くなった目をしていたけれど、すぐに顔をそらしてしまった。ご飯が終わっておばあさんと出かけるとき、母さんは不意にこちらを振り向いて、まじまじとあたしを見つめた。それからまた向き直ると路地を出ていった。言うべきことを隠していたようなあの目がしきりに思い出された。本当にそうだったのかしら、母さんが……。

枕に顔を埋《うず》めた。黒飴のようにべたべたとした涙が次から次へとこぼれてきた。そうだったのかもしれない。いや、十中八九そうだったのだろう。そんな目をそむけたくなるような疑念を長いあいだ心の奥底にしまっていただけなのだ。母のことは理解できる。ひどく貧乏な暮らし。飢えている弟妹。いつ帰ってくるかもわからない父。一人でも口を減らせれば助かる。それに工場で稼げるという話だったじゃない。母さんだって、里長とあいつらをそのまま信じたんだ。あたしだってそうだった。工場に行けば白米をお腹いっぱい食べられると信じていたのだから。そうだ、三百五十ウォン。それだけあれば何日かはみんな何とかやっていけるはず……。

ひと晩中こんなふうにして努めて自分を慰めていた。しかし恨めしさと悔しさはなぜかいつまでも消え去らなかった。胸が高鳴って今にも破裂しそうだ。ああ母さん。毛布をかぶったまま、声を殺してすすり泣いた。


一睡もできなかったスンネは、翌朝、ほうきを手にして便所に向かった。庭の片隅に板で作られたそれは七つに区切られている。早くも誰か入っているのか、そのうちのひとつは戸が閉まっていた。そこ以外の便所掃除をすべて終えたときにも、その中からは何の気配も感じられなかった。

「もしもし、入ってますか」

ほうきでこんこんと叩くと、締りの緩いその戸が一人でにガタンと音をたてて開いた。目の前にはほの白いものが長々とぶら下がっている。それは人の足だ。服の裾がゆらゆらとし、天井付近には紙のように白い顔が垂れていた。

スンネの悲鳴に女たちが駆けつけた。誰？　タケコだ、タケコが便所で首を吊ったんだよ。吉田と金山が下着姿であたふたと駆けてきた。金山がタケコの首に巻きついた紐を刀で切った。地面に転がされたタケコの顔は漆喰塗りの仮面のようだった。舌の先を少し突き出し、目は細く開かれていた。その貧相な首に巻いてあるのは布切れで撚った紐である。

「ああかわいそうに。ぼろ切れをこまめに集めて」

鼻のつまった声で誰かがつぶやいた。紐は色鮮やかな子どもの五色《セットン》チョゴリのように色彩豊かであった。その紐のいちばん端にある赤い布にスンネはすぐに気がついた。それはおとといスンネが渡したものに違いなかった。ああ、これだけあれば十分だわ。ありがとう、マサコ。そのときタケコの血の気のない顔に浮かんだ不思議な笑みを思った。

王老人が古い莚でタケコをすっぽりと覆った。莚の先からかさついた両足が突き出した。それはたくあん色に濁り骨ばっていた。王の息子が街から馬車を調達してやってきた。死体を載せて馬車が庭を出るとき、何人かが泣きだした。

「てめえら、静かにしやがれ！　てめえのおふくろが死んだんじゃあるめえし。中に戻れ」

金山の一喝に追われるかのようにみなは建物に戻った。いつの間にか兵士たちが三々五々集まってきている。

15

時はどうにかこうにか過ぎていった。いつの頃からかスンネは時間の感覚さえ失っていた。すべてが悪夢のようだった。そうして冬が終わり、春も去り、短い夏も果てようとした頃、またひとつの死があった。マユミの死――それは予想だにしないものであった。堕胎手術ができないと判明したにもかかわらず、吉田はマユミを馬車馬のようにしごきつづけた。水銀入りの薬のほか、あれこれと得体の知れない薬を飲ませた。しかし胎児はしぶとかった。臨月になってしまうと吉田もあきらめたようだった。腹の大きなマユミを見守る女たちのほうははらはらしていた。母親と子どもの将来を案じたのである。あの畜生だってこぶつきをこきつかいやしない。しかたないから故郷に帰すだろう。あれこれと根拠のない推測が飛び交った。

陣痛がはじまると澄江は妊婦を自分たちの部屋に移した。王老人が湯を沸かし、スンネがそれを運んだ。消毒済みの鋏やタオル、軍用毛布を持ってきたのはキヨコだ。

「この子はかわいそうね。着せる服だってないのにね」

腹に手をあててうんうんしているマユミはそう言ってすすり泣いた。

「ばかじゃないの、今そんなことが問題なの」

「姉さん、ほんとうに大丈夫だよね。ね?」

「心配すんな。澄江さんが軍医に連絡したんだ。いざってときは駆けつけてくれるってさ。だから心配すんな」

「貴様! 何様のつもりだ。ぺちゃくちゃするな」

部屋の外からドアを蹴りとばして吉田が一喝した。澄江がたんすの引き出しから何かを取り出した。

「産湯の後はこれを着せな」

その口吻はいつものように冷やかだ。柔らかい布で仕立てた白い産着とおむつ、タオル、それに桃色の花があしらわれた小さな布団。それらを準備してくれていたようだ。スンネとキヨコは驚きの目で澄江を見た。マユミは泣きながら「ありがとうございます」とくり返した。「澄江さん！すみません。ありがとうございます」

マユミは子どもを産むことなく死んでしまった。夜通し苦しんだ末に意識を失った。遅れてやってきた軍医は、胎児はすでに母胎のうちで死んでいるようだと告げた。病院のある琿春までは車で四、五時間かかる。すぐに琿春へという澄江だったが、吉田は怒気を孕んだ声でそれを否んだ。そうして言い争っているうちに妊婦は息を引きとった。

遺体は莚にくるまれて裏庭の片隅に置かれた。朝早く、王老人親子と中国人雑役夫が担架で川に運んだ。女たちは担ぎ出されるマユミを見送っていたが、吉田と金山がわめきちらしながらそんな彼女たちを建物に追いやった。便所の後ろに隠れてスンネはその光景を一人見つめていた。担ぎ手たちは葦の茂る湿地の向こうに消え、ずっと後になってから手ぶらで戻ってきた。マサコ、マサコ。部屋から澄江の声が聞こえた。

「これをすぐにでも燃やして。灰だって残しちゃだめよ」

玄関の三和土《たたき》に包みを投げだすとばたんとドアを閉めた。裏庭に出てからそれをほどいてみた。例のおむつに産着、布団だった。マッチを擦って火をつけた。黒く燃えているそれを眺めていると、つい涙がこぼれた。その日の夜、夢にマユミを見た。赤ん坊を抱いた彼女は明るい笑みを浮かべながら葦の茂みへとゆっくり姿を消した。黄色い蝶々が彼女たちの上をひらひらと舞い、寄り添っていた。

16

戦況は日増しに激しくなった。慰安所に幽閉されている女たちには外の状況を知るすべがない。ただ兵士たちの話から推量するほかない。遠雷のような砲声やのし歩く戦車の轟音、隊列をなして飛ぶ戦闘機の騒音が彼女たちを不安にさせた。

慰安所にたったひとつのラジオを澄江が持っていた。たまの休みのとき、空いた時間にそれを廊下に出して音楽を流してくれた。女たちは日本の流行歌を好んだ。三々五々ラジオの前に集まってはいっしょにそれを歌った。そのうちでもミチコとアキコはずばぬけてうまく、そのために将校たちの寵愛を得て、祝日や祝賀の場にはしょっちゅう呼ばれた。スンネには歌の素質はなかったが、女たちにあわせてこっそり歌ってみた。するとにわかに感極まってしまったものだった。だがいつからか流行歌の放送がなくなり、とりすましたアナウンサーの悲壮な声と軍歌ばかりが流されるようになった。

隊は討伐作戦のために昼夜を問わず出動した。いったん戦線に出ると何日も戻ってこない。トラックに乗って帰投する兵士たちの歌声を聞くだけで戦闘の結果をすべて見通せた。この数ヶ月、軍歌の声はしだいに重く、沈鬱になってきている。帰投の翌日には必ず葬送があった。虚空に放たれる弔銃の音と、練兵場に整列した兵士たちがかける沈んだ号令が慰安所の屋根を震わせた。

ある日、隊は深夜に奇襲を受けた。中国のパルチザンが目と鼻の先までやってくるのははじめてだ。爆音と豆を炒っているかのような銃声に女たちは度肝を抜かれた。慰安所にいた将校たちは制服をつける間もなく飛びだしていった。共匪〔訳注：中国共産党指揮下のゲリラ〕が隊の弾薬庫を襲撃しようとして失敗し、ソ満国境を越えて退散した。翌日、スンネは王老人から恐ろしい話を耳にした。日本軍が共匪の死体を集落の空き地に数珠つなぎにして並べ、さらに住民たちの目の前で二人の男の首をばっさりとやったのだという。共匪と内通した罪らしい。王老人親子はすっかり怯えた顔をしていた。日本軍で働いたということでパルチザンに報復されることを恐怖しているのだ。

初雪とともに寒さが迫ってきた。室内の盥の水でさえも凍るほどであったが、建物には火の気のかけらもない。吉田は豆炭を節約する必要があると言いながら、単に耐えろとくり返すばかりだった。欠乏しつつあるのは燃料ばかりではない。支給品の不足もまた日増しにひどくなっていった。ちり紙、石鹸、タオルなどの日用品の支給は半分になり、サックでさえも欠配になった。それでサックについては当面のあいだ、洗って使いまわすこととされた。使用済みのサックを集め、水でゆすいでから消毒、それから潤滑剤を塗る。女たちはこうして最低でも数回以上は使った。そのためか、性病にかかる者がぐっと増えた。

食事の量も大幅に減った。麦飯に代わり、粟飯《あわめし》、もろこし粥、あるいは豆粕入りの粥が供された。おかずは菜っぱの塩漬けがひとつ。塩辛いみそ汁も朝の一回のみになった。正月や祝日のみ振舞われる肉入りスープなどは夢のまた夢だ。空腹に苦しむ女たちはどうにかして食べ物をと奮闘した。軍票を渡して王親子や中国人雑役婦にこっそり食べ物――鴨の卵やじゃがいも、小麦粉の団子など――を持ってきてもらうこともあった。

女の誰しもが悲惨な痩せ姿を晒した。男の嬲りものとなる日々に体はずたずたになり、精神も極度にむしばまれた。強い薬と慢性的な栄養不良のために体じゅうがむくみ、みな黄色い顔をしていた。いくら注意していても性病を避けることはできない。いったん梅毒になれば、治療して症状が治まったとしても月に一回か二回は強い注射が必要だ。注射を受けた日は終日めまいとだるさに悩まされる。

戦況が不利になるにつれ、慰安所を訪れる兵士もかなり少なくなった。休みが増えるほどに吉田の痼癪はいや増した。兵士の顔つきも変わり、帰投のごとに死傷者の数が大きくなった。谷間に展開した小隊が全滅させられたこともあった。将校の顔にも兵卒の顔にも、不安と恐怖がはっきりと刻まれていた。そのせいなのか、ややもすると女相手に感情を爆発させ、拳を食らわせるのだった。なのに戦線に向かう前日にはうそのように優しくなり首を垂れた。性交の前もまた、それまでにはなかった温和なそぶりを見せた。いくらかの軍票やお金、菓子などを握らせることもある。さらには使い残しの歯磨き粉やちり紙、靴下まで渡す者もいた。「マサコさんも達者でな。戦争なんかとっとと終わらして、あんたも故郷に帰らんとな」そう言って涙を浮かべる姿にスンネの胸も熱くなる。けだもののごとき男でさえも、目前に迫る死の前では子どものように弱々しくなるようだ。

しかし人間というのはまったく理解できない存在だ。そんなふうにして別れたにもかかわらず、運良く生還した者は以前にもまして獰猛になり、同時に、以前にもまして怯えるようになった。始終びくびくしているその目には奇妙なきらめきが宿った。それは戦争が彼に与えた死の禍々しい狂気である。彼らはもはや正気ではなかった。

ほとんどの女には常客が何人かついている。彼女たちは〈俺の彼女〉だとか〈嫁さん〉などと呼ばれ、結婚や同棲の話をもちかける男といちゃついていた。そして服や化粧品、菓子などをやたらと貢がれ、ときには金を与えられることもあった。ある一人の男を惚れ合ったどうしで痴話喧嘩も起こった。はじめスンネはそんな状況がまったく飲みこめなかったが、親しみを持てる人たちがだんだんとできてきた。

入隊したばかりの新兵である鈴木もその一人だ。二十歳らしいが、顔の柔毛《にこげ》や目もとはまだ幼い少年のようだった。はじめて会ったとき、上司の下士官に引っぱられてきた彼はすっかりびくついた顔をしていた。同じ小隊の兵士も何人かついてきていた。「おい、マサコ。こいつぁ正真正銘の童貞だからな、特にかわいがってくれよ」下士官はにやにやしながら言った。部屋に入れられてしまった彼は、案の定、右も左もわからぬ本当のお子様だった。よくわからぬ間に事を済まし、ズボンを身に着けるとだしぬけにスンネの頬をぶん殴った。それから「マサコさんすみません。すみません」と詫び、あたふたと逃げていってしまった。数日後にまたやってきた。このときは一人だった。赤くなった顔で照れくさそうに差し出したのは、紙にくるんだ口紅と二袋の乾パンだった。

戦線に赴く二日前の訪問が最後となった。彼はスンネを抱きしめると震える声で言った。もうすぐ戦場に行く、そうするともう二度と戻ってこられないかもしれない、と。男子と生まれては祖国のために滅私奉公……言っている途中で突然涙をこぼした。

「いやそれは違う。僕は死にたくないよ。怖くて息もできなくなりそうなんだ。生きたまま頭の皮をひん剝いて、そしたら柱に吊るしあげる——共匪は捕虜をそうするんだってさ。そうなるくらいだったら僕は自分で腹をかっさばくよ。故郷《くに》の母は僕のために毎日、仏さまに祈ってくれてるはずだ。家族が悲しむことを考えるとどうかしてしまいそうなんだ」

体をわなわなとさせながらそうこぼした。そんな彼を抱きしめてスンネはささやいた。怖がらないで、きっと生きて戻ってこられる。そしたらお母様に会えるわ。鈴木は無理に笑うと静かに部屋を出た。それが最後だった。

鈴木の死を告げる一報にスンネは胸を痛めた。年上であるはずの彼を弟のように思っていた。もちろんそれは憐憫以上の感情ではなかった。だがたったひとつの例外があった——石井中尉だ。

17

石井は新たに着任した歩兵連隊付医務将校だ。毎週の定期検診のときのこと。慰安所はスンネの隊の医務将校が担当しているが、その日は近隣の別の連隊付の石井が臨時に出向いていた。その第一印象はまったく軍人らしからぬものであった。美男というわけではないが、目もとが涼しく善良そうに見えた。定期検診は毎回恥さらしであった。動物のように仰向けになって股をめいっぱい開く——これをするたびごとに辱められているような気持ちに襲われた。医務室に入ったスンネと目が合った瞬間、その初対面の青年ははっとしたようだった。医務室を出るときにも彼はスンネをじろじろと見つめた。

一ヶ月後、石井は一人で慰安所に来た。小雨のしのつく秋の夕暮れどきのことだ。このときは検診のためではなかった。吉田は小躍りして彼を迎えた。医務将校は格別の賓客なのだ。ちょうどそのときスンネは雑巾がけをしていた。石井の口からマサコという名が出てきたとき、彼女は自分の耳を疑った。どうしてあの男があたしの名前を。部屋にやってきても彼は軍服をとろうとはしなかった。スンネがだぶたぶのアッパッパを脱ごうとしたとき、あわててそれを制した。

「そのままでいい。俺はいいんだ」

スンネはびっくりして頭を上げた。ぎこちない発音ではあったが、それはまちがいなく朝鮮語だった。彼はスンネを再度見回してからにっこりと微笑んだ。

「やっぱりだ。不思議だがそっくりだ」

「ちょ、朝鮮語ができるのですね」

返事の代わりに首を縦に振った。うれしさのあまりに思わず彼の手を握った。ここに来てから朝鮮人の兵士には会っていない。将校であれ兵卒であれ、日本人ばかりだ。朝鮮から徴用された学徒兵が多いと聞いていたのに、みんなどこに行ってしまったんだろう。だれか一人でも会えたらどんなにうれしいことか。しばらくのあいだ手をとって、思いきり愚痴をこぼしたい。そんな話を仲間としたりした。みんな同じ思いなのだ。後になって理由がわかった。規則で朝鮮人兵士は慰安所に出入りすることが徹底的に禁じられていたのだ。慰安所に隣接する警護所でさえも朝鮮人が外されるほどだった。

「えっ！　朝鮮の人ははじめて」

「いや、僕は日本人だ」

「え？」

「母が朝鮮なんだ。父はそれをひどく嫌がってたけどね。母は日本語が下手で、家では僕に朝鮮語で話してたんだ。ちょうど隣にも朝鮮のおばさんが住んでてね、母と遊びに行ったりしてたんだ」

半分朝鮮人。それは澄江と同じだ。しかしそれだけでも彼が別格であるように感じられた。

「マサコさん、気楽にしてていいからね。僕は君と何をしようと思って来たんじゃないんだ。ただ話がしたかったんだ」

スンネはぽかんとしてしまった。よくわからない人だ。その日、石井は最後まで服をとらなかった。隣に寝ても手を出すそぶりさえなかった。朝、目が覚めたときには枕もとにいくらかの軍票があるだけで、彼の姿はなかった。その日から彼はしょっちゅうスンネのもとにやってきた。彼が現れると、吉田と金山が外からスンネの名を呼んだ。半年が経っても二人のあいだには何もなかった。

軍服を着たまま話をし、そのまま眠る。朝になれば何も言わずに姿を消した。

石井は二十四歳。東京の大学を出ると軍医として入隊した。繊細で情愛の深い彼は軍服の似合わない青年だった。ふだんは寡黙なほうだが、酒が入るとわりあい口が軽くなった。

「マサコさん。今日は君の故郷の話を聞かせてよ。智異山？　ああ、南の高い山だね。前に聞いたことがあるんだよ。大学の同期に朝鮮人がいてね。晋州《チンジュ》の出だって言ってたかなあ？　え、山茱萸の花？　知ってるさ。村じゅうが一面の黄色かあ、いいだろうなあ」

「今度は石井さんの故郷《おくに》のことを教えて下さい」

「僕のうちは伊豆半島という所にある。東京から汽車で十時間もかかる、半島の南端にある小さな港町だよ。下田。そういうんだ。有名な熱海温泉という観光地を過ぎて、海岸線沿いにずうっと行くといつの間にか着く終着駅。本当に絵のように美しい港だよ。沖には小島が青いビー玉みたくぷかぷかしてて、島と島のあいだを大きな船や小さな船が行ったり来たりしてる。僕のうちは浜辺のすぐそばだから、波の音がいつも耳もとでするんだ。朝は汽笛の音で起きて、夜は外のざわめきに波を思いながら眠る。マサコさん、船に乗ったことはある？　まだ海も見たことない？　そうか。朝早く船に乗って海を駆ける、あの気分は君にはわからないだろうね。父は小さな漁船を持ってたんだ。事故で痛めてから、今は足腰が不自由だけどね……」

いったん口火が切られると話は次から次へと続けられた。柔らかな声で語られるその話を聞いていると、スンネは時おり涙がにじんでくるのだった。地獄のこの日々にあって、それはほっとするような特別の邂逅であった。この人は何であたしに優しくしてくれるんだろう。

「君は弥生子にそっくりだ。僕の妹なんだ。こういう目もとや鼻の感じ、口もと、ごまみたいなほくろ――小さかった頃に瓜ふたつだよ」

いつのときか、スンネの顔を見つめてそう言った。その妹について尋ねようとしたが、彼は悲しげな顔をして口をつぐんでしまった。慰安所の女たちは彼のことをスンネの恋人などと呼んだ。スンネはそれがいやだった。二人のあいだの純粋なものが汚されるような気がしたからだ。

病気のときや具合の悪いとき、石井はとても重宝した。薬や食料をわざわざ持参してきてくれたのだ。簡単な計算や名前の書き方などは彼から習った。スンネはいつしか彼をお兄さんと呼ぶようになっていた。そんなふうに呼ぶと本当のお兄さんであるような気もしてくるのだった。そんな石井でさえも戦場から戻ってきた日には苦悶していた。ときには酒瓶を持ちこみ、おし黙って飲むこともあった。ふだんは酒をたしなむ性質《たち》ではない。

「酒を飲むのは怖いからなんだ。マサコさん、人間ってのはびっくりするくらい恐ろしいね。われわれ日本はいつか手ひどい目にあうだろう。神様がいるなら許すはずがないよ」

すさみきった目をしてつぶやいた。その年の夏、それが石井の最後の訪問であった。大規模な討伐作戦の遂行直前のことだ。酔っていた彼はスンネを力の限り抱きしめた。

「マサコさん、最後のご挨拶だ。僕は生きては帰ってこられないだろう。人間はそういう予感がするものなんだ。今日、両親に手紙を出した。僕の本と写真といっしょにね」

目に涙をためながら小さく言った。死ぬことは恐怖ではない、だけどさみしい、さみしすぎて堪えられない。君の顔がふっと浮かんできて、こうして来てしまった。酔っているせいか、スンネを抱いたまましきりに「弥生子」と呼んだ。

「弥生子、許してくれ。お前はわかってくれるよな、弥生子。僕がどれほど愛していたのか。僕はお前を治してやりたかった。だけどもうだめだ……」

九歳のとき弥生子は事故にあった。運命のその日、石井は幼い妹を自転車の後ろに乗せ、得意になって走っていた。船着き場に向かっていたのである。父の漁船が入港する頃であった。船着き場に這っていたロープにつまずいて自転車ごとひっくり返った——そのとき弥生子の小さな体は鳥のごとく海へと放物線を描いた。漁師たちが急いで引き上げたが、彼女は血まみれになっていた。落ちたとき防波堤に頭を打ちつけたようだ。その事故以来、弥生子の知能は三歳児以上のものにはなっていない。今も弥生子は庭にかがみ、花を見つめているだろう——石井は涙をこぼさんばかりに言った。「君をはじめて見たとき、どんなに驚いたことか。弥生子が目の前にいるのかと思ったよ。これを見て」そう言って家族写真を見せてくれたことがある。大きなリボンをつけた少女が無邪気に明るく笑っていた。その日、石井は日づけが変わる頃に戻っていった。

「君がかわいそうだ。死んではいけないよ。必ず生きて帰るんだよ。朝鮮に、あの気の毒な朝鮮にね。さよなら、マサコさん」

それが最後のことばになった。数日後の真夜中、胸を錐で貫かれるような痛みにスンネの眠りは破られた。石井さんが死んだんだ。そんな予感が稲妻のごとく頭をよぎって嘆息した。テントに砲弾が直撃したのだそうだ。彼の遺体はほかの戦死者とともに荼毘に付され、骨壺のみが日本に帰っていった。

彼の戦死の報があった日の夜、また夢を見た。南方の港――沖には青いビー玉のような小島が点在している。下田。石井の故郷だ。人気のない浜辺。春の陽がふり注ぐ水面に花びらのようにして何かが飛び交っている。それは小さくて愛らしい一羽の黄色い蝶々――。夢から覚めるとひとしきり涙を流した。それからしばらくのあいだふぬけのようになっていた。食欲がなくなり、食事をとれないこともあった。どうかするとすぐに涙がこぼれた。骨壺を前にしてぼんやりとしている彼の両親、そして幼児のように笑っている弥生子の姿がしきりに目の前に現れた。

18

ある日キヨコが部屋にやってきた。戦闘直前であるため慰安所は静まりかえっていた。戸を閉めるやいなや袂から鉛筆と紙を取り出した。

「うちに手紙を出さない?」

「手紙?」

「ちょっと！　静かに。吉田にばれれば殺されるよ」

「本当に出せるんですか」

「王の息子に頼めばいい。こっちに来て。あんた、字が書けないんだよね。代わりに書いてやるよ」

「本当ですか？　じゃ母さんに書きます。父さんはまだ帰っていないかもしれないから。あ、でも、母も読み書きが……」

「大丈夫。誰かが読んでくれるさ。じゃ――拝啓、母上様。で、次は？」

母上様？　胸がどきどきと高鳴った。家に手紙を書くなんて想像もしなかったからだ。家族の姿が浮かんできた。藁葺き屋根の縁側、庭、菜園、小さな路地――。早く言いなさいよ。キヨコがささやいた。

母さん。恋しい私の母さん。あれからどうしてる？　おじいさんとおばあさんも元気ですか。徴用に行ってた父さんは帰ってる？　母さん。不孝者のスンネはちゃんとやってます。ご飯もいっぱい食べてるし、とっても元気で……ああ母さん、母さん……スンネは床に顔を伏せてしまった。後の文章は何も思いつかなかったのでキヨコが適当に書いた。ここは中国であること、陸軍病院で賄い婦をして無事にやっていること、病院での食事はたくさんあるし、服の支給もあるし、給料もきちんと貯めている、だから心配しなくていい――。

「ふつつかな娘スンネより、かしこ。これで終わりだね。どう？　いい？」

スンネはこくんとうなずいた。

「よし、あとはここに宛先を書けばいい。どうせ返事は来ないよ」

切手代として軍票を何枚か手にすると、キヨコは部屋から出ていった。それはスンネが満州から故郷に宛てた最初で最後の手紙だった。


それから数日後のこと、深夜の銃声と爆音に驚いて眠りから覚めた。目と鼻の先の兵営からだ。しばらくすると騒動は静まった。翌朝、庭掃除のために外へ出てみると、遠くの中国人集落から黒煙がむくむくと立ちのぼっていた。王親子はそれから三日してから出勤してきた。彼らの黄色くむくんだ顔は恐怖と悲嘆に押しつぶされていた。あの夜は八路軍の奇襲を受けたのだが、日本軍は集落の住民を相手に報復に出た。協力者を探せと住民を叱咤し、そして集落を囲むように火を放った。集落の半分が灰燼に帰し、老若男女を問わず、数十人の住民がいちどきに銃殺された――そんな話であった。

午後になってスンネは女たちと洗濯に出かけた。川べりの岩に何気なく盥を置いたとき、彼女たちは肝を冷やした。川が真っ赤になっていたのだ。おびただしい数の烏がそこらじゅうをうろついている。白っぽい何かがぷかりぷかりと川を漂ってきた。死体だ。全裸のそれには烏が真っ黒に蝟集している。女たちはいっせいに悲鳴をあげて慰安所に駆けた。

19

一九四三年十一月、再びの冬が迫っていた。戦況は泥沼の極致にあった。日本軍が日増しに追いつめられていることは女たちにも明瞭に想像がついた。慰安所もやはり最悪の状態だった。日用品の支給は絶たれるし、電灯はおろかランプでさえろくに灯せない。食事は一日二食が維持されてはいたものの、米の代わりに雑穀や豆粕で作った薄い粥が出されるばかりだった。そのひもじさに女たちは誰もいない畑から野菜や草の根をとってきては粥に混ぜた。そして何よりも寒さがつらい。豆炭の支給はすでになく、辺りには枯枝を拾える山さえない。荒原から摘んできた枯草で暖をとるのが精いっぱいだ。冬になるといつにもましてひどい雪に見舞われた。いったん積もると根雪となり、暴風雪がその上に新たな吹きだまりを作った。道が閉ざされ、兵士の訪れもなくなった。そんな日、女たちもやむを得ず部屋にこもりきりとなる。こうしていては全員が凍死か餓死の運命だ。女たちの表情には不安と恐怖の色が濃くなっていった。

十二月になったばかりのある朝であった。吉田と金山があたふたと部屋部屋を回って女たちを叩き起こした。食堂になっているテントに全員を集めると吉田が命令を下した。

「今から呼ばれた者は直ちに荷物をまとめてここを出るんだ」

二十人ほどが風呂敷包みを抱えることとなった。そのうちにはポンシムもいた。するとそこへ一台の軍用トラックがやってきた。平服の数人の男が降り立った。いずれも険しい顔つきだ。先の女たちは次々と荷台に乗せられた。キヨコが尋ねた。

「この人たちをどうするんですか?」

「何日かすると歩兵連隊全隊が別の地域に移る。だからここの兵営も閉鎖だ。もちろん我々は旅団と行動をともにする。移動に際して便宜的に女を二手に分ける。あいつらは先発隊ってわけだ」

「ではあたしたちも行くんですね?」

「残りは明朝だ」

ポンシムがトラックに乗る直前、スンネと彼女は短く視線を交わした。彼女の顔は不安と恐怖に満ち満ちていた。すぐにトラックが雪に覆われた庭を出発した。慰安所に残ったのはちょうどもとの半分だ。急に撤退するなんて。スンネは驚いた。戦況の悪化に伴って南へ移動するらしい。雑穀入りの薄い粥で朝食を済ませた。兵士たちが絶えた慰安所は森閑としている。

「あれは真っ赤なうそだ。あいつらはよそに売られたんだよ」

「姉さん、本当?」

「全部を連れていくには多い、だから分けたんだ。さっきの連中は琿春の慰安所行きだ。澄江から直《じか》に聞いたんだ。あたしらは隊といっしょに東寧の辺りに行くらしい」

どきりとした。ポンシムと再会できるのはいつだろう。心を乱したスンネは廊下にへたりこんだ。そのとき端の部屋からユリコの顔が覗き、またすぐに消えた。そのむくみきった顔は老女のようであった。そのどんづまりの部屋はがらくた置き場として使われている。症状がひどくなり吉田がそこに押しこんだのだ。スンネはその部屋の戸を叩いた。むっとする悪臭に皮膚が粟だち、吐き気を覚えた。ユリコは冷たい床に横たわっていた。

「薬は？」

「ううん」

「明日の朝、別の所に移るんだって。あなたも荷物を準備してね」

「わかった」

毛布に顔を埋めたまま、弱々しげに答えた。枕もとには薬の瓶と布切れが山になっている。王老人のよこす正体不明の薬を毎日飲み、水銀の蒸気をあてつづけてはいたものの、病状は悪化する一方だった。スンネは部屋に戻り自分の荷物をまとめた。といっても、洗面用具と衣類をまとめた包みのひとつだけだ。

その夜のこと。廊下のほうから奇妙な音が聞こえてきたような気がして目を覚ました。重たい足音が例のがらくた置き場の前まで進み、そして止まった。すると辺りを憚るようにその部屋の戸が開けられた。そのしばらくのち、また誰かが部屋から出てきたような気配がした。その足音がスンネの部屋の前を通ったとき、戸の隙間からこっそりと覗いてみた。灯りはなかったものの、その後ろ姿はたしかに金山だった。こんな時間になぜユリコのもとに行ったのか疑問ではあったが、すぐにまた眠りに戻った。

翌日は朝から大わらわだった。食事の後すぐに出発するとのこと。その朝食にユリコが姿を見せなかったので、スンネは彼女を呼びに行った。部屋からは返事がない。何の気なしに戸を開けた瞬間、腰を抜かしてしまった。ユリコが泡を吹いて倒れているのだ。死の直前までどれほど苦しんだのだろう、その手足は虚空をかきむしった痕跡をとどめていた。女たちがスンネの悲鳴に駆けつけ、ユリコの惨状に涙を流した。その後から吉田がゆっくりとやってきた。

「朝からバカ騒ぎをしくさって。どうせこうなる奴だったんだ、やっと死んでくれたわい。おいてめえら、さっさと散れ！」

吉田は平然としていた。この騒ぎの中になぜか金山の姿がなかった。昨夜のことがスンネの脳裡によぎった。

「そうだ、あの悪魔が殺したんだ。ユリコちゃん、かわいそうに……」

直ちに集合！　車が来たぞ。外から金山ががなりたてた。あたふたと包みを抱えるとスンネはトラックに乗りこんだ。トラックは慰安所の庭を出、旅団の正門まで来ると停車し、三十分ほど待機した。本部からの許可証か何かが必要らしい。スンネはしきりに涙を拭った。あのユリコは部屋に放置されているはずだ。

ああ、どうしよう。誰かユリコちゃんのお弔いをやってあげないと。

まもなく車は動きだした。新道にも雪がおびただしく積もり、そのために這うように進んだ。幌の隙間から外が見える。境の鉄条網を越え、慰安所がだんだん遠ざかっていく。黒ずんだそれは巨大な畜舎のようだ。四年。その長い年月をあそこで過ごしたのだ、身の毛もよだつようなあの建物に幽閉されて。そしてまた別の地獄へと連れられる。誰かが幌を少しまくった。向こうに見える慰安所、その後ろの荒原に人がいる。何人かの兵士が何かを引きずりながら川へと降りていく。

「あっ、ユリコじゃない」

「畜生たち。犬っころじゃあるまいし」

誰かが涙を拭った。だがスンネは泣かなかった。唇を噛んでその光景を睨《ね》めつけた。凍りついた川の上にはすでに烏の黒い大群が飛びまわっている。それが最後の光景になった。トラックはがたがたと揺れながら低い丘を越えた。見渡す限り真っ白な雪原ばかりだ。ある刹那、幌の隙間をちらりと何かが通り過ぎた。スンネはすばやくその隙間に顔を近づけた。あっ、蝶々だ。まぶしく美しい黄色がトラックについてひらひら舞っている。

「さようなら、ユリコ」

小さくそう言った。

20

日の沈むころ、東寧郊外の小さな村にトラックが停まった。村に対する山の麓には歩兵隊の兵営が立ち並んでいる。女たちは眼前の光景にしばらく茫然となった。東寧市街と兵営に挟まれた小さな村。荒野に倒壊寸前の民家が十軒ほど並ぶその光景は肌を粟《あわ》だたせるほどに不穏なものであった。しかもその十軒すべてが空き家になっている。屋根と壁とに残る炎の跡を見ると戦争で憂き目を見たことがわかる。

村をひと回りした吉田と金山が荷ほどきをせよと命じた。使いものになるのはせいぜい五軒だ。そのうち一軒を自分たちが使うことに決め、残りを女たちにあてがった。女の数はもはや十六人となっている。スンネに割りふられたのは台所と二部屋がついた農家であった。片方の軒が崩れるなどしていたが、中はどうにか大丈夫そうだ。中を片づけているあいだ、兵士たちが薪や什器などを庭に運びにやってきた。

翌日からそこで仕事をはじめた。唾棄すべき残酷な毎日が再びくり返された。そこでの生活は以前よりもつらいものだった。支給が完全に打ち切られ、食料も燃料もまったく足りない。吉田と澄江がたまに東寧でもとめてくる最小限の日用品だけで賄うほかない。上着も綿を刺し子にしたボロの軍服ひとつきり。下着と足袋はもうこれ以上繕うことができないほどだ。体じゅうにしらみが湧いても風呂など夢のまた夢。吉田の癇癪は日に日に増していき、澄江はといえば阿片に浸りきっていた。金山もふぬけのようになり、前のような残虐性を失っていた。兵士の訪れない日、女たちは折を見て家の外に出た。村の中国人たちは少し距離を置いたところから無表情に眺めるのみで、決して近づこうとはしなかった。

吉田のことばどおり、そこはまさに仮住まいであった。村に来て以来、慰安所の事情はだいぶ変わった。戦況が切迫するにつれ、隊があちこちに移動するようになり、それに伴って慰安所も頻繁に場所を変えた。商売相手とする隊もころころ変わるようになった。ひとつの隊のもとで数日か一週間ほど過ごすと、また村に戻って営業を再開する。移動時には毎回トラックが提供された。

一九四四年

また年が暮れた。牡丹江を離れて一年が経った。この間慰安所はあまたの隊を経巡《へめぐ》った。最前線における戦況はどこも同じようなものだった。際限のない戦闘に将校も兵卒も疲れきっていた。彼らの正気は半ば失われているように見えた。昼夜を問わず響く砲声に銃声、鉄条網と塹壕のみが点々とする荒野――疲労と恐怖に押しつぶされ、一様に少しずつ狂気の側へと傾斜していった。

悲惨は前線だけにあるのではなかった。兵が去った後には家も集落も残らなかった。そこにはいつも焼けた柱と死体とが無造作に転がっていた。飼い主のない犬たちは人肉と人骨をかじりつつ群れをなしてさまよった。烏の蝟集《いしゅう》する下にはきまって死体が散乱していた。生者も魂を失っていた。どこを見回してもべったりとこびりつく死と血の異臭があるのみ。すべては地獄絵図だった。

日本軍の野営地を引っぱりまわされているあいだ、女たちにも多くのことが起こった。二人が死に、一人が発狂した。またある女は脱走兵と二人、夜の闇に乗じて逃げ去った。死んだ二人は心中を図ったのである。阿片に侵されていたミチコは松の木に首を吊り、サダコは断崖から身を投げた。

スンネがそのサダコの死を直に見ていた。ただ見ているしかなかった。最前線の歩兵隊のもとに一ヶ月ほど滞在していたときのこと。国境を目睫におさめる地域のため、八路軍を相手に大小の戦闘がひっきりなしに続けられていた。蟻の巣のごとくあちらこちらへと結ばれた塹壕に兵士たちは身をひそめていた。谷間に設けられたテントが女たちの仮住まいとされた。地面にゴザを敷いて横たわり、いくばくかの毛布で厳しい寒さに耐えねばならなかった。毎日のように吹雪に襲われた。朝起きてみると、夜のうちに積もった雪が腰ほどの高さにまでになっていた。

そこでも日に数十人の男を受け入れた。零下三十度の酷寒の中、テントはひとつきりしかないので、そこに横たわった四、五人の女が同時にそれぞれの相手をするほかない。十人がいちどきに行為するその狭いテントは慰安所のあの建物よりもかえって畜舎に近かった。男は朝からテントに並んだ。彼らはみな、入るとすぐにズボンのチャックをおろし、あせるように女体に飛びついた。長く風呂に入っていない男の体はひどいにおいを放った。手や顔は炙られた動物の皮膚のようだ。男のほとんどが長いこと性に飢えていたので、行為はあっという間に済んでしまった。一人を片づければまたもう一人。そのあいだに急いで局部を洗浄しなければならない。それはテント後方の雪の上に盥を置いて行なうのである。もう雑役夫はいない。ドラム缶に湯を沸かすのも吉田と金山が担当した。

とっととしやがれ。テントは隣と体がぶつかるほど狭い。順番待ちの連中が中を覗いてはいやらしく笑った。そのたびにスンネは目をつぶって心の中で言った。「あたしは動物。あたしは犬。あたしは鶏。あたしは猫」彼女は木石として、土くれとして存在しなければならなかった。涙なんかとっくに枯れた、心だって板みたく固くなった——スンネはそう信じていた。そうする必要があったのだ。そうでなければこの残酷な日々に耐えることなど一瞬たりともできなかった。

サダコが死んだその日、スンネは高射砲隊に「出張慰問」した。吉田に連れられて周縁部に配置された小規模部隊を訪ねることもあり、今回もその一環であった。兵舎ごとに二、三人の女をあてがい、何時間かするとまた迎えに来る。スンネとサダコが降りたったのは機関銃の部隊であった。それはすぐ眼下に川の広がる断崖の端に位置していた。彼女たちが現れるや、猛獣のように獰猛な九人の男が一斉に両腕を振り動かし、わやわやと奇声を発した。

三時間の後に彼女たちは兵舎を出た。雪の積もる道路の片側は切りたった絶壁である。迎えのトラックがなかなか来ない。二人の女は倒木の切り株に腰をかけて煙草を吸った。足下には曲線を描いてうねる川が白く凍りついている。しばらくのあいだ、そうやって雪原をぼんやりと眺めていた。不意にサダコが一人ごとのようにつぶやいた。

「帰りたい」

蚊の鳴くような哀れな声。スンネは聞こえないふりをした。小柄で聡明な目をしたサダコ。江景《カンギョン》の小学校出身だという彼女はここでの時間を誰とも口を利かずに過ごした。もったいぶってえらそうだといじめられたが、意に介する様子もなかった。帰りたい。サダコがまたつぶやいた。スンネは一瞬どきりとした。彼女の両目が青い光を放っている。やにわにがばりと立ちあがった。

「帰りたい」

「何?」

「あたし帰るわ」

そう言った瞬間、急に駆けだした。あっという間のできごとだった。サダコがぴょんと跳びあったように見えたが、その姿はすでに断崖の向こうへと消えていた。悲鳴のひとつもなかった。追いかけたが遅かった。そそりたつ氷壁の下、固く凍った川の上にそのぐったりとした小さな体が見えた。片耳をつけて氷の下のせせらぎを聞いているかのようだ。雪にどんどん血が広がっていく。サダコの上には真っ赤な鶏頭が花をつけている。ああ。だめだ。ああ。頭をかきむしって叫んだ。帰りたい。帰りたい。サダコの声が雷鳴のように響いた。泣きやんだスンネは静かに身を起こした。

「そう……帰るんだ。あたしも帰らなきゃ」

そうつぶやきながら死への一歩を踏みだそうとしたとき、誰かが後ろから彼女の腰をはっしと抱きとめた。兵舎から飛んできた兵士だった。

21

偶然ポンシムに再会した。その年の秋、東寧の陸軍病院でのことだ。スンネはこの五年で三度目の梅毒にかかった。週一回の検診は欠かさず受けていた。戦場を右往左往する不安定な生活の中でも性病の検診は徹底して実施されたのである。その日もスンネはベッドに横たわった。すると軍医はすぐに渋面を作り、しばらくすると、予想どおり東寧の陸軍病院行きが決まった。吉田は立腹して地団駄を踏んだが、女たちのほうはかえってスンネをうらやましがった。最低でも十日ほど休養できるからだ。寝台にしろ食事にしろ、病院のほうがずっとましで、それに久々の市街は目の保養にもなるからだ。

トラックに乗せられ、傷病兵に混じって病院に運ばれた。住宅街に位置する古い二階建てである。診察を終えると一階の部屋をあてがわれた。二階は軍人専用なのだ。教室ほどの広さの病室には什器やその他の備品などはほじめからない。汚れて湿っぽい莫蓙の上には二十人ほどの女がいて、思い思いに寝そべったり座ったりしていた。そのほとんどが朝鮮人慰安婦である。そしてまたほとんどが性病患者で、他の病気による患者もいることはいた。スンネが室内に入ると誰かがうれしそうにその手を握ってきた。

「マサコでしょ?　ここで会うとはね」

「あっ、キミコ姉さん。どうしたの。琿春じゃないの」

「琿春から東寧に回されたの。こっちに来た途端みんなばらばら。でも暮らすにゃこっちのほうがましだわね。マサコ、あんたは?」

しばらく会話を交わした後、ポンシムのことを尋ねた。

「ハナコは今ここよ」

「ここに?」

「後ろの倉庫。物乞い、阿片中毒、精神障害――有象無象がそこにいるわけ」

スンネはさっと立ちあがった。キミコが首を横に振った。

「行っても無駄よ。あんたの顔だってわかりゃしない。あの人が半死の状態で慰安所を追いだされたのが半年前。あたしはそのすぐ隣の建物にいたから様子が見えたの。あきれたね。阿片漬けになってもう完全にめちゃくちゃ。自分の布団だって売りに行く始末。挙句の果てにすっ裸で昼日中の往来を飛び跳ねて……」

病院の裏庭の隅に崩れかけた掘立小屋がぽつんとあった。一見すると倉庫か納屋のように思えた。錆びたトタンの戸を押して注意深く入って見た。洞窟のように暗いそこにはひどい悪臭がこもっていた。暖房ひとつない床にめいめい横たわっている人々。何十、いや何百人もいるのだろうか。それを知る由はない。スンネは口と鼻を覆いながら、長いこと人々のあいだをかきわけて探しまわった。やっとのことで片隅にうずくまっているそのみすぼらしい人間を発見した。

「姉さん、ポンシム姉さんだよね？」

ボロ雑巾の塊のような女が目を覚ました。しかし何の返答もなかった。スンネはひざまずいた。

「あたしよ。スンネ。あたし、わかる？」

骨ばったポンシムの手を掴んだまますすり泣いた。このおぞましい女が！　とうてい信じられるものではない。前歯がすべて抜け落ち、顔は腐ったかぼちゃのようにむくんでいる。痙攣しつづける両手。焦点がどこにも合っていない目は死んだ魚のそれのようだ。そもそもこの醜悪な半死体がどうしてポンシムなのだろう。

「おい、あんたは誰かね？　なしてこのあまっこの腕ぇ掴んで泣くだね」

ポンシムの腰をしかと抱きながら横たわっている老人が一喝した。キミコの言うとおりだった。ポンシムはスンネのことがまったくわからない。もはや彼女は死人も同然だ。スンネの知るポンシム――生きのびてやるとの決意で「故郷に帰ろう」と背中を叩いてくれたポンシムはもうこの世にいない。

「姉さん、あたし帰る……さようなら」

涙ながらに立ちあがった。出口までの真っ暗な道は悪夢に等しい。これがスンネの見た最後のポンシムであった。

22

年がかわって一九四五年。戦争はもはや悲愴な終局へと向かっていた。女たちは相変わらず日本軍とともに放浪の旅を続けていた。三月になり、十五人の女は再び二組に分けられた。九人は吉田夫婦の手許におかれ、六人は金山のもとに分離された。これまでの報酬として金山に女たちが譲渡されたのだ。スンネはキヨコとともに吉田夫婦の組に残された。

春になり、吉田は本格的な営業再開に力を入れた。平均で一ヶ所あたり三、四日留まり、そうしてまた河岸を変えるのであるが、ときには一泊だけということもあった。そんなときには、荷ほどきもせぬままに、野戦テントや塹壕の中で手あたり次第、男を受け入れた。あまつさえ、茣蓙ひとつない雪原で一枚の寝袋を床《とこ》としたことさえあった。

　初夏になろうとしていた頃、女たちはすでに人間の姿をしていなかった。戦線においてはどこも水が絶対的に不足していた。久しく体を洗わないせいで虱がうようよと湧き、栄養失調のために体は皮膚病と腫瘍に覆われた。何よりも飢えが苦痛だった。ここ何ヶ月ものあいだ、彼女たちの露命をつないでいるのは日にひとつの雑穀おにぎりだけなのだ。だからその顔と体は例外なく黄ばみ、ぶくぶくとむくみ、目はいやに黄色く濁っていた。

　兵士とて充分な支給を受けているわけではない。やはり恒常的な飢えに苦しみ、不安と恐怖がその心身をむしばんだ。それはかくまでに戦況が深刻であるということを示していた。日用品の支給は完全に断たれた。かつては隊から与えられていたはずのボロ軍服でさえ最近ではまったく目にしていない。女たちは膝と肘が露わになった、古雑巾の切れっ端のような服を身にまとっていた。ばっさりと切られたおかっぱ頭、黄色くむくんだ顔、落ちくぼんだ目――そんな女であるにもかかわらず、それでも男たちは口笛を鳴らし奇矯な歓声をあげた。そんな光景を前にスンネの目にじわりと涙がにじむこともあった。どうであれ、みんな哀れな人間なのだ。しかし、人間であることさえ不可能な存在、地獄に投げ落とされなす術《すべ》さえ失った存在になり果ててしまったのだ。

「全員飢えて死ねってわけか。見てやがれ。日本なんか負けちまうぜ」

　ある朝、塩むすびを見つめながらキヨコが言った。

「姉さん、聞こえちゃうよ」

「まさか負けたりしないだろうよ。そうなったらえらいことだって」

いつもぬけたことを言うフミコが目を大きくした。

「何がえらいことなの？」

「吉田さんがしょっちゅう言ってるでねぇか？　戦争さえ終わりゃあ家に帰してくれるってよ」

「バカ女！　日本が負けてこそ朝鮮から日本人《チョッパリ》が失せるんだろ。そうなりゃ故郷に帰れるんだ」

「そりゃそうだ。日本が勝ちますようにっていつも祈ってたんだけどね……」

「やれやれだね、このとんま！」

まだ食べ終わってもいなかったが、どんどん歩くようにせきたてられた。五人は吉田とともに山上の曲射砲へ、四人は澄江とともに麓の哨舎へと向かっていた。スンネは山裾を這うようにして登った。山頂の陣地に到着したとき、みなすでにへとへとになっていた。それを歓迎する数十人の男たちは手を叩き、声をはりあげた。山賊も同然だ。顔は炭の塊のように真っ黒で、体からはひどいにおいを漂わせている。彼らは骨の髄まで困憊しているようだった。檻に閉じこめられた動物のようだった。歯をむき出しにして白痴のごとく笑ってはいたが、その目には死と絶望の色がうかがえた。

「何してるんだ！　急げ」

吉田が叫んだ。日の暮れる前までに下山しようと思うならば、早く事を済ませなければならない。

塹壕の中は前日からの雨で水浸しになっている。男たちは毛布を木のまばらな場所へ適当に敷いた。テントどころか体を覆うようなものさえない。毛布を一枚ずつ手にして身を横たえた。するとすぐに男が群がってきた。順番待ちの者がすぐ傍らで行為を見下ろしながら奇声歓声をあげる。スンネの体を次々に男が通過した。スンネの体はスンネのものではない。それは木石や土くれなのだ。そう信じこんだ。そう悟ったのだ。時間と空間を忘れ、意識と感情を完全に抹消すること。このとき彼女は故郷にいた。裏山の丘。先祖の墓がある、こじんまりとした丘。その日あたりのよい草むらにいたのである。

体を男に委ねつつ空の向こうを見つめた。幼い頃、裏山の丘でそうしていたように。現実の空はどんよりとして平板であった。「ばかやろう！　この売女。寝てんじゃねぇぞ」膝立ちしている男がそう罵った。犬畜生！　離れろ。上のほうからキヨコの金切り声が聞こえた。するといきなりスンネの頬を次から次へと涙が伝いだした。その刹那、スンネの眼間《まなかい》を何かがよぎった。雲を突いていきなり現れた黒い物体。戦闘機だ。

「敵機来襲！　戦闘準備！　戦闘準備！」

ドンッ、ドッカン。瞬く間にそこここで激しい爆音が起こった。爆撃されたのだ。周囲は阿鼻叫喚のるつぼと化した。耳をつんざくような轟音。何かの破片と土埃の舞う中でスンネは呆然としていた。そして塹壕の泥に顔から飛びこんだ。しばらくするとようやく爆音がおさまり、戦闘機も去っていた。塹壕からのそのそと這い出たとき、キヨコが悲鳴をあげた。腰から下を跡形もなく吹っ飛ばされた死体。フミコの両目は開かれたままだ。

「哀れなやつだよ。日本が勝つように祈ってたってのにね……」

キヨコは泣きながらフミコの目を撫で、まぶたを下ろしてやった。下山するとすぐ、吉田は女たちをトラックに積んで出発した。村への帰途、まだ燃えている家々や至るところに死体が転がっているさまが目撃された。日本軍だけでなく、罪のない中国人の被害も大きかった。東寧郊外の宿舎に戻るとそこも爆撃のために混乱していた。戦車と装甲車を先頭にして、まるで黒い塊のように、ソ連軍が国境を越えて進攻しつつあるとの由。ちょうどその日、ソ連は宣戦を布告し、一挙に国境を侵しつつあった。

23

すさまじい爆撃は昼夜を問わない。隊が目と鼻の先にあるせいで女たちの宿舎はとりわけ危険であった。ぞっとするような噂さえ流された。八路軍の遊撃隊が日本人居住区を襲撃し、手当たり次第に斬首するらしい。吉田は怯えている女たちを連れ、いったん隊の中に難を避けた。しかし爆撃がひどくなったので裏山にとりあえず身を隠すこととなった。ふだん練兵場として使われているその森には、訓練に用いる器具を保管するための小さな倉庫がひとつある。その倉庫で一夜を過ごし、あくる朝、吉田が女たちを集めた。

「我々は先に山を下りて状況を探ってくる。お前らはここでじっとしてろ」

そう言って朝早くに出て行った吉田と澄江だったが、一日経っても戻ってこなかった。どうもおかしい。夕方になって女たちも注意深く山を下りた。意外にも隊は水を打ったように森閑としていた。兵舎はどこもからっぽで、人っ子一人いなかった。炊事場は落雷を受けたかのようにめちゃくちゃであった。とりあえずその夜はあいている兵舎に身を寄せて朝を待った。火を熾すどころか、息ひとつするのさえもためらわれた。翌朝、出かけていたキヨコがあわてて駆け寄ってきた。

「ねえ、終わったんだってよ。日本が降伏したんだ。露助《ろすけ》〔訳注：ロシア人を軽蔑して言う言葉〕が東寧を占領したらしい。もう家に帰れるんだ」

「本当？　本当に終わったの？」

「あんれ！　故郷《くに》に帰れるんだかね？」

みんながわっと飛びだした。しかしはたと立ちどまった。これから何をどうすればいいのだろう。暫時、がらんとした兵舎の周りをぐるぐると歩くばかりであった。まるで夢のようだ。もう吉田も金山もいない。野獣のような兵士だって首尾よく消えてしまった。キヨコが口を開いた。

「他に方法はない。とりあえず街に行ってみよう。駅に行けば朝鮮行きの列車に乗れるかもしれない」

そのことばだけを信じてキヨコに従った。東寧までは徒歩で数時間の距離だ。新道に沿って懸命に歩を進めた。どれほど歩いただろうか。向こうの曲がり角から黒煙が立ちのぼっている。そこに驚くべき光景が待っていた。道の真ん中に焼けた軍用トラックが十台ほど転がっており、辺り一面に死体が白く散らばっている。皆殺しにされた軍人軍属、そしてその家族たちだ。女と子どもがとくに多い。死んだ母親が赤ん坊を抱いていた。きのう、あたふたと撤退するさなか空襲に遭ったのだ。死体のどれもがおぞましい様相を呈している。道端に折り重なっている死体を踏まないように注意しなければならないほどである。青蠅が黒く蝟集している。鼻に手をあてて急いで通り抜けようとしたとき、誰かがあっと声をあげた。

「これ！　早く来て」

「誰、これ」

「よ、吉田さんじゃない？」

みながそこにつめかけた。そうだ、あいつに違いない。横倒しになったトラックのわきに吉田が倒れていた。腹と胸に銃弾を食らっている。血と青蠅の群れとが黒飴のようにべっとりと絡みついている。頭のわきの黒いトランクには見覚えがある。吉田のものだ。キヨコがトランクを逆さにすると分厚い紙の束がばさばさと落ちた。しっかりと紐で結わえた数百束の軍票だ。日本が負けた今となってはただの紙くずにすぎない。

「チョッパリめ！　軍票をもって逃げるつもりだったんだ」

「このクソ野郎があたしらの血を搾りとったんだ」

キヨコはその束を吉田の顔に投げつけた。ゴミ！　畜生。ふんっ、死んで当然だわね。この汚い金は地獄までもってけや。女たちはかわるがわる吉田に唾を吐きかけ、それからまた足を速めた。

十分後、またもや身の毛もよだつ光景に出くわした。新道わきのトウモロコシ畑に数十の死体が山となっていた。ぜんぶ女だ。ほとんどが丸裸にされ、むごたらしく殺されている。露助にやられたんだろうか。ここまで女を連れてきて肉欲を満たし、それから皆殺しにしたようだ。スンネは足を止めた。畝のあいだに倒れている死体に見覚えがあったのだ。

「これ見て。澄江さんだよね、そうだよね」

前方からもしきりに悲鳴が湧きおこった。

「これキョウコじゃない」

「あっ本当。キョウコよ」

「あっ、あれハナコよ。唐津《タンジン》から来た」

「ここにフサコが。ああっ、ハネコまで！」

彼女たちはおたがいに抱きあって泣いた。どういうわけか、何ヶ月か前に金山が引きつれていった女たちも死体の山に混じっていた。バンバンバン。にわかにけたたましい銃声がこだました。すぐ向こうの村からだ。みなは腰を抜かしながらトウモロコシ畑を後にした。大通りに沿って遮二無二駆けた。ある中国人集落を通り過ぎるときだった。すると竹槍と鎌を持った住民の一団が路地の入口に現れ、野太い声を張りあげた。おかっぱ頭に奇妙な恰好——そんな彼女たちを見れば日本軍の慰安婦であると気づくはずだ。一目散に逃げだした。

「いいえ、違います。わたしたちは朝鮮の者です。日本人ではありません！」

先頭のキヨコがおぼつかない中国語で住民たちに叫んだ。そのくらいの中国語ならだいたい覚えている。女たちも声をそろえて叫び腕を振った。

「あたしたちは朝鮮人です。朝鮮人！」

息を切らして通りを駆けつつ、中国人に出くわすたびに全員でそう声をはりあげた。東寧が近くなってくると様相はより殺伐としたものになってきた。日本軍の部隊が入っていた建物が燃え、もくもくと黒煙を立ちのぼらせている。道端には死体がごみのごとくとり散らかっている。日本の軍人軍属とその家族である。車は焼け焦げ、大人の死体も子どもの死体も乱雑に入り混じっている。おかっぱの女の死体も時おりうかがえた。朝鮮人慰安婦に違いない。ソ連軍の車が現れるたびに無我夢中で駆けだして畑に身を隠した。露助は女を見ると襲いかかってくるという噂があったからだ。

市街地まで来ると死体の数が倍になった。並木のひとつひとつに吊るされた日本の兵士。川近くのどぶに転がって死んでいる女は全裸である。煉瓦塀の上には軍帽を着けたままの将校の首が晒されていた。市内のあちこちから炎と黒煙が上がっている。火元は日本軍の関係先、役場、それから日本人が経営する店と日本人の住宅だ。時おり騒々しい銃声がそこここから響く。橋を渡ろうとする前に、女たちは開いた店に忍びこみ、しばし辺りの様子をうかがった。大通りの中国人たちは銃や農機具、棍棒などを手にし、何人かでかたまりながらうろうろとしている。

「いい考えがある。みんなあたしについてきな」

まずキヨコが店の一室に入った。作りつけの戸棚からめいめい服を引っぱりだして身にまとった。スンネが手にとったのは黒のぺらぺらとした中国服だ。いま履いている下駄はみんなうっちゃった。

だが彼女たちは素足におかっぱ頭なのだから、どうやっても目立ってしまう。そんなとき路地である朝鮮人の老人とぶつかった。

「チョッ、倭人《やつら》に連れてこられた女だな。汽車に乗りたきゃとっとと駅に行かにゃあ。そこらの朝鮮人がみんな駅に集まってくるらしい。だが途中は気をつけんとな。日本人に似てると構わずにぶち殺されるぞ」

老人の言ったとおり、駅前広場は芋を洗うような混雑だった。どこからこんなに湧いてきたのかわからないが、数多くの朝鮮人で騒然としていた。そのほとんどが慰安婦で、徴用で連れてこられた男も多かった。汽車はソ連の兵力を朝鮮に送りこむために右往左往しているようだ。布告によって民間人の乗車は禁じられており、制限がいつ解除されるかもわからないという。駅近くでさざめきつつ、とにもかくにも解除を待っている次第なのだ。その者たちはいずれも宿無し同然だ。長期間の飢えと労働にやつれ、病の色がにじみ出ている顔。にもかかわらず、解放されて家に戻れるというのでその表情は明るかった。声高にアリランを歌う者もあり、涙しながら抱擁し踊り出す者もあった。

夕闇の迫る頃、突如として数台のトラックが広場に闖入した。兵士たちがばらばらと車から飛び降りた。スンネはこのときソ連兵をはじめて目撃した。膝まである革ブーツ。軍帽の赤い星。熊のようにたくましい体。わけのわからないことば……好奇心いっぱいでそれを見ていたスンネの腕をキヨコが引っぱった。

「早くここから逃げよう」

「え？」

「露助がいつ襲ってくるかわかりゃしない。さっきも女を連れ去ったらしい」

二人は急いで裏道に入った。その瞬間、背後からいくつもの悲鳴が聞こえた。軍靴の音、衣を裂くような泣き声。あっという間に広場が阿鼻叫喚の地獄と化した。スンネとキヨコは息の切れるほどに走った。しかし路地の先にはソ連兵が待ちかまえている。兵士たちは二人をひょいと抱きあげてゴミを投げこむようにトラックに積んだ。そこはすでに女たちでびっしり埋まっていた。不安に駆られた悲鳴と涙を荷台に載せつつ、トラックは疾駆を開始した。スンネはあのときのことを思い出した、故郷で拉致されたときのことを。同じ悪夢がくり返された。

トラックが急停車した。道路の両側にはトウモロコシ畑が茂っている。車から引きずりおろされるやいなや、一人の女に数人の男が襲いかかった。いきなり女をつかんで道に引き倒す者。髪を引っつかんでやたらと足蹴を食らわす者。女を肩に担いで笑いながら駆けだす者。捕獲した獣を扱うように女の足をつかんで引きずっていく者。地獄の中の地獄がここに展開した。

スンネは三人の巨兵に捕まり、トウモロコシ畑に引っぱられた。瞬く間に服を脱がされると、彼女の視界は覆われてしまった。クックッ。笑い声がする。不思議なことば。漂う酒の匂い。悪臭。荒い息づかい……一刹那、鼓膜を破るような銃声にスンネは気を失った。

意識は少しずつ戻ってきたが、体を動かすことができない。目を開けたまま、長いこと畝のあいだに仰向けになっていた。気づくと夜になっていた。半分すりつぶされた月が黒いトウモロコシの葉の上にほの白くかかっている。ようやく体を起こし畑に座った。裸にされた体には土がまみれ、怪我だらけになっていた。虫の声が響くばかりで辺りは静かである。そのときどこからか、かすかな苦悶の声が聞こえた。スンネはきょろきょろと周囲を見回した。向こうの茂みが何やらもぞもぞとしている。そちらへとのそのそ這っていった。キヨコだ。

「え、姉さん。だよね?」

「ま、マサコ」

スンネはキヨコに抱きついた。キヨコの体は氷のようになっている。胸から腰までが血まみれだ。息を引きとる直前、キヨコは言った。

「行け。早く。家に……」

畝のあいだにキヨコを仰向けにした。それから自分の手で土を掘り、キヨコにかぶせてやった。村のほうからは絶えず犬が吠えていた。スンネは膝で歩くようにしてトウモロコシ畑から出た。新道の周りにも女たちの死体が転がっている。スンネはふらふらと歩みをはじめた。

そのときから半年以上、北満州を風に舞う枯れ葉のように漂泊した。どこに行っても死体が散らばっている。名もない腐肉が一斉に漂わせる悪臭が野にも山にも満ち満ちている。狂犬が死体の骨をしゃぶりつつ群れをなして闊歩した。腹をすかした豚たちは畑をほじくっては人間の腐肉をむさぼった。

スンネは相変わらず地獄の中に閉ざされていた。半分気がふれていた。日が沈んでいるのかも昇っているのかも、雨雪が降っているのかそうでないのかもわからなかった。憑かれているかのごとく、ただむやみに弱い歩みを重ねるばかりだった——その目は水死体のように焦点が虚ろであった。夜も歩き、昼も歩いた。人の住む場所、夜に灯りのあるところを遠まきにし、本能のように南を求めてひたすらに進んだ。途中でくずおれれば草むらで、泥の中で、トウモロコシ畑で眠った。草の根をかじり、畑に駆けこんではじゃが芋やら大根やらを盗んだ。何日も飢えつづけ、もはや恐怖心すら失ったときは村はずれの一軒家に食事を求めた。そんな状況にあっても、たまたま朝鮮人に出くわすとそのたびごとに同じことを尋ねた。

「おじさん、南はどっち。豆満江にはどう行くの」

放浪のあいだにもあらゆる男から凌辱された。軍人も民間人も関係がない。露助だろうと中国人だろうと、男はみんないっしょだ。広大な満州の地にあってはスンネのような流れ者は石くれのようにありふれたものだった。顔に黒い煤を塗り、息をひそめつつ歩く日本人女の姿もかなり多く目撃した。子連れのことも多かった。彼らも死の恐怖に震えていた。町はずれの橋の下、廃墟になった寺、空き家、黍畑——そんなひっそりとした場所にはきまって彼らが隠れていた。彼らもまた南を指して行く途中であった。自らの故郷に戻るためには朝鮮を通っていくほかがない。しかし朝鮮との国境にたどりつく前にたいがいは捕まり殺されてしまう命運にあった。

その日本人女と同じようにスンネも顔と体に煤を塗りつけた。男の姿を見ると陽狂の歌舞を舞った。変な女が来たと言って子どもたちは石を投げつけ、唾を吐きかけた。しかしそのおかげで男たちから憂き目を見させられる回数はぐっと減った。

秋が終わり再び冬が迫ってくる頃、スンネは豆満江近くの小村にまで流れついた。月も星もない真夜中。村の入口まで行ったところで、体じゅうが火のように熱くなって倒れこんだ。三日後、彼女は村の鍛冶屋で意識をとりもどした。

「おい。あんたは朝鮮人かね」

目を覚ましたとき、見知らぬ男がじっと見下ろして尋ねた。浅黒い顔に小さな目のある、始終にこにこと微笑む若い男。彼がスンネの命の恩人だった。

24

「やあ、もうだいたい来たかな?」

警察署を通りすぎ、小路の入口にさしかかった。塀に老婆の鞄を立てかけてチョン・ドンスはそうつぶやいた。この辺りからなら目をつむっても歩ける。小路を三十メートルほど行けば自分の下宿、そしてそこから坂をずっと登ってゆくと大きなイチョウの下に老婆の家がある。冷えた足を踏みかえつつ時計を覗きこんだ。もう十時を過ぎている。ひどい話だが今日は老婆のために朝食ぬきになりそうだ。

後ろを振りかえり、いま来た道を見つめた。向こうから老婆が歩道沿いにやってきてはいる。しかしその歩みはとてつもなく遅い。おいおい何がだいたい来ただ。彼はぼやいた。煙草をくわえ努めて気を長くもって待った。あらためて老婆に驚きの念と不可思議さを覚えた。ちょっと見たところでは足踏みをしているように思えるその動きは、限りなく遅々としており、かつひそやかである。しかしその中には時計の秒針の動きとは違って、異様な執拗さがひそんでいる。今なんとなくわかるような気もした。老婆の徘徊は単に認知症のせいだけではないかもしれない。彼女には己のみが知る目的地があるのだろう。あの奇妙な歩みを続けさせるものはゼンマイでも歯車でもない。最終的に見出さねばならない何か、あるいはたどりつかなければならないゴール。それが在る限り彼女の徘徊はその死の日まで続くのかもしれない。

老婆は疲れているに相違なく、見守っているチョン・ドンスのほうも不安になった。しかしもう幾度も老婆に拒まれているのですぐに駆け寄っていくこともできなかった。老婆は彼に触れようとするとき腰をぬかしたかのごとく驚くのだ。はじめはわけがわからなかったが、その怯えた目を見たときようやく思いあたった。制服姿の自分に日本軍の将校を見ているのかもしれない。老婆が小路にさしかかった。そこからはかなり滑りやすくなっているはずだ。その体を支えるために老婆に近寄ったがうっかり転んでしまい、ドシンと尻もちをついた。そのとき前歯が一本もない老婆の口がにやりとした形を作った。その笑顔にうれしくなって、チョン・ドンスもいっしょになって笑った。彼は立ちあがって老婆の肩を抱いた。

「おばあさん、ここからは僕の手をつかんで、おとなしくついてきてくださいね。いいですよね？」

ことばが通じたのか、彼におとなしく身を委ねると素直に歩きはじめた。その意外な変化にじんとなった。

「い……行こう！　い……」

ふいに老婆の唇がぴくりと動いたのだ。何ですか？　おばあさん？　チョン・ドンスは耳を近づけた。

「行こう……行こう……行こう」

「そうですよ。おばあさん。もう少し行けばいいんですよ。僕を信頼してついてきてください」

彼の肩に頭をもたせかけて老婆は微笑した。幼子のような笑みだ。小路はとても滑りやすい。幸いなことに誰かがそこここに炭がらを撒いてくれたようだ。都市部ではまったく目にしなくなったが、この村の住人のほとんどはいまもオンドルに練炭を使い、冬をしのいでいる。肩から伝わってくる老婆の質感は藁のように軽く、そして寂しい。それが彼の心のある部分を冷たくした。いつになく彼の口数が増えた。

「寒いでしょう？　もう少し我慢すれば暖かいおうちです。あ、気をつけてください、おばあさん。どうです？　体をもたせかけるとずっと楽でしょう？　おばあさん。実は前からいろいろ気になってました。故郷はどこなのか、何人きょうだいなのか、お飼いになってる犬は何ていうのか……どうしてそんなつまらないことを、ってお思いでしょう? 僕は詩を書く人間です。だからこんな話が好きなんです」

一人言のようにひそやかな口調でしきりに話しかけたが何の返答もなかった。本当に訊きたいことは別にあった。おばあさん、どうして駅に毎日来るんですか? このくそ重たい鞄を引きずってきて、そうして列車に乗ろうとするのに、なぜ一度も乗らないのですか? おばあさんの探している場所は、行こうとしている場所はいったいどこですか? そこでは誰かがいまだにおばあさんを待っているのですか? そしてその人は誰ですか……。

しかしそれらのことについては口をつぐんだ。どうしてかつぐまざるを得なかった。世間にはむしろ秘密にしておくべきような話もきっとある。たやすくはできない質問。非常に深刻で苦痛であるがゆえに、むやみに思い出させるなど絶対にしてはならない話。

イチョウの家に着いた。古びた門はなぜかからりとあいた。思いきって老婆を抱きかかえるようにして庭に入った。「おばさん、いませんか?」やはり何の気配もない。老婆は床に下ろされた途端、くずおれるかのごとく寝てしまった。戸を開けてみたが部屋には誰もいない。台所も奥も同じだ。なんとかして老婆をかかえ起こし、一緒に家に上がろうとしたちょうどそのとき、がたりと門が開けられた。老婆のいとこにあたる全《チョン》さんが帰ってきたのだが、その後ろには見知らぬ若い女がいた。

「あれま! 駅のにいちゃんに悪いことしちゃった」

全さんは頭に載せていた鞄をどかりと下ろすと、チョン・ドンスの手をぐっと握った。

「お出かけですか？　朝からおばあさんが駅のほうにいらしてまして、電話をしてもお出になりませんし……」

「年寄りの冷や水だわ。この寒い中うろついて、凍え死ぬつもりなんだか。少しも我慢できないで、またあそこに行ったんだろか」

全さんはとりわけ声が大きい。前日の午前に堤川の病院に行ったものの、帰り道が混雑していたため、堤川で一泊してきたそうだ。いまさっき駅長から老婆の一件を聞いてあたふたと駆けてきたところだ——そう彼女は言った。老婆を寝かせて部屋を出てきたところの彼を全さんがしつこく引きとどめた。

「朝もまだなんだろ。このまま帰らすのはあたしの気がすまないよ。すぐ用意するから、ちょっとだけでも食べていきな。それまでこのお嬢さんとお話でもしててよ。ソウルからわざわざいらしたんだけど、慰安婦ばあさんには天使のような人だから。」

「あら、そんなことを」

チョン・ドンスのほうを盗み見るように一瞥して若い女はうろたえた。

「やれやれ、パク先生。いまさら何も隠すことはないよ。あたしのおばが満州まで慰安婦として連れてかれたことは町じゅうが知ってる。そのうえ、この駅員の兄ちゃんにはいっつもお世話になってるもんだから、いつかちゃんと話すつもりだったんだ、この哀れなおばのことをね。とにかく話でもしてておくれ」

全さんは片手に一枡の米を持つと、あわてて台所に姿を消した。

25

ソ・タルソップ。それがスンネの命の恩人の名だ。ソはその日、国境を越えて延吉まで漢方薬をもとめにきていた。夜の闇をついて豆満江を渉り、いつもと同じように一晩の宿を求めて親戚の鍛冶屋にやってきた。少し遅れていたら彼女は凍死していたことだろう。漆黒の真冬の夜。人跡の絶えた荒原で、それは僥幸であった。後日、そのときのことをソは次のように語った。

「俺だっていま思い出してもわけわからねえ。どう思い直しても夢の幻みたいな気がするなあ。なんかの音を聞きつけたわけでもなきゃあ、ちょっとした予感のようなものさえなかった。あすこの柴折戸を開けようとしたちょうどそのとき、おいまあ、だしぬけに蝶々が目の前をひらひらしやがる。それもそんじょそこらの蝶々じゃねえ。奇妙な光を——蛍みたく羽からまっ黄色の光を放ってる。川さえ凍っちまう真冬に突然蝶々だとはね！　俺は魅入られちまったみたいにその蝶々についてったのさ、そしたらあすこにあんたがぶっ倒れてったってわけよ。こんな次第さ」

ソはスンネが意識を失っていた三日のあいだに延吉での仕事を済ませ、再び鍛冶屋に立ち寄った。自分で買ってきた漢方薬を飲ませると、開城《ケソン》〔訳注：北朝鮮南部の都市〕に戻るのだと言って荷物を担いで発っていった——後からそのように聞いた。

「ここん家には、頼んでるから治るまではここに泊まっていきな。俺は三、四ヶ月したらまた来るから、ご縁がありゃあ、そんときに会えるかもな」

出立のとき、ソが背を向けながらさりげなく掛けたことばである。翌春、彼は本当にやってきた。気力をとり戻したスンネを見て、俺の故郷で所帯を持とうとだしぬけに言った。それはスンネとしても身に余る光栄だった。彼は頼もしく、ずっと前から知りあいであったかのような親しみを感じさせた。しかし自らの体を省みれば傷物どころのものではなかったので、申し訳ない思いでいっぱいになった。悩んだ末に自分のことを打ち明けた。思いがけないことだったが、はじめから察していたと彼は言った。

26

二人は闇に乗じて豆満江を渉って再び汽車に乗り、そうして開城に到着した。ソ・タルソップは市内で漢方薬局を営む父の手伝いをしていた。腹違いの兄が二人おり、末っ子の彼だけが妾腹であった。ソの家は二人の結婚を最初から頑強に拒んだ。どこの馬の骨かもわからぬ流れ者を家に入れることはできぬと主張したのであった。しかし本当は別に理由があった。満州の軍需工場に徴用されたという彼女たちの言葉を信じるほど、彼らはおめでたい人々ではなかった。

ソのためにもスンネは一人こっそりと故郷に戻ろうと思った。しかし折悪しく北緯三十八度線が封鎖されていたし、それに何よりソが彼女を離そうとしなかった。この人はどうしてあたしのような女を。その疑問はしばらくしてから氷解した。彼女より八歳年上の彼には結婚歴があった。長らく思慕していた隣家の娘を妻としたものの、子を生まぬままに彼女は結婚二年目にして病死してしまった。その妻に、よりによってスンネが瓜ふたつだったという。

二人は開城のはずれの農村でわびしい暮らしをはじめた。貧しさには苦労したが、スンネにとってては生まれてはじめての幸福な時間であった。そこで百姓として働きながら二年を過ごした。世情がますます騒がしいものとなっていた時期だ。人里離れた農村にあってさえ、思想教育だの何だのといって毎晩集会があった。ソはもとから人から干渉されることがいやな質《たち》であり、スンネのほうも韓国出身ではあるし、過去を隠したい身の上でもあるから、人に会うことを極度に嫌った。したがって当然のごとく夫婦には近所づきあいがなかった。ソは自分たちを韓国へと手引きしてくれる人間をひそかに探していた。ある夜ふけ、歩いて海岸まで行き、そこから古い小舟に乗りこんだのだが、そこに至るまでに夫婦は幾度となく生死の境をさまよった。彼らが江華島と金浦《キンポ》を経由してソウルに到着したのは一九四八年五月のことだ。

それまでのあいだ、故郷の家を忘れることはなかった。韓国に着いたらすぐに駆けつけるつもりでいた。しかしいざソウルに来てみると、思うままになるものなどなかった。まずソウルで口を糊する生計を得なければならない。着の身着のままでやってきたために、血を吐くような生活をしなければならなかった。夫は背負子を担いでソウル駅の周りを歩き、彼女は市場の隅にりんご箱を置いて、そこであずき粥やら麺料理やらを作った。あちこちで寝泊りをし、数ヶ月後にようやく漢江路の川沿いにある板張りの小屋を借りることができた。

その年の秋、故郷近くの麗水と順天で騒擾が発生した。冬にさしかかる頃、その事件の噂はさらに恐ろしさを増した。智異山の谷間に潜伏しているゲリラ数千人を討伐するため、軍と警察が大規模に投入され、昼夜を問わない熾烈な戦闘が発生、そのために智異山の一帯が戦乱の渦と化しているという。家族を思ってスンネの胸はじりじりと焼けつくようであった。ついに我慢ができなくなり、一人でもいいから求礼まで戻ってみようと思っていたそのときのこと。夫がばったりと病に倒れてしまった。腹膜炎の手術を受け、ひと月後に退院はしたが、その看病のため、半年のあいだ息つく暇もなかった。噂のすべてが物騒で殺伐としており、しかもその噂は絶えることがない。スンネは故郷に何度も手紙を出したがなしのつぶてであった。

27

翌一九四九年の四月、体が不自由な夫を残し、一人湖南線の列車に乗りこんだ。家族にあげるための服やコムシン、食べ物などをいっぱいに背負い、興奮して求礼駅に降り立った。十六歳で離れ、十数年ぶりにその土を踏む故郷。家に着いたらすぐに米の袋をどさりと差し出す心づもりだった。家族に白いご飯をたっぷりと食べさせたかったのだ。おじいさんとおばあさんはまだ元気だろうか。

弟と妹はどうなっただろう。いま時分は村じゅうに山茱萸の花が咲き乱れてるんじゃないか。あらゆる想像に胸がときめいた。求礼の橋を過ぎるとき、トラックに乗せられて連れていかれたあの記憶がよみがえった。さよなら、求礼の橋。たくさん稼いでくる日まで。荷台に小さくなって、ポンシムといっしょに言った故郷への別れのことばを思い出し、スンネは喉がつまった。

夕方、バスが村近くに着いた。スンネはあっけにとられてしまった。向こうに見える村の姿がまったく見慣れないものだったからだ。人気もなく寂寥としているばかりだ。貯水池の近くで向き直ったとき、自分の目を疑った。裏山が完全に真っ黒になっていたのだ。

「え？　何、あれ！」

それはもはや山と呼べるような代物ではなく、怖気だつような廃墟と化していた。城隍堂〔訳注：産土神を祀るお堂〕の周りに鬱蒼と茂っていた老松の林。尾根から谷までを結んでいた岳樺《だけかんば》の群落。共同井戸を囲んで一年じゅう青みを放っていた竹林。そのすべてが跡形もなくなっていた。それだけではない。山茱萸の林は村じゅうでもっとも悲惨であった。貯水池の堤の周りにかろうじてその一部が残っているだけのようだ。毎年この時分になると村は黄色の霞にぼんやりと包まれる。数百の山茱萸が一斉にふわりと咲《ひら》き、ひよこのような黄色の花びらが村を囲む。だがもはやそれらは残骸となって突っ立っているばかりであった——黒焦げの根元だけを残して。

うそのように猫の子一匹いない。草屋根から時おり立ちのぼる幾筋かの薄い煙がなければ、まるっきりの廃村である。何人かのちび小僧がすぐに路地へと隠れた。石垣の向こうにいくつかの頭が出て、じろじろとスンネを見るとまたすぐに隠れてしまった。スンネは包みを頭に載せたまま路地を一気に駆けあがった。

柴折戸の前でしばらくのあいだ棒杭のように立ちつくした。家が見当たらない。丸ごとなくなるなんて、あたしは夢を見てるんだろうか。辺りをきょろきょろと見回してみる。前後の家はそのまだ。スンネの家だけがなくなったのだ。憑かれたように庭に入ろうとしたとき、がくりとその場にくずおれた。燃えた柱や垂木、崩れた土壁の山が庭の中央にうず高く積まれていたのだ。割られた醤油の甕や半分燃え残った莚、食器の破片などが草やぶに突き刺さっている。いったい何があったのだろう。火事でもあったのかしら。うちのみんなはどこに行ったんだろう。魂が抜けてしまってそのまま地べたに座っていたところ、誰かがおずおずと柴折戸をくぐってきた。

「あれまあ？もしかすっとスンネじゃねえだか？」

「あれ？　おばさん！」

後ろの家に住むスンジュおばさんだ。つっぷして泣きだしそうになったその刹那、スンネの口をスンジュがあわてて押さえこんだ。

「あんた、ここはまずいさ。はやく城隍堂のほうに行かにゃいけん。村ん中は通らんで裏を回るんさ。あたしもすぐ行くけんね」

緊迫した小声で言うとスンジュはたちまち姿を消した。スンネは裏道を抜け、城隍堂の近くでスンジュを待った。やってきたスンジュはスンネの手を握って涙を浮かべた。

「アイゴー（哀号）、スンネ。かわいそうでしかたないよ。母さん、どんだけ首を長くしてあんたを待ってたか。アイゴー、こうして生きて帰ってきたんねえ」

「母さんは？　父さんはどこです？　妹や弟は？」

「アイゴー、スンネ。あんたの家族はもうこの世にゃいねえ。むごい連中がよォ、真夜中に火をつけてなぁ……」

　スンジュから信じられないような話が語られた。スンネが連れていかれた年の翌年、父が徴用から戻ってきた。それからしばらくは酔うたびごとに、連行されてしまった長女の名を呼びながら泣いた。満州の工場というものがどんなところであるのか、彼は知っていたのだ。祖父母は植民地解放の年、たてつづけに――ひと月をおいてたがいに連れ添うかのように亡くなった。それから父は熱心に働き、生まれてはじめて二斗の畑を買った。

　しかし麗水と順天の騒擾が勃発し、その火の粉が智異山にもふりかかった。すべての悲劇は長男のキルマンにはじまった。スンネの二つ下である彼は早くに結婚しており、小作農として暮らしていた。ある夜、村の青年たちが何の前触れもなく山中に潜伏していった。それから討伐隊と共産党パルチザンの戦闘が始まった。それ以降、毎日のように昼夜で村の様相が一変するようになった。昼は韓国《みなみ》の治世、夜は北朝鮮《きた》の治世というふうに。そうしているうちに、パルチザンが近隣七ヶ村に夜襲をしかけ地主と有力者を処刑するという事件が発生した。スンネの村でも三人が死んだ。そのうちの一人はスンネを慰安婦として送りだした里長であった。そのすぐ翌日、討伐隊が村を襲って村を混乱に陥れた。パルチザンに内通している者を見つけ出すとのこと。スンネの父も山に潜伏した者の家族とともに警察に連行され、半死状態になるまで拷問された。

何日かのち、討伐隊がまた村を夜襲し、パルチザンたちはすばやく逃走した。その中にはキルマンも含まれていた。殺気だっていた討伐隊は山に潜伏した者の実家を包囲した。軍と警察より成る討伐隊には、西北青年団というどこの馬の骨とも知れぬごろつきがつねに同行していた。棍棒や刀、槍で武装する彼ら青年団は、数百人ずつでかたまりながら闊歩し、人を殺めたり不具にしたりするのであった。彼らは地獄の使者であった。この夜も彼らが先頭に立ち、パルチザンによって家族を失った住民たちがそれに加わった。スンネの家の周りに積んである藁の山に石油をかけて火を放った。燃えさかる炎を囲みつつ彼らは待った。そして家屋から誰かが出てき次第、竹槍や三本刃の鍬、金槍などで刺し殺した。その夜、総計五人――スンネの両親、二人の弟、キルマンの妻が火中で惨劇にあった。わずか数ヶ月前のことだ。

「人の命が犬畜生より軽くなったわい。北と南に分かれて急に敵同士になったのは一軒や二軒じゃねえ。アイゴー、みーんな殺されちまって、もう残ってるのはスンネ、あんたと赤ん坊だけだよ」

「赤ん坊?」

「キルマンの娘さ。まあまあ、娘の一歳の誕生日だて、キルマンはあの夜、山から下りてきたのさぁ。そんときゃあおばあさんが――あんたの母さんの母さんがちょうど昼に来てな、赤ん坊を連れてったもんだから、おかげで命拾いしたってわけさ」

そうしているうちに夕闇が迫っていた。スンジュは話をしているあいだじゅう周囲をうかがっていたが、急いで立ちあがった。スンネは草地にそのまま座りこんだが、その呼吸だけは激しくなっていた。泣き声をあげることも涙を流すこともなかった。

「あんたんとこね、それから五日後に近所の人らで埋めてやったさ。貯水池より下の、あんたんとこのくたびれた畑、覚えてる？　だけど今日はこのますぐに帰んな。こんなめちゃくちゃな世ン中、ようやくおさまったらそのときにまた来るなりなんなり……あたしゃもう戻るよ。どこでもなんとかやってきなね、スンネ」

スンジュは振り返ることもせず、追われているかのように丘のふもとへと去った。スンネはその場にへたりこんで、胃の中にあるすべてをげぼりと嘔吐した。

28

ソウルに帰ってきたスンネは完全にふぬけになっていた。何日も食事を摂らず、死体のように眠りつづけるばかりだった。夫のソは危うげな妻の目つきに死の影を見た。彼はあわてて妻を病院に担ぎこんだ。だが医師の口からは驚くべきことばが飛びだした。

おなかに赤ちゃんがいるとは。はじめは信じられなかった。下半身がまったくだめになっていて子どもなどは一生無理だと思いこんでいた。夫に抱きかかえられながら、病院が吹き飛ばんばかりに号泣した。人生とはまことに理解できぬものである。生のどん底にあって、新しい命が奇跡のごとくスンネを訪れた。人生を再び生きてゆく理由ができた。

椅子をはたいて立ちあがった。そうして南大門市場の片隅を借り、野菜や果物を商った。夫は猫車を押した。稼ぎはたいしたものではなかったが力はわいた。ひたすら前に向かって生きていかねばならなかった。十一月に赤ちゃんが産まれた。男の子だった。赤十字病院のベッドでまだ産着もつけぬ赤ん坊を抱きしめ、目が腫れるほど涙をこぼした。死んだとしても思い残すことはないかのごとくであった。夫ももらい泣きをして鼻をすすった。それからの数ヶ月はスンネにとって生涯最大の幸福な時間であった。しかしそれはあまりにも短かった。

翌一九五〇年六月二十五日、朝鮮戦争が勃発した。ソウルは朝鮮人民軍によって占拠された。夫婦は家に残りつづけていた。生後一年もたたぬ赤ん坊を抱え、疎開の旅に発つ勇気がなかったからである。ひと間の掘立小屋に息を殺していたある日、腕章をつけた二人の男が小屋の戸を荒々しく叩いた。

「おい、ちょっと出てくるが心配はいらん」

急いで上着を着た夫は寝床から引っぱり出され、その夜は戻ってくることはなかった。北朝鮮から南へやってきた者を調査しているのかと思った。翌朝、赤ん坊をおんぶしながら噂を頼りにあちこちを探した。誰かが市庁に行ってみろと教えた。息を切らして駆けつけると、すでに夫はどこかへ移送された後であった。

「ソ・タルソップ同志は誇り高き義勇兵としてわが軍に入隊したのであるから、家で待っていればよい。いずれ無事に帰ってくる」

肩に金モールのある軍服を着けた朝鮮人民軍の将校が言った。それを信じてスンネは家に戻った。しかし夫からは手紙のひとつも来なかった。韓国軍がソウルを奪回したかと思いきや、数ヶ月前と同じようにまた南へと追いつめられた。一九五一年一月四日のことだ。このときはスンネも疎開せざるを得なかった。爆撃によって赤ん坊もろとも粉ごなにされるわけにはいかなかった。

永登浦《ヨンドゥンポ》駅にて苦心を重ねたすえ、貨物列車に乗りこむことができた。しかし叫喚の坩堝と化した駅で財布を落とし、さらにはおむつを入れた包みまでなくしてしまった。乗った列車は大田まで行くと思っていたのに、平沢で止まってしまった。そして翌日の午後になってもなぜか動かなかった。視界をさえぎるほどに雪が降りつづき、寒さのあまり車中にはつららができた。赤ん坊を抱え、いても立ってもいられなかった。母乳が止まり、赤ん坊がむずがったが、取りかえるおむつもなかった。餅売りに頼みこみ、ようやくお湯を飲ませることができた。その夜、もともと病弱だった赤ん坊は、全身が火のように熱く燃えつづけた。

それから二日後に大田駅に到着した。列車から降りるとすぐ、駅前広場にいたあずき粥売りのおかみさんにすがり、赤ちゃんにあげるためのお湯を求めた。おかみさんは何だか尋常でない表情をしておくるみの赤ちゃんに触れ、きゃあと悲鳴をあげた。

「ああっ、死んでるわ。だいぶ前からこちこちだわね」

「くそっ！　それっぱかしのお湯が惜しいのかい？」

スンネは荒々しく罵倒を投げつけるとおかみさんに背を向けた。降りしきる雪を避けるため、駅前にある倉庫の軒下にうずくまった。そのときふっとスンネは気づいた、抱いていた赤ん坊があまりにも静かであることに。おくるみを取ると、もう息をしていなかった。それから半日、ずっと雪を眺めてばかりいた。ようやく立ちあがると、のろのろと歩きはじめた。世界には綿の実のような雪が小止《こや》むことなくこんこんと降っていた。市街地から外れたとき川が現れた。川辺に下りた。鉄の棒を手に砂地を掘り、そこにおくるみごと埋めた。

「ああ、私の赤ちゃん。私の……」

胸が張り裂けんばかりに哭いた。かわいい赤ちゃん。笑うと目尻から細くなっていくところなど、夫にそっくりであった。丸く盛りあがった砂の墓に白い雪がこんもりと積もっていき、スンネはその前でいつまでも突っ伏していた。その背中や頭にも雪がうず高く積もっていった。

そんなあるときであった。体じゅうが釜のように熱く煮えたぎった。この醜悪な地上で過ごしたすべての時間。そこで出会った顔と顔。そしてあまたの男が彼女の体に流しこんだ腐った精液と、汗と、血と、梅毒の病原体——これらが渾然一体となって、ぐらぐらとマグマのように沸騰した。ボン。巨大な破裂音とともについにそれが炸裂した。やにわに立ちあがりさっと服を脱ぎ捨てた。鉄が熱せられるときのように全身がじりじりと熱くなったのである。吹雪の中、何も履かず、発狂したかのように駆けだした。

再びスンネの放浪がはじまった。方向も決めず、目的地もなく、理由もない。ただ歩くばかりである。月日も知らず、昼か夜かも、季節もわからず、ひたすら歩きに歩いた。春と秋が来て、夏と冬が過ぎていった。花が咲き、紅葉し、雨が降り、そうかと思うとすぐに雪がひらひらと舞いはじめた。忠清道、慶尚道、全羅道、ソウル、釜山、木浦……どこへでも流れつき、またそこを旅立った。寝床などどこでも構わなかった――山であろうと野であろうと、橋の下であろうと駅であろうと。鍋ひとつあれば飢えて死ぬことはない。喪中の家の門前にあるお供えをも口にし、銃弾に倒れた死体が点々と散らばっている野原で血まみれのかぼちゃを食べたことだってあった。

29

それからまた何年かが流れた。そんなある日、唐突に正気をとり戻した。それはある繁茂した草地――緑の色のあせかけている山の麓にそれはあった――でのことであった。草原に無造作に横たわっていたスンネがゆっくりと目を開けた。どこまでも深さをもった夢から意識を回復したばかりのような、そんな気持ちだった。冷ややかな空気にくっと身をすくめ、辺りをきょろきょろと見回した。初冬のことである。足もとには小さな貯水池がある。頭の上にはそう高くはない山と枯れた木々。そして右手には低くみすぼらしい藁葺き屋根が見渡せる。しきりにまばたきをした。どことなく見慣れた風景のような気がする。

「ここはどこだろう」

どうしてこの草原に寝ころんでいたのか、まったく思い出せなかった。ふいに、ある木の根もと——貯水池の堤に寂寞として立ち並んでいる、黒く奇妙な木々の根もとに目が留まった。その刹那、全身ががくがくと震えはじめた。

「ああ、あの、あれは……」

ぱっと跳ね起きた。そうだ。山茱萸だわ。スンネは辺りをきょろきょろと見回した。そうしてまた、もとの草原近辺を注意深く見つめた。その片隅に畑の畝の跡が見えた。母が豆やら胡麻やらを植えていた、あの痩せた畑に違いなかった。だとすれば——わっと走っていき、その茂みをかきわけはじめた。するとその生い茂った草地の中から、ややこんもりとした形が——墓が次々と見出された。全部で五つであった。

「ああ、そうだった。そうだったんだ」

スンネはそれらの上に倒れた。ああああ、ううう。いたましい叫びが喉を破ってあふれでた。苦悶の輾転をした。太陽が西の山の向こうに沈もうとしていた。夜になった。その捨てられた墓の傍らでスンネは一人、石のように取り残されていた。向こうの集落には淡い光のひとつさえ見えない。知らぬ間に月がのぼっていた。貯水池にもひとつの月が浮かんでいる。気温はみるみる下がっていった。体じゅうが凍えていく。それでもそこを動かなかった。泣きもしなかった。スモモのような血へどを二回吐き出すと、もう涙もこぼれなかった。

静かに体を起こした。身中にさかんに熾っていた炎さえ、いつの間にかみな消えてしまっていることに気がついた。その炎の跡には怒りも悲しみも、もはや何も残っていなかった。死のうと思っていた。貯水池に向かってゆっくりと歩いていった。足もとの薄氷が割れた。膝が、腰が、胸が、だんだんと水に浸かっていく。最後の一歩を踏みだそうとした、その瞬間であった。

「スンネ」

突如として、どこからか大きく明瞭な声が雷鳴のようにがらがらと辺りを響《どよ》もした。驚いて辺りを見回した。

「スンネ！……わたしのスンネ」

今度は二回、「スンネ」とはっきり聞こえた。母の声。いや、父のようでもあった。すると目の前が明るくなった。竈くらいの大きな火の玉が、突如として水中から飛びだしてきたのだ。それは出てくるやいなや、煌々とした光をまき散らしながらたいへんな速さで虚空を飛びめぐりはじめた。

「あっ、蝶々！　蝶々だわ」

スンネは叫んだ。どこからやってきたのだろう。黄金色の蝶々が数千万羽もいる。それらの羽は灯火のように水面を明るく照らした。池の中央に立っていたスンネは胸の前に手を合わせた。ああ、母さん、父さん。溶けた鉄のように熱い涙がはらはらとこぼれた。蝶々たちがようやく水面に舞い下りていき、すると一瞬にして姿を消してしまった。スンネは静かに向きを変え、岸へと歩きだした。月明かりが水の上にぶ厚く積もっていた。

30

「ご先祖さまがお助け下さった。それまでえらく哀れに過ごしたもんだから、もうちっと長生きしなさいとご先祖さまが言ったんじゃないかね。そうでなきゃあ、これほど長生きしたと思うかいね？」

暖かくして寝ている自分のおばを振り返って全さんが言った。老婆は相も変わらずぐっすりと眠っている。カチッといって録音機が止まった。パク先生はすばやくテープを取り換え、再び録音機のボタンを押した。古いたんすに積んであるしわしわの布団に目をやったとき、チョン・ドンスは煙草がむしょうに恋しくなった。彼らは遅い朝食を終えたところである。全さんに捕まってしまい、そのまま座らされて、たくさんの食事をむりやりに詰めこんだ。薄暗い部屋にはカビと老人のにおいが満ちていた。そこには少し前に片づけた食事のにおいも混じっている。

全さんの話が再開した。録音機を回しながら、パク先生は時おり何かをノートにメモしている。女性学専攻の大学院生で、挺身隊の犠牲者を研究する会の一員であると彼女は言った。

「生存者の方を対象として聞きとり作業をずっと続けています。一次資料がまったく残っていませんから、被害に遭われた方のリアルなお話を集めることが何よりも急務です。証人のみなさんはご高齢ですから、時が経つとともにお亡くなりになる方が多くなりますので。スンネさんも同じです。

三年前まではお元気でしたのに。幸いスンネさんの証言はある程度うかがってあります。今日はスンネおばあさんのお見舞いがてら、いくつか補足するために姪御さんをおうかがいしたのです」

三十歳前後と見える彼女は初対面のドンスにも愛想がよかった。体が不自由なおばあさんのお世話をここまでなさるなんてすばらしいですね。いきなりほめられてしまい顔が熱くなった。

「戦争が終わってからの部分をお話しいただけますか」

「そっからはだいたいしか知らないんだわ。ソウルに戻って家政婦を長くやってたらしい。工場でミシンを踏むとか、清掃婦とか、旅館の洗濯女とか、そんなのはやってないって話だね。十年くらいかねえ、前の家の近く、市場の近くにがんばってたんだってさ。ソおじさんがもしかしたらってね。無駄骨だね。おじはとっくに戦死したか、北朝鮮の家に戻ったはずだのに……」

スンネの人生はずっと暗雲の中にあった。いったんは十二歳も年上のやもめと、先妻の三人の子どもの世話をしながら何年かを暮らした。しかし、慰安婦であったことがどうして知れたのか、汚い女め、売女などと罵り、手を出すことさえあったので離婚した。その後はずっと一人で過ごした。時おり発狂することもあった。胸中に火が熾るたび、降霊を行なう巫女のもとを訪れた。そうしているうち、巫女の家に住みこみ、食事や洗濯の面倒を見た。住みこみの者みなが巫女になるわけではないようだった。いつだったか、非常に高名な巫女がスンネのためにお祓いをしてあげると言った。

「おやまあ、ひどい女だわ！　おまえみたいなのは、あまりにひどすぎて七星神様さえ話を聞いてくれないよ。縁起が悪いね、出ていきな、二度と敷居をまたぐんじゃないよ！」

一晩じゅう除霊に全力を尽くし困憊してしまった巫女は、最後には神刀を投げつけて罵った。姪の全さんとスンネが奇跡的に出会ったのも、水原の光教山麓《クァンギョ》にある巫女の家であった。

「おばのあることさえ知らんっけね。あたしゃ十二で母のところを飛びだして、家政婦をして十五年暮らしたんだ。それから嫁に行ったんだけえが、宿六は飲んで打っちゃあ、もうどうしようもなくてねえ。だもんで家を出て……あの日はたまたまその巫女のところに遊びに行っててね、一人でお祓いを見てたんですよ。終わってからその人は酒をもらって、巫女に向かってな、吐き出すように自分の惨めな人生をべらべらしゃべってたんだよ。自分のために一家皆殺しにあった話もしてたねえ。そしたら、それをそばで黙って聞いていたおばあさんがね、ふいにあたしの手をとって泣き叫ぶんだよ。まあ、そんなふうにしてはじめて会ったんだね。そうとも、ご先祖さまのおかげ……」

パク先生はようやく録音機を切った。全さんがお湯を沸かしに立ったので、二人のあいだにはしばらく沈黙が流れた。壁の額にはさいきん撮った老婆と全さんの写真が収められていた。遺影を兼ねて役場が無料でやってくれたそうだ。そのすぐ下に一枚の小さな写真が挟まっていた。ドンスはセピア色になったそのモノクロ写真を見つめた。二十五、六歳の女。パーマをあてた短い髪にチマ・チョゴリ姿。ふっくらとして愛らしい顔だちの美人だ。

「きれいですね。どなたですか？」

「誰だと思います？」

　パク先生は微笑みながら逆に尋ねた。

「まさか……」

「本当にきれいでしょう？　おばあさんの若い頃だそうです。解放直後に撮ったのだそうですが、信じられないほどに穏やかな顔です」

　ドンスは暖かいところにいる老婆と写真の女性をかわるがわる眺めた。こんな美しかったなんて。胸がしめつけられた。パク先生の言うとおり、写真の女性の顔からは苦しみの跡などはうかがえない。目。どこかさびしげなその目を除いては。

「若いときに撮ったのはそれ一枚きりらしいよ。ソおじさんとの写真もあったけど、疎開のときになくしたみたいでな、どんだけ悲しかったか」

　全さんがコーヒーカップを渡しながら笑った。おばさんは本当にソさんを愛していたんですね。だね。口に出しては言わんかったけど、そうだね。私のために韓国に来て、わけもわからず北の義勇兵として捕まってしまった——そう口癖のように言ってからな。そう。えらく頭がこんがらがってたときにはこう言った。北と南がいっしょになりゃあ開城まで探しに行ってくるわ、とか。ある日にゃこう言ったね。生まれ変わってまた女に生まれたら、結婚もして赤ちゃんも育てたいってさ。後悔があったんだね。

「ところであの鞄ですけど。かなり重いんですが、何が入ってるんですか」

「あ！　あれ？　ええまあ、見て驚きなさんな。んふふ」

　全さんは鞄を持ってくるとチャックを開けた。中をひっくり返してひとつずつ取り出してゆく。色鮮やかな安服がいくつもある。セーターにジャンパー、Tシャツにワンピース、靴下、それからコムシン——これは二足出てきた。哀れだよ！　これみんな、故郷の家族にあげるはずのプレゼントなんだってねえ。全員骨もないはずだがねえ。家族って誰の家族かいね——そう言ってあたしがこれを捨てようとするとね、殺さんばかりに飛びかかってくるんですわ。もうあたしもあきらめました。最後に全さんが小さな紙包みをひとつ、ぽいと放った。

「こ、これは……」

「まあ、切符ですね？　たくさんあるわ」

　パク先生はいぶかしげにそれを手にとり、チョン・ドンスに渡した。彼は包みをひとつひとつ開けてみた。どれもこれも出発地も目的地も書かれていない空白の乗車券である。老婆はそれを捨てずにとっておいていたのだ。毎日毎日、老婆はどこに行こうとしていたのだろう。それになぜたったの一度も汽車に乗らなかったのか。彼の目はなぜかしびれてきた。


　煙草を吸おうと立ったとき、パク先生もついて出てきた。庭には扇形の黄葉が散り敷いている。彼はイチョウの堂々とした梢を見あげた。枝々はすっかり透いている。

「おばあさんたちにお会いしていると、ひとつの共通点を見つけられます。体を汚《けが》したことで、両親や兄弟、子どもたちに非常な罪悪感を覚えています。それは女だからなんです。ただそれだけです。加害者のほうは彼女たちを犯したことを覚えてさえいないのに、逆に被害者は一生、罪の意識で苦しむんです。これはおかしなことです」

チョン・ドンスはしばらく木を見つめるばかりであった。梢のわずかな葉がはらはらと散った。

「従軍慰安婦として徴用された人は最低でも八万人から二十万人と推定されています。そのほとんどが朝鮮半島の幼い女の子でした。いま彼女たちはどうしているのでしょう。彼女たちを、スンネさんのような一生を誰が記憶しつづけてくれるのでしょうか」

パク先生の声はかすかに震えていた。

「あら、おしゃべりが過ぎましたね。いつもの悪い癖です。証言を聞きだす場所なのに、勝手に感情のほうが押し寄せてきて、仕事をめちゃくちゃにしてしまいます。私にも一本ください」

彼は煙草とライターを渡した。イチョウの木がまたはらはらと散る。もう梢にはほとんど葉がない。彼がふっと一人言のようにして尋ねた。

「そこはどこなんでしょうか」

パク先生が彼を見つめた。

「目的地です。あの重たい鞄を持って、どこに行こうとしているんでしょう」

「そうですね。どこでしょう。そこは……」

しばらくして、チョン・ドンスは二人に挨拶をして家を出た。細かな雪が再びはらはらと舞いはじめている。狭い路地を抜けた彼は先を歩いているおかっぱ頭の少女を見つけた。黒いチマに黄色のチョゴリ。先ほど見かけたあの変な子である。風花の舞う中で少女は一匹の紋黄蝶のようにひらひらと跳ねている。すると急に垣根の角に消えた。

「あ、ちょっと待って！」

急いで追いかけた。角を曲がったが道には誰もいない。どこへ消えたのだろう。道に迷った人のように、彼ははあはあと息を切らしながら辺りを見回した。雪はしだいに本降りとなっていく。

春

——指

駅の向かいにパン屋がある。ぱっと見でもひどく滑稽なその店は、そもそもから立地をまちがえてしまったようだ。辺りにあるものといえば、錆び朽ちたスレート葺きの田舎家――路地にかさぶたのごとく引っついて、こせこせと肩を寄せあっている――ばかりで、その寂寞とした風景の中に、店といえばこれがぽつんとひとつあるだけである。この店の隣だって――家があるにはあるが――半ば空き家のように寒々しい家だ。これら田舎家のほとんどでは、子どもたちを送りだした老人たちが無聊をかこち、古びた陋屋の番をしている。

滑稽といえば「音楽のあるベーカリー」という看板がさらにふるっている。軒先に吊るされたハンカチ大のそのアクリル板は、それなりにめかしこんでいるようだ。白地に鮮やかなゴシック体。これが都会の一角であればいいのかもしれないが、みすぼらしい田舎家のあいだにできた魚の目のようなその店には、まったくふさわしくない。店の仕事も、またあやしい。アルミサッシの戸口とウィンドウには、「パン・サンドウィッチ・バースデーケーキ」、「喫茶・音楽」、そしてなぜか「スナック・海苔巻き」ともあり、ともかくいろいろ書いてある。

店ができたのはおととしの初夏である。ある日、この廃屋の前にトラックが停まり、ハンマーと鋸を手にした制帽の男たちが降り立った。トラックは村でリフォームを生業とする業者の作業車だ。ここは一人で小店を構えていた老婆が亡くなってからは、長らく空き家となっていた。にわかにトントンギコギコの一騒ぎが起きた、と思っていると、いつの間か驚くほどに新しくなっていた。この廃屋を誰が買いあげ、何の商売をするのだろう。近隣の老人たちはそれぞれに店の周りをうろつき、好奇心を盛大に膨らませた。この小さい村にスーパーができるんじゃないのか。まさか、チケット喫茶か、でなけりゃ飲み屋だろう。だが、店の主人が姿を見せたのは、工事が終わってから一ヶ月が過ぎてからであった。

その日、村の年寄りは二度驚いた。経営者が独身女性であることに、そしてあの滑稽な看板に。その日のことを老人たちは記憶している――真昼のかんかん照りの中、喪服のような黒いワンピース姿で突如その女が現れた日のことを。彼女はガタガタするポンコツ軽自動車をみずから運転してやってきた。空き地の欅の下の縁台に集っていた老人たちは、その見知らぬ女がこまごまとした荷物を手に、店と車とを行ったり来たりしている様子を注意深く見つめた。しばらくして女は車に乗りこんだ――立ち去ってしまうのかと老人たちは思ったが、またすぐこちらにやってきた。飲み物とえびせんの入った袋を提げ、恐る恐る近づいてきて会釈をした。

「あの、すぐそこの店に新しく越してきた者です。これからみなさんにはいろいろと、ご、ご迷惑をおかけするとは思いますが、よろしくどうぞ」

ひどく不器用で内気がちな口調でもごもご言って、袋を縁台にそっと置いた。道路を背にし、まごついた風情で立っている彼女に視線が一斉に集まった。夏の正午の強い日射しのもと、つま先から頭のてっぺんまで黒ずくめのその姿は何かの幻影であるかのように奇怪であり、現実感がなかった。背中の小さなリュックのせいで、背が曲がってしまったかのようにも見えた。かさかさに乾いた枯れ枝や古い棕櫚箒を連想した老人もあった。

見れば見るほど女の容姿は尋常ではなかった。年は三十代半ばから後半。長身であるもののひどく痩せている。足首まであるぶかぶかした黒のワンピース、それにローヒールの黒靴。ちぢれ毛、そばかすの散った細い頬。顔に比べて大きすぎる眼鏡はフレームもまた太い。その眼鏡の奥に怯えている大きく丸い目に光はなく、気弱そうである。老人たちは飲み物を口にしながら、かわるがわる質問をぶつけた。どこに住んでいたのか。家族はいつ越してくるのか。どんな店なのか。ここに親戚などはいるのか。

浴びせられる質問に困惑の表情でぼそぼそと答えた。荷物はソウルからすぐに届く手筈です。家族はいません、私一人です。小さなパン屋を開くつもりです。ここに知りあいは全然いません、村が気に入ったので思い立ったが吉日という訳でやってきました――。今にも消え入りそうな声からおおよそのことだけは了解できた。しかしその話以上に彼女の変わった癖に注意の一点が集中した。手を後ろにやったりバッグで隠したりをしじゅう続けていたのだ。他人の前で自分の手を持てあまし、当惑しているその姿は見るも哀れであった。あたふたと去っていった女の後ろ姿を見つめていた老人の一人が言った。

「痩せ眼鏡」

なかなか正鵠を射ているなと、それを聞いたみなが思った。以降、老人連は彼女を「痩せ眼鏡」と呼んだ。

「まったくもって幸の薄そうな、寂しげなやつだわい」

「黍みたいな大女は男運がないたぁ昔から言われとる」

「暗すぎやしねえかい？　若い女にしちゃぁ」

「でもまあ、ちょっと見たとこはいいだろ」

「おでこの真ん中に仏のほくろがある。金運はある」

「ばか言うな。こんな山ン中へ女一人で来るんだ、どんな過去があるだか、わかりゃしない」

「処女《おぼこ》じゃあなさそうだが、どうして独り身なんだ」

「なんだ？　おめえ、後添いにする気か？」

「ちっ、ひねくれ者が。またはじまったわい」

「ああ、なるほど、あのけったいな看板、パン屋っちゅう意味だったんか。近ごろ横城《フェンソン》の『安興《アヌン》まんじゅう』がはやってるらしいが、それをやる気かもしれんな」

「ちがいますよ、蒸しパンじゃなくて菓子パンをやるんですよ。クリームパンとかカステラとか」

「何であれ、客がおらにゃ。よりによって、どうしてあんな場所をまた」

「駅前だもんだから商売になると思ったんだろう。日に二十人も来ない駅だがね」

「駅がもうすぐ廃止だっちゅうこたぁ聞いてないだかね」

「聞いてないのは見てわかるだろう？　不動産屋のパクに騙されたんだろうな、きっと」

「そらぁ気の毒だ」

翌日、荷を積んだ車が到着した。こまごまとしたもののほか、パンを作る重たい器具や冷蔵庫、陳列棚などを引っ越し屋が運びこんだ。何日かすると、パンを焼く香りが店から漂いはじめた。老人たちの耳にしたこともないクラシック音楽もかすかにこぼれた。彼らは鼻をひくひくさせながら、待ちかねるかのように店の周囲をうろうろとした。開店の日、住民の何人かは引っ越し祝いの石鹸やトイレットペーパーを手に店を訪ね、無料のパンを適当に食いちらした。おいしいけれど高いからそうしょっちゅうは、と内心で思っている様子であった。

「お年寄りやお子さまのお、おやつに最適です。朝、牛乳といっしょに召しあがると朝食としても申し分ありません」

しきりに手を後ろに隠しながら端役の大根役者のようにもごもごと呟いたが、周囲は「あの女、わかっちゃいないね」という顔つきをしていた。まあ、田舎の生活など都会の女は知るべくもない。開店後何日かは客もなくはなかった。しかしそれだけだった。

老人たちの予想は外れていなかった。毎日店からはかすかな音楽がこぼれてくるものの、訪れる客はたいしていなかった。そもそも店の前を通る人じたいが少ない。そのため老人連が売れ残りのパンにただであずかることたびたびであったが、彼らは気をもんでもいた。彼らの予想どおり、半年後には何らかの変化を試行することとなったようだ。既存のメニューにいくつかの軽食を加えた。村の中古品市場で必要な食器を買い、それから筆と赤いペイントをみずから手にして新メニューをウィンドウに書いた。

もはや店からパンと雑多な食べ物の匂いとが渾然として漂うようになった。以前よりは少しはましになったようなのだが、客は相も変わらず少ない——日照りに収穫される豆のように少ない。あの痩せ眼鏡、ありゃあどれほど耐えられるのかしら。老人たちは好奇心半分、気の毒半分で見守っていた。

＊

その奇妙な事件はある春の日、小雨がしとしとと降る真夜中に起きた。現場を目撃した者は誰もなかった。この世界でその事件を記憶しているのはたった一人、彼女だけだ。

その日の朝、痩せ眼鏡はある夢を見た。それは奇妙で困惑を禁じえないものであった。その夢のせいで、目を開けたまましばらく布団から出ずにいた。朝七時。寝室は狭く質素である。家具といっても安い布団収納ケースと整理だんす、ささやかな鏡台があるばかりで、壁の小さな額が唯一の装飾である。それには福建省に住む百歳の老婆のモノクロ写真が収められている。白髪頭、杖よりも低い身長、纏足、ひどく曲がった腰。この写真は、いつだか産婦人科の待合室に備えつけてある女性誌からひそかにちぎりとってきたものだ。ソウルを離れる前日、その額をアパートのゴミ捨て場に捨てた。けれど、夜ふけにまたそれを取り戻した——なぜそうしたかは自分でもわからない。

「このろくでなし。おまえにゃ悪霊が憑いてるよ。そいつを祓わない限り、ついにはおまえが腐っちまうよ」

車椅子を熊手のような手でこぎながら、声を枯らして悪罵を投げつける母の顔が浮かんできた。そういえば療養所の入所費の振込日を二日も過ぎていた。通帳の残高を思い、彼女は首を振った。

「まちがいない。何か起こりそうだわ」

眼鏡の奥の大きな目をしばたたかせて呟いた。その何かの正体はわからないが、そこから非常信号が送られていることは直感でわかる。ちょうど今日、何かがあるという信号。いつもそうであるように、彼女はこのときもみずからの直感に信頼をおいた。彼女にとっての直感は疑うべからざる天啓と同義である。朝の夢の残像はまだ網膜に留まっている。このときも蝶が夢に出てきた。扇状の大きな羽を持つ朱色の蝶。全身から血が滲みだしたかのように鮮やかな光を発するそれは、彼女の人生の要所要所で夢に現れた。蝶の夢を見ると必ずよくないことが起こる。しかし今回の夢はどこか少しちがっていた。

「変だわ。どうしてドンスさんがいたんだろう」

*

それから三十分後、台所に立ち日々の仕事をはじめた。ピアノの旋律が狭い室内を小魚の群れのようにすいすいと泳ぐ。柔らかくなったバターをボールに入れ、砂糖と塩といっしょに泡だてる。通常より多めの小麦粉にベーキングパウダーを混ぜ、牛乳を全体に注ぎ、それをこねる。今日はカステラとドーナッツがとくに求められる日である。静修会《リトリート》にソウルからお客さまがいらっしゃいますからね。伝道師夫人が三日前に電話で注文してきた。その小さな教会は東の丘のふもとにある。毎日最低でもこれくらい売れるなら。ため息がこぼれた。

彼女はパンを焼くことが好きだった。こねたものをオーブンに入れてしばし待つ。すると魔法の世界が広がる。こんがりとした色に膨らみはじめるのだ。その光景は彼女にこのうえない幸福を与えた。パンは生きている。体温と体臭を持って呼吸する生き物だ。その驚くべき存在が自分の手を借りながら生まれ出る、その事実にいつも感激を覚えた。しかしその唯一の楽しみにも近いうちに終止符が打たれるはずだ。手遅れにならないうちに、不動産屋さんに店の売却をお願いしないとまずいかも。数日前からそのことについて深刻に悩んでいるところである。

「ホト、ホ、トホト、ホホト」

窓ガラスを叩く音に振り向いた。一羽の鶺鴒が羽をばたつかせ、細長い窓の外をうろついている。足と嘴を使い、緊迫した様子で窓をつついている。鳥はきのうもおとといもやってきた。繁殖期の時期なのだろうか。窓ガラスに映った自分自身とつがおうとしているのだ。

「昼日なかに庭へやってくる鳥はご先祖か家族の霊だと言われとる。生きてたときと同じように何の気なしに来るんだよ。だけどな、夜に鳥が来たら家がつぶれるんだよ。夜中にゃ忌まわしいものばかり運んでくる。あいつらがどうして夜に啼くか知っとるか？　成仏できない魂が家に来ることを先に教えてくれてるんだよ」

母は恐ろしげなささやきを幼い彼女の耳に吹きこんだ。母が教えてくれた世界は秘密に満ちていた。世界は目に見えるものと見えないもの、この二つで成り立っているという。犬と猫、鳥と蟷螂《かまきり》、蛇と蚯蚓《みみず》、木と花、草と石――そのどれにも魂が宿っている。それらはすべて死んだ霊魂たちの住まいでもある。人間と同じように、考え、呟き、笑い、憎み、復讐を夢み、血を流して苦しむ。彼女は霊魂の存在をかなり長いこと信じていた。いつも奇妙な話をする彼女を子どもたちは遠まきにした。他者と交じらいながら生きていく方法をついに学びとることなく大人になった。母が行方をくらましてから、頑なに母を否定し憎悪してきた。しかし年を重ねるごとにだんだん母に似てき、そのことに苦しんでいた。ソウルで生まれ育った母はいったいどこであんな話を覚えたのだろう。

窓に白い糞を残して鶺鴒はふっと飛び去った。ずり落ちてくる眼鏡を手の甲で押しあげてパンをこねつづけた。このところは見ていなかったのに、なぜあの恐ろしい夢がまた。むかし学校へ通ったあの道――江原道華川《ファチョン》にある、長く急な峠道。二十五年前のあの日、あそこで現れたのと同じように、夢にもふと舞ったのだ、赤い蝶が。ひらひらと舞うそれを追いかける彼女は森に入りこんだ。しかし蝶は切りたつ絶壁の影にふと姿を消し、かわってそこには一人の男が墓石のようにたたずんでいた。しかし昨夜の夢に現れたのはいつものあの男ではなかった。驚くべきことにそれは駅員のチョン・ドンスだった。彼は憤怒の顔で睨みつけ、怒鳴った。見ろ！　お前の手には血がついてるぞ！　答えろ。誰の血だ？　彼女は両手を隠して悲鳴をあげた。ああ、違う。違う。

味を見る――クリームは充分な甘さだがあんこはいま一歩だ。あんこに砂糖をたっぷりと入れる。都会と異なり、ここの人たちはくどい甘さを求める。卵をひとつひとつ割り、白身と黄身を別々に分ける。あれはどういうことなんだろう。どうしてドンスさんがいたのかしら、びっくりだわ。頭が混乱していた。突然、全身の力が一気に失われたかのような脱力感に襲われた。この感じははじめてではない。急いで棚の引き出しから薬を取り出した。何年飲んでいるかわからないうつの薬だ。水でその錠剤を飲み下す。

「もしドンスさんがあの男の息子だったら……?」

息が弾んだ。いや。ありえない。同姓の人、似た顔の人なんて世間にいくらでもある。荒っぽくクリームを泡だてた。

*

青年をはじめて見たのはある年の初冬のことだった。朝から米粉のような雪がちらちらしていたが、昼ごろには牡丹雪に変わりこんこんと降った。窓から屋根屋根に積もる雪を見ていた彼女は、突如として汽車に乗りたいという衝動に襲われた。ここ何ヶ月ものあいだ、店の外には出ていなかった。雪の積もった谷と凍りついた川に沿って、あてもなく歩きたくなったのだ。顔がかちかちになるぐらい、冷たい風に思う存分あたりたかった。すぐに店を閉めて駅に向かった。駅は目と鼻の先なのにここから汽車に乗るのははじめてだった。

「九切里まで一枚」

出札口にお金を突っこんだとき、はっと息を呑んだ。あの男だ。お嬢ちゃん。さっき約束したこと、忘れないでくれよ。はい、指切り！　泥だらけの指を差しだし、さみしそうに笑っていたあの男。木っ端微塵になって死んだというあの不幸な男がいままさに目の前にいる。ふいに胸の名札が目に入った。駅員チョン・ドンス。あっ！　名字まで同じだわ。切符を買ったのか、どうやって汽車に乗ったか、覚えていない。終点の九切里に着いてもまだ衝撃の中にあった。列車を降りると雪はやんでいた。足首までずぶずぶと埋まる雪を踏み、彼女は川沿いをがむしゃらに歩いた。二時間ほど歩くと少しは落ちついた。

数日後、その青年が朝早く店を訪れた。毎日ここを通ってたんですが、はじめて入ってみました。歯を見せてにっこりと笑った。胸の鼓動がドクンドクンと高鳴った。太い眉、そろった歯並び、恥ずかしげに微笑む姿——まさにあの男だ。深刻そうでかげりのある目がとくに似ている。窓辺に座った青年はサンドウィッチとコーヒーを注文した。

「これ、ブラームスですね。音質がとてもいい。ここでこんなすばらしい音楽が聴けるなんて信じられません」

「クラシックがお好きなんですね」

「いいえ、ちょっとかじっただけで。大学時代、クラシックギターを習いかけてすぐにやめたんですが、もったいなかったなと今でも思ってます」

「またはじめたらどうですか」
「こんな山里じゃあ。独学でやろうと思ったんですがあきらめました。指が全然動かなくなってまして。ハハ」

最初の日はこんなふうに少しだけことばを交わした。これからはしょっちゅう寄らせてもらいます。約束します。店を出るとき、またにっこりと微笑んだ。その笑顔が彼女にどれほど苦しい記憶を喚び起こしているか、彼に知る由などもちろんなかった。青年はしばしばやってきた。朝の勤務交代後の帰り道、あるいは非番の日の午後などに。彼はいつも一人だった。窓辺に座り、何かをノートに書きつけたり静かに読書したりした。彼の休息を邪魔しないよう、彼女はできる限り配慮をした。

彼が詩を書くということ、自作の詩が待合室に貼られたこともあるということ、そして警察署の後ろに下宿があることなどもだんだんと知るようになった。その情報源は、時おり下校途中に押しかけ、とめどもなくしゃべる女の子たちであった。ある日、一方の窓ガラスを蔽っていた冷蔵庫をホールの隅に移した。そしてその場所には新しく購入した原木のテーブルを置いた。やあ、ずっと見晴らしがよくなりましたね。ありがとうございます。テーブルをしきりに撫で、満ち足りた表情を隠さずに言った。

*

八時半、パン生地をオーブンに入れてタイマーをセットした。あとは焼けるのを待つだけだ。はさみを持って裏庭に出た。レンギョウの花を切る。花瓶に差すと店内が明るくなった。CDプレーヤーにショパンを入れてコーヒーを沸かした。

「僕はピアノの音がとくに好きなんです。子どものとき、小さな部屋に間借りしてました。その大家さんの居間にピアノがあったんですが、僕は木にひっつく蝉みたく、壁に耳をぴたっとくっつけてピアノを聴いてました」

それ以来、青年が来たときはきまってピアノ曲を選んだ。彼女はコーヒーカップを持つと、青年の指定席であるあのテーブルに座った。一人でいるときは彼女もまたそこに座るのである。椅子をそっと撫でると青年の体温が手に滲みてくるような気がした。

「ああ、この詩は本当に美しい。お聞かせしましょうか?」

ときに読書を中断して朗読してくれることもあった。そのときの彼はまさに思春期の少年だった。きれいに並んだ前歯を見せて明るく微笑む。そのたびに彼女の心臓は矢に射こまれる。店を売りに出したと聞いたら彼はどんな顔をするだろう。

憂鬱な視線を駅舎へ投げた。桜がしとやかな鴇色《ときいろ》を一斉に咲かせている。村ではもうすぐ桜祭りがはじまるだろう。四月の半ば。草木がまたとなくきらめき、日ざしもひよこの産毛のように柔らかい。しかし今朝は何だか晩秋のように沈鬱でさみしげだ。空は雨を含んだ雲に重たく覆われている。

駅前の空き地には誰もいない。もうすぐ交代を済ませた駅員たちが現れる頃だ。もう十日も青年を見ていない。その間二回ほど駅に行ってみた。ことさらに何気ない風を装って事務室を盗み見たが、彼の席は空席だった。休暇はもう終わっているのに何があったんだろう。もしかして病気かしら。しかし駅に電話して訊くわけにもいかない。女子高生たちもこのごろはあまり来てくれない。

ゆっくりとコーヒーをすする。せっかくのお店なのにたった二年で閉めるなんて。胸が砂山に埋もれるような思いがした。今は近所の人たちとも知り合いとなり、なによりも山の暮らしにずいぶんなじんできた。朝早くから鳴く森の鳥と小川のせせらぎを彼女はもっとも好んだ。森は平和と静けさに満ちた神秘的な居場所だ。こぢんまりとした森に囲まれたこの村で、生まれてはじめての幸せを味わった。ソウルには二度と帰りたくない。野ねずみ同様、日々何かに追われ、せきたてられているその巨大な都市は戦場であった。しかし先のない店をいつまでもやっているわけにはいかない。終局はすぐそこまで迫っており、これ以上持ちこたえていく気力はない。減っていく預金残高を確認するたび、地面の割れ目にずぶずぶと沈んでいくような気がした。

＊

別於谷に腰を据えようとしたのは単なる偶然にすぎなかった。はじめてここに来た日のことを彼女は覚えている。その前日が父の命日だった。伯父夫婦は精進落としの料理を片づける前に帰ってしまい、後始末はすべて彼女がしなければならなかった。——これで三回忌か。一人娘のお前のことを思って私らも今年までは法事に顔を出してきたが、これからはお前一人でお墓を守りなさい。仕事帰りの伯父は露骨にいやな顔をして言った。

部屋の片づけを済ませるとアパートを出た。九老《クロ》洞の会社まではバスで一時間半だ。古い四階建てビルの最上階にあるオフィスが閉鎖されてから二ヶ月になる。鍵を開けて中に入り、いつものように換気と床の雑巾がけをした。それから机に座り、本をぱらぱらやったり編み物をしたりして時間を潰した。不渡りを出した直後から社長は雲隠れしていた。アジア通貨危機の影響で、一晩のうちに倒産する企業がいくつもあった。

音響機器の部品メーカーであるこの会社に十年近く勤めていた。ほかで働いたことはない。その日、不渡りの事実を出勤してはじめて知った。その日以降、社長からは電話の一本もない。それでも出勤しつづけた。誰もいないオフィスで幽霊のように番をし、午後五時になると鍵をかけて帰宅した。そうやっているうちに社長の噂が聞こえてきた。社長は早くから秘密裡に金を隠しており、今は妻とフィリピンで優雅にやっているらしい。彼女は電話も断たれた空きオフィスに出続けた。何かを求めているわけでも、誰かを待っているわけでもなかった。ほかに行くところがなかったのだ。

妊娠していた。ここ数年、社長との不倫を続けていた。こんな失敗ははじめてであった。一人で育てるだと？　やきが回ったな。三日の休暇をやる、堕ろしてこい！　小切手を投げつけるとくるりと背を向けて出ていった。その二日後に不渡りを出した。

「お前には変な影がある。暗い暗い洞窟にしか生えない苔みたいな奴だ。くどい色の服もじめじめしてりゃ、第一印象だって正直暗すぎる。だからまったく目ざわりだったんだ。だけどわからん。それが逆に人を妙に惹きつける。きっと前世は巫女だったにちがいない。かわいげもなけりゃセックス・アピールだってないが、なぜだか刺激的だ。俺が変態だからかもな。フフ」

オフィスでもモーテルでも社長はがさつで乱暴だった。汚らわしい口臭とわきがに吐き気を覚えたが、それでも無意味な関係を継続した。むしろ彼女のほうからすがりついたというほうが正しい。自分でもその奇妙な執着心の淵源は長いあいだわからなかった——いや、あえて目をそらしていたのかもしれない。わからなかったのだが、その日、空きオフィスの幽霊たる彼女ははっと気がついた。あの男だ。むかし峠の森で出くわした不幸な脱走兵。社長の目と笑顔がその男にそっくりだった——ふとその事実に思い当たったとき、雷に打たれたかのようにがばっと立ちあがった。ドアも閉めずにオフィスから飛びだし、無我夢中で清涼里《チョンリャンニ》駅の出札口に駆けこんだ。

列車は別於谷駅で一分ほど停車をした。どうしてだったのだろう。その変わった名前の、自分とは無縁の山あいの駅にあてもなく降り立った。半日かけて小さな山村をぶらついた。警察署、村役場、郵便局、小学校、農協、ガソリンスタンドがひとつずつ。教会が二つ、喫茶店が三軒、安宿が二軒、定食屋が六軒か七軒、金物屋が二軒、雑貨店が五、六軒。パン屋はひとつもなかった。彼女は手を打った。

彼女には周りに打ち明けていない夢があった。静かな街でパン屋を開くこと。毎朝パンとクッキーを焼き、室内にはいつも音楽があり、ときどき窓辺に座って読書したり、スケッチブックに向かって鉛筆画の練習をしたり——そんな暮らし。それは決して単なる夢ではなかった。すでに製パンの資格を取得していたのだ。

「わたしの赤ちゃん、あなたが三つになったらここに越してこようね」

ピンク色の屋根の、こじんまりとした幼稚園の前でお腹の赤ちゃんにささやいた。この子はあそこのパンジーが鮮やかな園庭で遊ぶだろう——ブランコに乗ったりすべり台を滑ったりして。ソウルに戻る列車でしばらくのあいだ、幸福な夢想に浸っていた。夜、車窓から見える農家の小さな灯りが宝石のように輝いていて美しかった。

＊

心臓に奇形を持って生まれた赤ん坊は保育器の中で息を引きとった。一握りにもならない遺灰を済扶島《チェブ》の海岸にまいた。そうして草木ひとつない岸壁の突端に日がなぼんやりとうなだれた。ろくでなし、お前にゃ悪霊が憑いてるよ。痰でぜいぜいとしている母の声が耳にまとわりつく。峠の森で出くわした脱走兵の姿がしきりに思い出される。守れなかった彼との約束も……。はじめて了解できるような気がした。あの日以降に自分の前に現れたすべてのできごとが、実はあの日あの峠道からすでに予定されていたということが。戦慄を覚えた。これまで不運と不幸が影のようにつきまとってきた。これからの日々もやはりそうだろう。運命、宿業、呪い——あらゆる忌まわしき単語が脳裏を去来する。潮がはるか遠くに引いた干潟を眺めながらつぶやいた。

「わたしは罰を受けているんだ。あの男《ひと》が復讐してるんだ」

帰り道、療養所に立ち寄った。母の痛罵を食らいたいと思った。しかし車椅子の母の口からは汚らしいよだれがとめどなく垂れるばかりであった。父の葬式を済ませたその年の秋、唐突に母が姿を現した。幼い娘と半身不随の夫を残して忽然と行方をくらませてから、二十余年もの歳月が流れていた。かなり以前のことだが、釜山で母が占いの店を開いたという噂が彼女の耳にわずかに入ってきた。それから晩年になって再婚したようだ。彼女の足もとに母と二つの大きな旅行鞄を投げだし、途端に振り向きもせずに駆けていった中年男が先妻の息子である。その男が渡した預金通帳には半年分の入所費が振りこまれていた。

療養所に母を預け、その帰り道に不動産屋を訪れた。唯一の財産であるアパートを処分したお金で別於谷に古い家を買った。人里離れたところではあるが駅前だということで決心した。引っ越しの話は伯父たちには知らせなかった。この世の係累の一切から永遠に逃れたかったのだ。

＊

駅前の空き地に二人の姿が見えた。今日もそこにチョン・ドンスはない。二人の駅員はすぐに交差点の方へと去っていった。一週間ほど前のこと、昼ごろ青年は鞄を肩に掛けた姿で店に寄った。

「休暇を早めてもらいました。母の見舞いがてら」

歯茎を見せてにこっと笑った。ひげを剃ったばかりの痕がうす青い。初々しくさわやかな若さに眼が眩んだ。住職から電話がありまして。母を病院に連れていくためにも一度来いって。去年の秋から行けてないんですよ。青年の白い首とうす青いひげ剃り痕をちらちら見やりつつ、彼女はここから去らねばならないもうひとつの理由を再確認した。そうだった。お金のことだけじゃない。手遅れになる前に離れなきゃ。社長の場合と同様の盲目が、怪物的な執心が、再び彼女を泥沼へ突き落とそうとしていた。

「お母さまはお寺にいらっしゃるんですか」

「もともと心臓がよくないんです。住職は女学校の同窓生で、お寺に住みこみで働きながら静かに余生を過ごしたいと。僕が十歳のときからずっとお寺に一人で住んでます」

「おさびしかったでしょう」

「そのかわり祖母がそばにいましたから。おかげで早いうちから孤独には慣れてます」

彼の目に虚ろな影がちらりとよぎるのを彼女は認めた。ああ、この人もあの飢餓的なさみしさを知ってるんだわ。彼の含羞の裏にあるものがなんとなくわかる気がした。久々の休みのためか、いつもと異なり少し興奮していた。訊かれもしないことをいろいろと打ち明けた。

「父の顔はまったく記憶にありません。写真で少し見ただけですから。僕が生まれる前、事故で亡くなったんです」

事故？　胸がどきんと震えた。遠洋漁船に乗ってたんですが、台風で沈んだとのことです。それがまた船に乗るのもやっと二度目だったそうですから、まったくもってついてませんね。彼女は心の中でほっと息をついた。なんだ、遠洋漁船なのね。疑いの霧がようやく晴れた。だがおかしい。第六感はいまだに激しく蠢動している。

「里に墓があるんですが、実は仮のものなんです。お骨が納められてないんです。行方不明になった船員六人の遺体は回収されなかったものですから」

「お里は？」

「木浦《モッポ》です」

そうですか。内心で胸を撫でおろしつつゆっくりとうなずいた。たしかあの脱走兵は全羅南道の康津《カンジン》郡にある小さな漁村の出だと言っていた。名前は知らない。チョン一等兵という呼び名しかほかに覚えているのはこれだけだ――大学を出てから入隊したために他の兵士よりも年をくっているということ、それから結婚もしていて赤ん坊が一人あるということ。しかしはっきりと覚えている、事件後に彼の老父母が村を訪れた日のことを。里長が峠の頂まで彼らを案内している光景を幼い彼女は家の味噌甕置き場に隠れて見つめていた。老夫婦は峠の頂に腰を下ろした。そこから先、現場の土を踏む勇気がどうしても出なかったのか、谷底に向かって長いこと慟哭していたそうだ。

彼女はドンスに年を尋ねた。二十七ですが。ときにそれはまたどうして？　いい人を紹介してくれでもするんですか？　ご紹介してもよろしいのですか？　彼女は不器用に笑いつつ、頭の中ですばやく計算した。森で男に遭遇したのは小学四年のときだ。ドンスは父亡き後に生まれたと言った。

二歳ほど計算が合わない。やはり見当ちがいだったのか。彼女は苦笑いした。しかしまだ何かが引っかかる。ちょっと待って。康津と木浦は近いわ。考えれば考えるほど混乱してくる。

＊

チン。オーブンが高い音をたてた。開けるとこんがりとした香りがプンとする。彼女は急いでパンを包んだ。十時半ごろになって伝道師夫人が車で現れ、包みを引きとっていった。それ以降、店に来る客はほとんどなかった。下校の時間になれば子どもたちがやってくるはずだ。

昼をサンドウィッチで済ますと雑巾を持って外に出た。入口の扉とウィンドウを拭き、店の前にほうきをかけた。山の稜線からひときわ暗い空がこぼれ、辺りを重く覆っている。掃き掃除を終え、腰を伸ばす。甑山行きの列車がちょうど駅に入ってきている。停車時間は一分。すぐに左のトンネルに姿を消した。降り立った乗客はない。

駅がそのうち廃止されるかもしれないという噂を最近になって知った。地方新聞に記事が載っていた。今は普通駅――駅員六人が隔日で勤務する態勢――なのだが、今秋からは駅員一人の簡易駅に縮小されるという。二両のみで運行される旌善線普通列車の本数も減らされるといい、さらには駅自体が数年後には完全になくなるという、青天の霹靂のごとき風聞も広まっている。財布を手に立ちあがった。店のドアに鍵をかけると交差点に向かった。睡眠不足のせいか頭がふらついた。ここ何日か、ろくすっぽ眠れていない。昨夜はふくろうが裏のねむの木にホーホーと一晩中鳴きつづけた。

父は砲兵将校だった。江原道の山出しとソウル女のペアははじめからそりが合わなかった。新米将校時代から大尉時代まで、父は家族を伴って前線の部隊を転々とした。数年ごとに居を変え、三十八度線近くの深い山奥や、学校も商店もろくにない奥地の村々に閉じこもった。真冬、雪が降れば交通が完全に遮断され、人跡を見ることさえ困難になる。陸の孤島での生活に困憊した母は都会を恋しがった。繁華街、にぎわう人ごみ、活気に満ちた文明的生活を渇望した。しかし一刻な家長の父にはそんな妻を理解するための包容力や愛情が乏しかった。

少佐への進級を目前にしたある冬のことだった。雪道を走っていた父の乗るジープが崖下へ転落した。脱走事件が起きてからわずか数ヶ月後のことだ。車はマッチ箱のごとくぺしゃんこになり、運転していた兵士は即死だった。父は救助されたものの脊椎は回復不可能であった。退院と同時に除隊となった父は半身をろくに動かせなくなってしまった。悪いことに、全身の半身――腕や足、顔といった部分のすべての半身が麻痺してしまったのだ。幼い彼女はその事故は自分のせいだと考えた。死んだあの男が自分と家族にかけた呪いのためだと確信した。

一家はソウルに引っ越した。毎月の恩給で露命をつないだが、その生活は不安で危うげなものだった。体に障害をかかえた父は酒びたりになり、定食屋に職を得た母は完全に黙りこくってしまった。そしてある朝、家を出た母はそのまま帰ってこなかった。そのとき彼女は十六歳だった。実業高校を卒業したのち、つまらない職場で惨めな二十代を過ごした。ついには父が寝たきりとなり、下の世話まですべて一人でやらなければならなくなった。父の死をどれほど切実に望んだかわからない。とうとうそのひそやかな祈りが叶えられた。ある日、夜遅くに帰宅すると、父は奥の部屋にしびんを抱いて死んでいた。

*

中年の郵便局長と若い女性局員が彼女を迎えた。

「またご送金ですね」

長髪の女性局員が笑顔を作った。通帳を渡す。母の占いはなかなかのものだったようだ。「仙女菩薩」といえば釜山の影島《ヨン》一帯ではもっとも高名であったから、これまでに少なからぬ資産を貯めこんでいたはずだった。年下ののらくら男と再婚した母は、クスリやら麻雀やらに手を出すその男を心から愛していたようだ。男が急死してから占いの腕はがくんと落ち、挙げ句の果てに認知症を発症した。遺産となるはずの財産について彼女はまったく関知していない。きっと義父の先妻の息子だというあの男が彼女に隠してすべてをぶんどったにちがいない。

郵便局を出たときまたもや偏頭痛がはじまった。疼くこめかみを指で押さえ、階段の上にしばらく背をかがめた。母を押しつけられたあの日、母はもはや手の施しようがない状態だった。天安《チョナン》の近くにあるその療養所は、入所費の安さと引き換えに施設が非常に劣悪だった。トイレと風呂が不潔だし、食事もベッドもひどい。医師と看護師が常駐するとの宣伝文句もインチキのようだった。

入所者数に比してまったく足りないその介護職員も、やっぱりぞんざいで荒っぽかった。家族が見ているのにあんな対応であるなら、ふだんはどんなものだか見ないでもわかる。だか彼女はすべてに頑として目を向けまいとした。

「私にどうしろっていうの。これ以上何ができるの?」

誰かに抗弁するように呟いて階段を下りた。そこに入れてからたった一回しか面会に行っていない。それでも振込の期日だけはきちんと守った。母などはじめからいなかったと思って生きてきた。奇怪な物体として戻ってきた母に恨みつらみをこぼす気力さえ出なかった。母は単なる重たい鉛にすぎない。彼女の足にまとわりつき、水底に沈んでいく鉛。

不動産屋の前で躊躇していた。——やはりソウルのお方です、先見の明がございますね。そうです。ここはまさしく駅前の繁華街でございます。お菓子のお店を出すにはぴったりでしょう。ふてぶてしいパクの顔を思い出し、店に背を向けた。頭痛薬と消化薬を買って薬局を出たとき、びっくりして足が止まった。向こうにチョン・ドンスが見えたのだ。いま出ていったばかりの直行バスから降りてきたところのようだ。肩に鞄をかけて歩くその顔は数日見ないうちにげっそりとしていた。

そのとき旌善食堂の主人がチョン・ドンスを呼びとめた。

「ご愁傷さまで。お悔やみに顔出さねぇで悪りぃっけな」

「ありがとうございます。ご心配くださいまして……」

力なげに頭を下げているなと思っていたら、向きを変えてこちらに歩いてきている。だが彼女には気づかずに意気消沈として通りすぎていった。目は落ちくぼみ、酒気が強くにおった。これまでずっと酒びたりだったのだろう。下宿に戻るようだ。がくりとうなだれ、爪先しか見ていない青年の後ろ姿をもどかしげに見守った。ぽつり。大粒の雨が落ちてきた。

＊

雨脚が激しくなった。辺りが闇に覆われてきたので早々に店じまいすることにした。雨の中で桜の枝がだらりと垂れ、道に散り敷く花の山が吐瀉物のように汚らしい。戸棚の奥にしまっていたウィスキーを取り出して窓際の椅子に腰を下ろした。グラスのウィスキーをゆっくりと飲み下す。溶けた鉄に似た熱いものが食道を流れ落ちる。

室内は明るさを失っている。ブラインドをすべて下ろし、電灯をひとつだけつけた。うつ病の症状というのはアルコール依存症のそれと同じなのです。お酒をおやめにならないとうつも治りません。医師のことばを思い出した。ここに越して以来、完全に酒を絶っていた。なのにその戒律を今みずから破った。二年のあいだ守ってきたのだ。

荘重でゆっくりとした弦楽器の旋律が黒マントの裾のように室内を包む。血を吐くがごとき悲痛に弓はぶるぶると震え、弦は切れんばかりに苦悶し戦《おのの》く。彼女がこの世でもっとも悲しく切ない曲と呼ぶブルッフの『コル・ニドライ』である。祈りという意味だっただろうか。愛娘を病で亡くしたブルッフが、憑かれたようにひと息で書き下ろしたという作品。テーブルに額をつけ目をつむった。みずからの肉体と精神とに蜘蛛の巣のごとくうがたれた亀裂を感じる。そこにそっと手をやるだけで、砂の城同様、体が一気に崩れ落ちそうだ。一粒の涙が頬を伝う。しばらくテーブルに伏したままでいたものの心は晴れない。喉まで悲しみの塊が満ちてくる――ふと気づいた、この塊をこれまで一度も吐きだせなかったことに。雨音を時にはさみながら旋律は凄絶なすすり泣きの声をあげ、絶望と悲嘆の極点へと疾走していく。

頭を上げた。外で物音がした。何かが壁にぶつかったようだ。注意深く表に向かい、戸を開けた。何もない。ヘッドライトを灯した車が時おり現れては雨を突きすばやく行き過ぎる。ドアを閉めようとした瞬間、何者かがいきなり飛びだしてきた。

「ドンスさん!」

「す、すみません。ちょっといいですか」

酒のにおいがむっとする。傘もなしに一人で歩いてきた様子である。青年を支えて椅子に座らせた。まるで川から拾いあげたばかりであるかのように、体じゅうから水がしたたり落ちる。

「いけませんわ。上着も脱いでください」

「だ、大丈夫です」

そう言いながらもおとなしくジャンパーを脱いだ。彼女は乾いたタオルで青年の頭と顔を拭いてあげた。へっくしょい。青年がくしゃみをして身を震わせた。部屋から自分のセーターをとって着せてやった。

「こんな雨の中をどうしたんです！　駅からお戻りですか？」

「いえ。ちょっと飲んでたんです。誰でもいいから話がしたくて、それで……一人じゃとても堪えられそうもなくて」

　ここ何日かのうちに十歳も老けこんだように見える顔。一人で泣いていたのか、両目が真っ赤に腫れあがっていた。彼女はグラスを持ってきた。彼はたてつづけにそれを乾し、それから疲れた声で話しはじめた。

　休暇二日目の朝、寺の庭を掃いていた彼の母が心臓発作を起こした。大田市内の病院に運ばれ、重症患者用の病棟に入れられたが、昏睡の状態がずっと続いた。死ぬ直前、ほんの少しのあいだ奇跡的に意識が回復した。

「目を開けず、口も開かずに僕の手を握りました。藁くずのようにかさついたその手を握り返した瞬間、ふいにこんな思いに捉われました。この手を握ったのはいつのことだっただろう……よくは思い出せませんでした。幼稚園を卒業したときか、小学校に入ったときが最後でしたから。母の手はとてもなじみの薄いものに感じられました――するといきなり涙が出てきたんですよ。悲しかったからじゃありません。なんだかとてももどかしくて、悔しくて、気が狂いそうでした」

　自嘲するようにハハハと笑った。死んでいく母を前にして彼ははじめて母に甘えた。どうして死に際になって僕の手を握るのですか。どうしてふつうのお母さんのように暖かく抱いてくれなかったのですか。悲しさと切なさがこみあげてきて泣き出した。近くに、と母が目で言うので、その乾いた唇に耳を寄せた。

「ごめんね。ひどい母親だったね。あの人の、あんたの父親のためにあんたにまで……母さんを許しておくれな」

唇をもそもそさせて蚊の鳴くような声でそう言うと、すうっと目をつむった。葬式のあいだじゅう母のことばを反芻した。どうして生きているときには父について固く口を閉ざしていたのだろう。ふたりのあいだにいったい何が。ここにきてさまざまな疑問がまた一挙によみがえった。正確にはよく覚えていないが、家で父の命日を悼むことは一度もなかった。そのかわり寺で供養をしているのだと母は言った。だから彼はその命日さえろくに知らない。それからもうひとつ奇妙なのは、父方の親族がまったく存在していないことだった。孤児でもなく南北離散家族でもないのに、そんな状態であることはとても珍しい。父は一人息子で、かつ老親が早く亡くなったからであると母方の祖母は説明した。

「僕にとって父というのは完全に未知のものでした。顔さえ知りません。家には写真の一枚さえ掛かっていませんでしたから。きっと母がみんな燃やしたんでしょうね。小さかったとき、たった一度だけですが、母方の祖母のたんすに色あせた写真をちらっと見かけたことがあるんです。祖母と母の横に何だか見たことのない男がいました。そのときにはとくに気にかけませんでしたが、何年かしてから、あれがもしかすると、と思いました。これで全部です。どうです？　おかしいでしょう？　僕の家族ってみんな薄情だと思いませんか？」

　彼は薄く笑いはじめた。酒瓶が半分あいている。彼女は彼の顔から目を離さなかった。濃い眉毛、陰鬱な目、うすい頬ひげ、笑うたびに覗くきれいな歯。彼女の息が弾みだし、その特有の想像力が猛烈に活動をはじめた。そうだわ。もうはっきりとわかった。まちがいないわ。ついに判決が下った。震える手でグラスをとり、酒を含んだ。

「母と父にはたしかに何かの秘密がありました。僕一人だけが知らなかったんです。みんなが徹底的にそれを隠していたんです」

　葬式を終えるとすぐ、日本から駆けつけた叔母をつかまえて離さなかった。その叔母の口からようやく一家の暗い過去が話された。ソウルに上京して大学に通っていた母には婚約者がいた。卒業と同時に結婚することになっていたのだが、母はある日、下宿につながる路地から突如として行方をくらました。それから一年ののち、家族は江原道の小さな町で彼女を発見した。そのとき彼女は身ごもっていた。半ば魂が抜けているようだった。拉致の犯人は意外にも母の従兄だった。母より五つ年上で、その町の与太者であったその彼は、家名になすりつけられた返上不能な汚名の象徴となってしまった。勘当された彼は酒に溺れ全国を放浪していたが、ある日のこと、うれしいことに遠洋漁船に乗って人々の前から姿を消してくれた。そのあいだに誰も望まぬ赤ん坊が生まれ、周囲に告げることなく母は祖母と共に故郷を去った。その赤ん坊がチョン・ドンスであった。叔母は言った。

「お前はあれにそっくりだ。私でさえお前を見るとたまげちまうよ。お前の母さんだけが貧乏くじを引いたんだよ。きっと不幸せだったろうよ。いつか私に言ってたよ、お前を見てるとどうしようもなくあれを思い出してつらいってさ。悪いことだってわかってるけれども、なかなか愛情を注げないともね」

うっうっ。青年が顔を蔽った。彼女は黙って酒を乾す。青年が何のかんのと語っているその話のすべてを信じなかった。かわりに自分の勘と洞察を強く信じた。

「偶然？　とんでもないわ。これは運命よ。みんな最初から運命づけられてるの。あの男が私をここに連れてきた。この山深い村で自分の息子と出会わせようとした。復讐するために。私を……」

彼女は奥歯を噛みしめた。そしてテーブルに顔を伏せてしどろもどろに話している青年を睨んだ。

＊

二十五年前のその日、軍事境界線に隣りあう江原道華川の山中でのこと。女の子が峠道を歩いていた。土曜日であった。まっすぐうちに帰りなさい。一人で帰っては絶対になりません。何人かでグループを作っていっしょに行くように。当分のあいだは日曜日でも山に登ってはだめです、それから不審な人を見かけたらすぐ軍に伝えなくてはなりませんよ。わかりましたか？　ホームルームの時間に不安げな表情をして先生が言った。

子どもたちは校門を出た。初夏になろうとするころで、空は今にも降りだしそうな、限りなくどんよりとした色であった。女の子の家は峠越えの村にあった。その子はわいわいと騒ぐ集団に遅れ、しんがりを一人とぼとぼと歩いた。村までは未舗装の峠道を歩くこと一時間の距離である。子どもたちは脱走兵の話題で盛りあがっていた。おととい、三叉路にある検問所の近くで確保寸前にまでなったという噂は誰もが知っていた。だがゆうべ、すぐ隣の村に脱走兵が現れたという事実は耳にしていないらしい。

女の子の父は大尉である。脱走事件は父の中隊の隣の中隊で発生した。夜警をしていた一人の兵士が巡視中の軍曹を射殺したうえで逃走したという。銃と手榴弾を所持したままだった。全隊に非常警戒令が発令され、武装した兵士たちが捜索を展開するなど、連日大騒ぎであった。それから十日が過ぎ、脱走兵の足どりはますます把みにくくなっていた。しかしきのう、山中の人家に不審な男が現れ、干してあった服を盗んでいったという届け出があった。捕まるのはもう時間の問題だと、父はその日の朝に言った。久しぶりに家に立ち寄った父は、下着だけとりかえると再びジープに乗りこんで帰隊した。

前を行く子どもたちはすでに角を曲がってしまい、その姿は見えない。一人遅れた女の子は歌をくちずさんだ。「私が鳥なら飛びゆくだろう。向こうに見える小さな島へ」そのときだった。ふいに朱色の蝶が現れ、目の前をひらひらと舞った。見たことのない美しい蝶だ。女の子は蝶を追いかけ、車道を外れて森の中に入った。陰影が黒々とする谷を追い駆けていったが、断崖の手前で蝶はどこかへ姿を消してしまった。

女の子は断崖の下にある小さな泉に向かった。水を飲もうとしたとき、水面に人の影が映った。驚いて振り向くと、一人の男が墓石のごとく佇っていた。髪は短く、ぶかぶかの黒いトレーナーをまとい軍靴を穿いている。その男が誰であるのか一瞥のうちに悟った。不思議なことに恐ろしさは感じなかった。その目のためだったのだろうか。まるで地球の裏側の国からずっと一人で歩いてきたかのような、そんなどこまでも悲しげでさみしげな目だった。

「お嬢ちゃん、お名前は？」

優しい声で尋ねた。

「スンジです。ヤン・スンジ」

「かわいい名前だね」

男の後ろの藪からは黒い銃身が覗いていたが、女の子は見て見ぬふりをした。一人なのかい？ええ。帰る途中で喉が渇いたんです。私以外だれもこの泉を知らないの。落ち着いて答えた。おおそうか。男は崩れるように寝ころがった。疲弊しきっている様子で、しばらく目をつむって息をついた。首と手の甲が傷だらけだ。

「煙草なんかは持ってないよな？」

そう言うと、自分でもあきれたのか、きれいな歯を覗かせてにっこりと笑った。

父が母に語っていた――しかしよくわからん。チョン一等兵は俺もよく知っとる。入隊する前に結婚を済ましておって、家には赤ん坊もいるらしい。いつもは口数が少なくて穏やかなやつなんだがなあ、どうしたもんか。じっさい性質《たち》が悪いのはパク軍曹だ。あいつを気の毒がってるやつなんざ、一人もおらん。前の部隊でもあいつのせいで新兵の一人が自殺したそうだ。その件でこっちに左遷されてきたんだが、結局このざまだ。

「君は俺が誰だか気にならないのかい？　俺は薬草とりなんだ。朝鮮人参や蜂蜜をとるんだ。仲間があの上で俺を待ってる。水を飲みに一人でここに下りてきて君に会ったというわけだよ」

問わず語りを終えると、ふっと硬い表情になって言った。君、鉛筆とノートをちょっと貸してくれないか？　友だちに手紙を書こうと思ってな。急用なんだ。女の子は鞄から筆箱とノートを取り出した。あ、そうだ。封筒もありますよ。学校からのお知らせですけど、中身さえあればいいですから。そうか？　渡りに船だ。ありがとうよ、お嬢ちゃん。それを受け取ると、また力なげに笑った。

彼が木にもたれて座り、何かを書いているあいだ、女の子は泉を覗きこむようなふりをしていた。うっうっ。男は両手で顔を蔽って泣いているようだ。女の子は泉に木の葉を浮かべた。スンジちゃんだったかな？　こっちへおいで。明るくふるまおうと、兎が駆けるようにぴょんぴょんと飛んでいった。おじさんの頼みを聞いてくれるかい？　男の大きな、そしてさびしげな目を見てうなずいた。この手紙を出してほしいんだ。友だちと急ぎの約束をしてたのに、それをすっかり忘れて山に来ちまったんだ。ポストに入れるだけでいい。心配しないでください、おじさん。近くのお店の前にポストがありますから。封筒を鞄にしまおうとしたとき、男が彼女の肩をぐっと掴んだ。もうひとつ約束してくれ。俺と会ったということは誰にも言っちゃいけない。ここはふつうの人が来ちゃいけないところだから、薬草をとっていたことがばれると罰金を納めなきゃいけなくなるんだ。わかるかい？　女の子はかわいい顔をしようと思ってほほえんだ。大丈夫です。秘密にしときますから。そう言って小指を立てた。その瞬間、男が彼女をぐっと抱きしめた。ちくちくするひげと、汗のにおいと、むっとする体温のために息が詰まり、視界に黄色の陽炎がゆらめいた。男が体を離した。彼の両目には涙がたくさん浮かんでいた。さあお嬢ちゃん。おうちに帰るんだ。約束、絶対に忘れちゃだめだぞ。弱々しく笑いながら手を振った。しばらく歩いてから振り向くとそこに彼の姿はなかった。

ウィスキーをひと瓶あけた。新たに台所から果実酒を大きな容器ごと持ちこんだ。昨秋、自分で漬けた山ぶどうの酒である。青年は泥酔していたが、それでもグラスを一息に乾すとだしぬけにがなった。

「僕はこれまで、ぜ、全然知りませんでした。僕というものが、母にとって、ど、どんな存在だったのか」

またすすり泣きをはじめた。

「うそです！　みんなうそです」

今度は彼女が叫んだ。え？　な、何ですって？　青年が酔った目できょとんと彼女を見た。

「ドンスさん、お父さまは海で亡くなったのではありません。船乗りでもなかったし、台風なんかも最初からなかった。みんな作り話です」

「な、何の……」

「私の話をよくお聞きになって。私は、私はお父さまにお会いしたことがあるんです」

「じょ、冗談はよしてください」

「冗談ではありません。あの男《ひと》を最後に見たのが、つまり私なんです」

「うそだ、ど、どうやって」

「本当です！　事実なんです！」

彼女は泣きだしそうに顔をゆがめた。

「信じられない」

ドンスは目を閉じてくっくっと笑った。彼女は赤く充血した目で彼を睨んだ。

「私の第六感は一度もはずれたことがありません。あのひとはたしかにあなたのお父さまでした。ああするしかなかったんです。これはみんな運命です。運命がこんなふうに私たちを、あなたと私を出会わせた！　まだわからない？　目を開けて。そうして私の話をちゃんと聞いてください。お父さまは木浦の人じゃなくて康津なの。お亡くなりになったのは六月四日です。それが正しいご命日です。お父さまは軍でお亡くなりになった。海なんかじゃない！　真っ赤なうそです。ドンスさんのお母さまとおばあさま、それから叔母さまも最後までその秘密をひた隠しにしたのです」

「ど、どうかしてますよ。どうして、何のために母が？　ヒック」

彼女は青年を見つめながら次のように語った。お母さまはお父さまのことを心から愛していらした。神さまみたいに信頼していたでしょうね。だけどお父さまは人を殺した。自分を痛めつけた軍曹を、それから罪のない薬草とりのおばあさんを。そんな大罪を犯しながら自殺した夫をお母さまは絶対に許せなかった。数千回、数万回と仏さまに許しを乞おうとどうしようもない。世間から後ろ指をさされ唾を吐かれる。自明のことでしょ？　殺人鬼の妻、殺人鬼の息子って。だからお母さまはあなたを連れて誰にもわからないところで長いこと息をひそめていたの。これでどうして真実を打ち明けられる？　無垢な幼い息子にこの恐ろしい話をどうやって語ろうというの……そうでしょ？　これでもおわかりにならない？　興奮しきった彼女は役に没入した俳優のごとく目を奇妙に輝かせ、驚くべき速さでまくしたてた。

「ドンスさん、驚かないでください。お父さまはみずから命をお絶ちになったの。江原道の華川にある大成山《テソン》の近く、コムチ峠で。軍人たちに包囲されて、手榴弾でみずから……」

「な、何だって？」

「このふたつの耳でちゃんと聞きました。爆弾の音を。私がその日、現場で……」

「気が狂ったな。完全に、気、気が狂った。ハハハ」

テーブルに額をつけて笑いつづけた。

女の子が大通りに出たとき、峠の下のほうから数台の軍用トラックが猛スピードで向かってきた。

すると武装した兵士たちが林から一斉に飛びだし、女の子を取り囲んだ。ジープが停まると少佐がひらりと飛びおりた。

「お前、今あっちの森から出てきたのか？」

女の子は息をすることさえできなかった。そうだな。お前、怪しいやつに会ったな。少佐は腰の黒い銃に手をかけながら、せきたてるように尋ねた。そのとき誰かが走り寄って女の子の手をつかんだ。スンジ、ここで何をしてるんだ？　父だった。や、こちらはヤン大尉のお嬢さまでございましたか？　安心いたしました。こちら、少しご様子がおかしかったので。奴を見かけたようであります。女の子がわっと言わんばかりに泣きくずれた。父が彼女に迫った。

「答えろ。そいつはどこだ？」

女の子の膀胱は張り裂けそうになっていた。父さんに言うんだ。どこだ？　女の子は断崖を正確に指した。オーケーだ！　俺についてこい！　少佐が銃を抜いて叫ぶと、おおぜいの兵士が峠の下に向かって駆けだした。多くのトラックが次々に馳せてゆく。しばらくするとおびただしい銃声が峠の中ほどからこだましてきた。その刹那、スカートの下からおしっこが噴水のように溢れ、気づかぬうちに気を失っていた。目を覚ますと救急車の中にいた。無線機をつかんでいるふたりの兵士がどよめいている。

「カン兵長、作戦終了のようであります」

「どうした」

「自殺したそうであります。手榴弾でみずから」

「ちっ！　また俺らが後始末だ」

女の子は手足がぶるぶると震えだした。体じゅうが火のように熱くなる。おい、ちび、どうした？　おい、しっかりしろ。目をつむった。巨大な波が黒く襲いかかる。

＊

ドタン。グラスを手にしたまま青年が倒れた。完全に人事不省だ。彼女もまた酩酊しているものの、意識を失わないようにふんばっていた。すでに十二時を回っている。レコードはとうに終わり、スピーカーからはジジッジジッというノイズだけがこぼれている。外の雨音がけたたましい。起きてくださいドンスさん。私の話を聞かなきゃいけないんです。テーブルをはたいて叫んだ。空き瓶が転がり落ちて粉々になる。

「な、何ですか？　どうして僕を苦しめるんですか？」

うっすらと目を開けてへらへら笑いながら、こめつきバッタのように首を前後に振った。

「この手を見て、ドンスさん」

彼の目の前に右手をさしだした。この手を見てください。青年はやたらにくつくつと笑いはじめたかと思うと、床にごろんと仰向けになり、アーアーと声をあげて泣いた。ううう、母さん。かわいそうな母さん。彼女もへたりこんだ。そうして青年の頭を柔らかく抱いて膝に乗せた。私が鳥なら飛びゆくだろう。向こうに見える小さな島へ。歌が彼女の口から密かに流れる。

＊

脱走兵の自殺によって捜索活動は終了した。女の子は丸三日のあいだ床に臥せった。狂犬みたいにあっちこっちをうろついたから風邪をひいたのだと言って、母は村で買ってきた煎じ薬をむりやり飲ませた。昼夜の別なくこんこんと眠りつづけた。夢にあの男を見た。お嬢ちゃん、約束を忘れちゃいけないよ。男はさみしく笑って、落葉松《からまつ》の下で手を振っていた。三日目に眠りから覚めた。真昼の家は深い水の中のように静かだった。床から出ると鞄から手紙を取り出した。ソウル市冠岳《クァナク》区奉天《ポンチョン》＊＊番地、ホン・ウンスク。ガタガタと震える手で手紙を開いた。

ウンスク、愛する君へ。この手紙が君のもとに届くよう神さまにお祈りしています。この数日のあいだにいったい何が起きたのでしょう。すべてが夢でさえあれば、悪い夢でさえあればと思い、目を開けたら覚めるのではないかと、目を閉じたり開けたり何回も何回もくり返しています……

急いで書きなぐった短いものであった。質の悪い紙にところどころ涙の跡があった。手紙をもって台所に行き、オンドルの焚口を開けた。真っ赤な炎が悪魔の舌のようにちらちらとしている。封筒ごとそこに投げこむと、すぐに部屋へと戻った。

＊

青年は女の膝でぐっすりと寝ている。彼女は長いこと食い入るように彼の顔を見つめていた。「そう。みんな去っていった。いろんなことがこの私を通りすぎていった。私一人だけが取り残された」

大きな涙が青年の額に落ちかかる。そのかさついた顎と頬にも、鼻にもまつ毛にもしきりに落ちかかる。ううう。身を軽く震わせると青年の腕が女の腰にきつくまつわった。母さん、ああ母さん。彼の手が女の乳房をまさぐる。かすかに笑って彼女はブラウスのボタンをひとつずつゆっくりと外す。貧弱な胸を広げ、青年の口にその乳首を含ませた。うめきがおさまる。

「泣かないでね。かわいいあなた。この手紙があなたのもとに届くよう神さまにお祈りしています。すべてが夢でさえあれば、悪い夢でさえあればと思い、目を開けたら覚めるんじゃないかと、目を閉じたり開けたり何回も何回もくり返しています。ああ、どうか許してください。かわいいあなた。かわいい私の坊や……」

胸に顔を埋《うず》めてぐっすりと寝こんでいる青年を覗きこんで、誰に言うともなく呟いた。雨はやみそうにない。

エピローグ

チョン・ドンスはふだんよりも早く寝床を出た。出勤前に引っ越しの荷造りをしなければならないのだ。荷物といっても微々たるものだ。布団などをまとめ、本や少ししかない服を鞄に入れるとあっという間に部屋はがらんとなった。部屋を掃いていると、下宿のおばさんが食事の用意ができたと声をかけた。これまでにない豪華なおかずが並んでいる。誰かの誕生日なのかというドンスの問いにおばさんは照れくさそうに笑った。

「これでチョンさんとは今生のお別れだろ、うまいもんを食わせたくてね。いっぱい食べてくださいな」

「今生のお別れだなんて。たまには遊びに来ますよ」

「そうは言うけど、駅がなくなりゃ、こんなとこにわざわざ来んでしょう」

「まったくなくなるわけではありませんよ。僕らはいなくなりますけど、駅自体はしばらく無人駅として残されます」

「誰もいないのに何が駅ですか？　駅員さんたちがいなけりゃただのボロ屋です。まあまあ、駅がなくなるのはえらいことですよ。みんな都会に行きおって、挙げ句に駅まで。あたしら山家《やまが》の年寄りにゃ希望もないわい、まったく」

ドンスは箸を手にした。しかし食が進まなかった。そういえばこの村での食事もこれで最後か。あらためて心が揺れた。村の人たちも同じ思いのはずだ。駅は何十年も村の中心としてあった、なのに唐突に駅員のまったくいない空き家として棄てられる――この事実を受け容れることはたやすいことではないだろう。ようやくすべて食べ終え、出勤の支度にかかった。

「荷物はそのままにしときます。夕方、取りに戻りますから」

そう挨拶して下宿を出た。午後の勤務が終わり次第、乗り古した自分の車に荷物を積んで転任地の原州に向かうつもりでいる。朝から空はどんよりとしていた。山間部には午後から雪がちらつくという予報を思い出しつつ、足早に歩いた。午後一時で勤務終了となるが、駅を片づけるための仕事がまだ残っている。今日、彼と交代する者はいない。たぶん別於谷駅最後の駅員として記録されるだろう、そう思って苦笑した。駅事務室に入るとパクが自分の机を整理していた。

「施設公団の方々が午後に到着されるそうです。すぐ撤去の作業に入るとのことで、それまでに事務室をきれいにあけておくようにとのことです」

「そんなに早く?」

「いずれあけるんだから早くしろってことでしょう。先輩、今日はだいぶ遅くなるんじゃないですか。別れの盃でも交わさなくちゃなりませんのに」

「係長が先にお発ちになるんだよな。それに別れの盃はおとといやったじゃないか」

「考えてみると僕の堤川から原州はすぐですから、これからもしょっちゅう会えますね」

三つ年下のパクにとってはここが二つめの勤務地だった。彼は山に閉ざされているこの村にいつも辟易していたから、堤川勤務の辞令ににんまりとなった。もう一人の駅員ユは前夜の勤務終了後、すぐに永州《ヨンジュ》に発った。

別於谷駅が「普通駅」から「一人簡易駅」に格下げされたのは五年前のことだ。格下げとともに、鈍行列車は全国でこの旌善線だけに残っていたのだが、そのピドゥルギ号が廃止となり、代わりに統一号が走ることとなった。そのときからは三人の駅員が一日三交代で駅務を行なってきたが、それさえもあと数時間後には終わりを告げる。

二〇〇四年三月三十一日。今日は駅員のみならず別於谷の住民にとっても特別な日である。今日を境に駅が「無人簡易駅」に転落する運命にあるからだ。これと同時に、甑山・アウラジ間を走る統一号も廃止される。ボロ機関車の尻にぽつんと一両のみの客車をつけ、旌善線を時速五十キロで往復していた「ちび列車」もまた、数時間後には歴史の彼方に消え去るはずである。〔作者注：別於谷駅が実際に無人駅となったのは、これより一年後の二〇〇五年三月二十一日のことだ。それを本作では、高速鉄道が開通し統一号が廃止された二〇〇四年四月一日に設定してある〕

「別れの谷、か！　誰がよりによってこんな名前をつけたんでしょうね」

「ん？」

「いざここを離れようとすると気にかかるんです。後任もいませんし、なんだか空き家を見捨てて僕らだけ逃げるようで、ここの人たちに申し訳なくて」

「僕も同じだよ。この古い駅舎にも悪いしな」

十二時にパクは車に荷物を載せて先に出発した。単身赴任生活から脱出でき、堤川でのアパート暮らしとなるので、とてもうれしそうな顔をしていた。パクを見送り、それから机の引きだしとキャビネットに残ったがらくたを鞄にしまった。もはや机と椅子、紙くずの山が事務室に残るすべてとなった。残りの複雑な通信設備は施設公団が適当に処理するだろう。

紙くずとがらくたを箱にまとめて庭に運ぶ。それを燃やしていると、小型トラックが駐車場に入ってきた。運転手に助けられながら降りてきたのは、驚いたことにシン・テムクであった。五年前に依願退職して以来、顔を合わせるのはこれがはじめてだ。

「シン主事！」

「チョン君じゃないか？　ずっとここにいたのか！」

喜びながらドンスの手を握った。

「いえ。いちど太白に行きまして、去年からまたここです。主事はどうしたんです？」

「無人駅になったと聞いてな、最後にいちど来てみたくなってね。婿《あれ》がちょうどこっちで仕事があるってもんで、便乗したんだ」

ドンスはソン・ヨンインともうれしそうに握手を交わした。シンが入院していたとき何度か見かけたことがあった。シンは見ちがえるほどに回復しているようだ。退職当時は車椅子に乗っていたけれど、今は杖を頼りに一人で問題なく歩けるとシンは言った。ソン・ヨンインは平昌《ピョンチャン》に用があるからちょっと行ってくると言って車を出した。

「俺のことは心配せんでいい。いざとなりゃあ甑山から汽車に乗るでな」

シンが婿に言った。事務室に移った二人はおたがいのこれまでを話した。シンは楊平《ヤンピョン》で一人暮らしをしている。娘夫婦がソウルの鷺梁津《ノリャンジン》魚市場で新しく商売をはじめ、幼い孫がかわいいばかりにたびたびソウルに赴くのだと語った。おお、そうだ。ヤン・ギペク、あれがいまどこだか気になるな。シンが尋ねた。

「ヤン先輩はかなり前にお辞めになりました。主事の半年後です」

「えっ、まだまだ若いだろう?」

経営合理化を進める三ヶ年計画のため、当時ヤンを含めた数千人がリストラにあった。この期間に削減された人員だけでも八千人にのぼった。当時の鉄道庁全体の三分の一に及ぶ驚くべき数だ。ちっ、餓死してたまるもんか。おい詩人、麟蹄に遊びに来いよ。そばとか焼き肉とかおごってやるよ。俺の嫁は料理だけはうまいんだ。最後の日、ヤンは努めて明るく笑った。今も彼は麟蹄で妻と食堂をやっているはずだ。

そのときだしぬけに誰かが現れた。大きな段ボール箱を抱えていた。旌善食堂の店主夫婦だ。ソ夫婦は箱を開けて机に料理や酒を並べた。

「これは何ですか」

「主事のおごりです。近くの年寄り連中も来ますよ」

ソが言った。

「主事、僕のほうからごちそうしなきゃいけませんのに」

ドンスは頭を下げた。

「いやあ、明日になりゃあ駅はがらがらになっちまう。別れの酒でも酌みかわして送別会をせにゃあな。ハハ」

しばらくすると村の年寄りが六、七人一挙にやってきた。ドンスは隅に片づけた椅子をまた運んだ。つづいて郵便局長と薬局のソンが来た。十五人ほどが集まると何もない駅舎がしばらくのあいだ賑わいを取り戻した。たがいに酒をやりとりする光景が、ふと祝宴のようにも思えた。しかしそれも束の間で、一人、また一人と複雑な表情へと戻っていった。

「駅ができてから四十年になるかいの？」

「そんなもんだ。六六年に俺ん家《ち》を建てたんだ」

「だけんど、なぜかしら百年もあるような気がしねえかい」

「情が移ったんだな」

「わしは中学高校の六年、汽車には何回も乗ったなあ」

「そう、俺は七人の子どもをここから都会に出したんだ」

「建物はしばらくこのままだってな」

「信じられねえな。見てな、三年もしねえで壊しちまうよ」

口々に話していると、テレビからやかましいファンファーレが湧きおこった。

二〇〇四年四月一日。新しい世界への扉が開きます。驚異のスピード革命がはじまるのです。世界で五番目！　時速三〇〇キロの夢の鉄道。誇るべきわが大韓民国の高速鉄道がソウル・釜山間を二時間二十分で駆けぬけます……

連日耳にたこができるほど流れている高速鉄道のＣＭだ。着工から十二年、開通式をようやく明日に迎える。全国各地で大々的な祝賀イベントが予定されている。しかし開通の時刻を境にこの国のあまたの駅が一斉に無人駅となるということを知っている者はほとんどないだろう。旌善線全七駅のうち、甑山駅と旌善駅を除く五駅はすべて同じ運命をたどることとなる。

老人たちは曇ったまなざしをテレビに向け、しばしぼんやりと見つめた。テレビには流線型のすらりとした超高速列車が疾駆する映像が映しだされる。列車は閃光のごとき輝かしいスピードで夢幻世界に似た野原を駆け、川を越え、橋を渡っていく。老人たちの目には、それは地球を飛びだしていくロケットと同じように、自分たちの世界とは関係のないもののように映った。スピード革命も夢の鉄道も、そんなのはただ都会の人間が享受するだけのものにすぎない。あちらではロケットがびゅんびゅん飛んでいるのに、我々はこのちっぽけな駅さえも奪われる。老人たちの曇った眼はそう物語っている。

そのあいだにドンスは午後二時十分発九切里行列車を送り、そうしてまた戻ってきた。終点の九切里駅は五ヶ月後に廃駅となる運命にあった。餘糧・九切里間が廃線となるのである。ようやく一人ふたりと席を立った。みなが赤い顔でガラス戸をくぐり、プラットホームに出た。薬局のソンが軌道に下りて嘆くようにこぼした。

「こっからえれぇたくさんのやつが出ていきおった、同時にここにゃあえれぇたくさんのやつが降り立った。もう誰もそのことを思い出してはくれないかもしれねえが」

そのことばを合図とするかのように、鉄路の隈々へ一斉に曇った視線を向けた。山裾を巻いてぼんやりと向こうに消えていく鉄路が今日はとりわけさみしく見える。

考えればソンの言うとおりだ。この小さな駅にどれほどの別れと出会いがあっただろうか。うれしいことも多かったろうが、そうでないことのほうが多かったかもしれない。結婚などを機に親元を離れていく子どもたちを汽車に乗せ、次々と都会に送り出した。故郷を去っていった彼らは誰一人としてここに戻ろうとはしなかった。この駅での別れを最後としてここに帰ることのできなかった者もどれほどだったろう。大病院にかかろうとソウルや原州に出たものの、結局は無言で帰郷してきた親たち、兄弟たち、妻たち……荷物をまとめて家を出、永遠の彼方に行ってしまった嫁。ベトナムに出征し、骨のみの姿で帰ってきた息子。炭鉱の落盤事故で死んだ弟。仕事を求めてぽつりぽつりと離れていった顔と顔――ある者はソウルへ、ある者は工場に行き、ある者は炭鉱に行き、ある者は家政婦となり、ある者は人夫となった。彼らは山あいのこのみすぼらしい駅から汽車に乗って故郷を離れた。挙げ句の果てに、駅員さえも一人残らず去っていこうとしている。聞けば無人駅に格下げされたという。「格下げ」ということばが老人の胸をずしんと圧迫した。ぎりぎりの瀬戸際まで追いつめられ、ついに淵へ押し出されたような気持ちがした。

「ああ！　こんな日にゃあ、あの人がおらにゃならんのにな……」

待合室から駅前広場に出たとき誰かが言った。

「そりゃ誰だい？」

「鞄ばあさんさ！　毎日ここに来ちゃあぼんやりしておったろう。ちょうどあそこで」

「そうそう、そうだったな。あのばあさんが死んだときテレビに写真が出たろ、見たか？　わけえときゃあ、なかなかのべっぴんだったみてえだな」

おととしの秋、老婆はこの世を去った。ドンスが太白にいたときのことだ。ローカルニュースでそれを知ったドンスは、堤川にある総合病院の霊安室に足を運んだ。ぽつぽつと弔問客があった。いくつかの社会団体関係者と並んで、元挺身隊の老婆たちが片隅に腰かけていた。菊に飾られた遺影の顔は若く、またとなくきれいであった。全さんとパク先生が喜ばしげに彼を迎えた。老婆は布団の上で静かに息を引きとったという。――仏さまが最期に幸福をくだすったんだねえ。この世じゃ地獄を味わったけども、向こうじゃ子どもらを産んで何倍も何倍も幸せに暮らすだろうさ。――そうですね。きっとそうですわ。パク先生が相槌を打った。遺影に頭を下げつつドンスもくり返した。――おばあさん、僕もそう信じますよ。そうです。

老人たちはそれぞれドンスと握手をし、それから来たときと同じようにひとかたまりとなって村に戻った。四時半になってソン・ヨンインの小型トラックが駐車場に姿を見せた。車に乗りこむ前、シンは杖にすがりながら駅舎の周囲をしばらくぼんやりと眺めた。

「本当に非情な世界じゃないか。速いこと新しいことは絶対的に善いことで、遅くもたつくものはみんな悪になってしまう。こんな駅はもうすぐこの国からはあとかたもなくなるさ。駅員生活三十六年の中でたくさんの駅を回ってきたが、なぜか俺はこのどんぐりをとくに強く覚えてるんだ」

「僕もきっとここがいちばんになると思います。なぜだか知りませんけど」

「あの名前のせいかな。ハハ」

別於谷。屋根の駅名板を見あげてシンは一人笑った。主事、どうかお元気で。シンはドンスの手を力強く握り、そうして力を抜いた——その目は深く、さみしげだった。駐車場を出た小型トラックが交差点を曲がってしまうまで、ドンスはそれを静かに見送っていた。

道路の向かいにふいに目が留まった。そこにあるのは組み立て式倉庫だが、かつては「音楽のあるベーカリー」であった。太白から戻ってきた出勤初日、ショベルカーがそれを取り壊して地ならしをしていた。痩せた眼鏡の女の記憶がわきあがった。春雨の降るあの夜の記憶も。

あの夜のできごとは依然、謎として——どことなく気まずさのある謎としてわだかまっている。いったい何があったのだろう。朝、目を覚ましたときには彼女はどこにもいなかった。彼はほうほうの体《てい》で店を出た。仕事の行き帰りのときは、あえて店に目をやらなかった。幾日かしたとき噂を聞いた。女はある夜ふけにこっそりと引っ越しをしたのだという。どうして、そしてどこに。それは誰も知らなかった。しばらく、ドンスは平静を失った。泣かないでね。かわいい私の坊や。パン屋の女が彼を抱きしめながら呟いていた。ドンスが覚えているのはその一言だけ、くぐもったそのことばだけだった。あの人はどうしてあんな変なことを言ったのだろう。朝起きたとき彼はびっくりした。女の部屋に一人で寝ていたのだ。いったいどうして？　わけもなくかっと赤面して、とっとと部屋を後にした。どこに行ったのか。なんだか彼女に悪いことをしたような、そんな思いに心がかすかに痛んだ。

十九時二十分、ドンスはホームに出て最終列車を待った。闇が覆う軌道にみぞれが落ちはじめた。息を切らした列車が五分遅れで駅に到着した。やはりここに降り立つ者は一人もいない。すると同僚のキムがひょいと降りてきた。

「君が最後だったな」

「ええ、先輩もここは今日限りですね」

「ちっ、今日はみんな最後だ。統一号だってこれが最後の最後だよ」

「ほんとですね」

明朝からは旌善線を「通勤用列車」という、ここが唯一の、耳慣れぬ名称の列車が走ることとなる。定期便扱いではなく、臨時列車として。旌善線の将来については噂だけが飛びかっている。ソウルの連中をターゲットに、村の五日市を目玉にした観光路線に変わるだろうと言う者もあれば、客車を改造してカフェ列車を造るようだと言う者もある。ともかく、当分のあいだはこの無人駅にも日に二回、一分停車の列車が来るわけなのだ。これまでとは別の、しかし廃車寸前のぼろ機関車にぽつりと一両だけの客車をつけた列車が。

「じゃあな」

「はい。先輩もお元気で」

握手をするとキムはひょいと列車に乗りこんだ。ドンスが信号を送り、列車がゆっくりと動きだした。暗闇に遠ざかっていく列車に向かい、ドンスは直立不動で敬礼をした。列車の灯りが完全に見えなくなったその瞬間、理由もなく胸がいっぱいになった。事務室に戻ると無線電話をかけ、甑山駅に業務終了を報告した。

「ああ、わかりました。ご苦労さん。了解です」

返答はいつものようにとてもそっけない。受話器を持ったまま呆然と立ちつくした。

「もしもし。こちら別於谷。これが最終報告です。今日がここの最後なんですよ。僕の話、聞いてますか……」

電話の向こうへがむしゃらに叫びたかった。

二人の公団職員が車で到着した。夕飯を食べていて少し遅れたという。彼らに鍵束を渡し、それから鞄を手に立ちあがった。道路が滑りやすいから運転には気をつけてください。出ようとしたとき、背後からどちらかの男が声をかけた。

ドンスは車のエンジンをかけた。いつの間にか、みぞれは雪になっている。そのとき彼は空を見あげ、しばらく見つめた——幾万羽もの白い蝶が静やかに舞っている。路面が凍結する前に馬次峠《マチャ》を越えるためには急がなければいけない。空き地をゆっくりと出ようとしたとき、急に車を止めた。誰かが自分の名を呼んでいるような気がふいにしたのだ。窓から顔を出して辺りを見回す。駅前広場は寒々としているばかりだ。

窓を閉めて再びハンドルを握った。別於谷の谷間はすっかり白く雪に埋まっている。三月の雪の華だ。

《二〇〇五年三月二十一日を以って無人駅に格下げされ、以降、窓にベニヤ板を打ちつけられ野ざらしになっていた別於谷駅は、二〇〇九年八月、改装を経て「ミンドゥン山すすき展示館」に生まれかわった。現在、この小さな無人駅には、アウラジと堤川を結ぶ列車、それからアウラジと清涼里を結ぶムグンファ号が、それぞれ日に一往復し、いずれも一分ずつこの駅に停車する》

著者のことば

ある一時期、江原道の山あいをうろついていたことがある。一人でかなりの距離を歩いたものだ。四方を山に閉ざされた旌善の谷で、あの小さな簡易駅に出くわしたのは、まったくの偶然であった。「別於谷」

どんぐりのような駅舎の屋根にあるそのおんぼろな駅名板を目にしたとき、胸の中で何かがぷつっと鳴った。駅舎はあばら家同然だった。ベニヤ板を打ちつけられた窓、ペンキのはげた壁と屋根、雑草の茂った花壇……その日、私は待合室に残るほこりだらけの木製ベンチに座り、長いことぽつねんとしていた。

同じ日、夢にまたその駅を見た。その駅舎は整然としていたし、待合室には白い服の顔たちがそれぞれ集まって汽車を待っていた。そのとき誰かが私の耳元でささやいた。

「わたしのことを記憶しつづけていてください」

夢から覚めたとき、それは見捨てられた駅が話しかけてきたのだと思った。この小説はそんなふうにして生まれた。だから、二人の男、それから二人の女をめぐるエピソードより成るこの小説の、本当の主人公はあの簡易駅なのだ。「別れの谷」という悲しき名を背負ってそこに生まれた駅は、しかしもはやみなからは忘れられ、跡すら残すことなく、一人消え去ろうとしている……。

墓碑のごとく、あの無人駅はいまだにあの場所にあるだろう。スピードが絶対的善であり、のろまは悪とされつつある現代。使い捨ての感覚、使い捨ての像《イメージ》、使い捨ての関係に満ちた世間は、過去に向きあおうとも、過去を記憶しようともしない。もしかすると、私たちはいま、私たちの人生さえも使い捨てとなることを夢想しているのではないだろうか。もしそうであれば、この小説は、過去に束縛された人々、あるいは忘却を拒否する人々の物語であると言ってもよい。

連載当初と比べ物語はだいぶ変わった。「冬——帰路」にとくに心血を注いだが、そこでは挺身隊問題対策協議会が発刊した多くの証言録、および研究論文から多くの助けを得た。彼らの驚異的な意志と尊い努力に深い敬意と感謝を捧げる。鉄道に関連した資料の収集するにあたり、誠意あるご助力を賜ったキム・セホン先生、ユ・ジョンウク君、またこの本の出版に努めてくださった文学と知性社の方々に感謝を申し上げる。

二〇一〇年夏、冠岳山の麓で

イム・チョル

作品解説

この物語の舞台は、江原道の旌善（『旌善アリラン』の生まれた場所）に位置する、山あいの小さな駅だ。今はすでに廃駅となっているが、一九七〇年代までは故郷を離れる人とそこに残る人とが別れを惜しんで涙を流す駅であった。駅は多くの人びとの行きかいを見つめ、それを記憶してきた。その記憶の堆積をていねいに解きほぐすように物語は展開する。つまり「過去に束縛された人々、あるいは忘却を拒否する人々の物語」（作者のことば）でもある。本作の主人公として登場するのは、二人の男と二人の女。ベテランの老駅員シンと、いわゆる元従軍慰安婦の老婆、パン屋の女性、そして彼らに寄り添うように登場する若い駅員チョン・ドンス。それぞれの過去と現在は死の記憶に支配されている。

『別れの谷』は「秋」の章から始まる。別於谷駅の若い駅員チョン・ドンスは詩を書いている。彼の精神の根底には「父の死」が横たわっている。母から明かされることのなかった父の死の実相。彼はそれに向きあってこなかった。そして彼はもうひとつの「死」を抱えている。彼と親しかった娼婦の自殺である。彼は彼女の自殺を止められなかった――彼女の声に耳を傾けられなかったことに対して、強い悔恨の念をもっている。彼はアマチュア詩人でもあるのだが、これらの死を真摯に見つめようとするとき、今まで考えていたところの〈詩の美しさ〉に疑問を抱くようになる。彼のこうした疑念は、作者自身の抱えているそれと通底するものがあるように思われて興味深い。言い換えれば、チョン・ドンスは作者、イム・チョル（林哲佑）の分身なのかもしれない。

チョン・ドンスの目を通して見る秋の風景とともに、この地域で忘れられている歴史的な事件が物語られていく。

舎北事件とは、一九八〇年、光州事件が起きる一ヶ月前の四月二十一日から二十四日にかけて江原道旌善郡舎北邑で発生した労働争議である。これは、国内最大の民営炭鉱である東原炭鉱の舎北営業所で発生した。この事件は、炭鉱労働者が御用組合委員長の辞任と賃金引き上げを求めて始めたストライキに端を発している。これに対して会社側と警察が強硬な弾圧を行ったことによって大きな労働争議に展開した。一九八〇年代における労働運動の本格的な出発点になった事件である。長い間「暴動」として扱われていたが、二〇〇五年、民主化運動として認められた。

「夏」の章は老駅員シン・テムクが物語の主軸である。彼は不眠症に苦しめられている。彼は八歳のとき、朝鮮戦争から逃れる途中で家族と離ればなれになってしまった。そのときから彼の不眠症が始まったのである。

彼は自らの不注意によってひとりの乗客を死なせてしまった。ふとしたことからその乗客の未亡人と結婚することになったのだが、やがてその結婚が彼を苦しめる。精神を蝕まれた彼は妻に手をあげるようになる。ある日、妻は事の真相を知ってしまう。数日後、妻は自殺死体として発見される。彼はまたひとり殺してしまったのだ。

妻の自殺以降、義理の娘は以前より強く彼を憎悪するようになり、ついには出奔してしまう。本章では、戦争と列車事故によって解体された家族が描かれている。朝鮮戦争は、現在に至るまで韓国社会にもっとも大きな影響を与え続けている。

著者が特に「心血を注いだ」(作者のことば)という「冬」の章では、ひとりの女性スンネの人生が政治に翻弄されるありさまが描かれる。本章は、彼女を「慰安婦」として虐待した日本軍のみを告発するわけではない。戦後の朝鮮半島情勢に向ける作者の視線は厳しい。そして作品全篇に通奏低音のごとく飛び交う蝶の描写は光輝に満ち満ちている。

キュルキュル。悲鳴のようなキャスターの音が夜の道を揺さぶり起こす。

街の人びとから「鞄ばあさん」と呼ばれている老婆。そのあだ名は老婆が常に鞄を引きずって町を徘徊していることからつけられた。老婆の行く先は必ず駅であり、そこで目的地の書かれていない白い切符を買うのだった。老婆は駅からどこに旅立とうとしているのか、そして鞄には何が収められているのか。

老婆はかつて、日本軍のいわゆる従軍慰安婦だった。彼女は慰安所で多くの男たちに凌辱され、また同時に多くの死を目撃する。

終戦により日本軍から解放されたのちも彼女の悲劇は続く。彼女は戦乱を避けて疎開するが、その最中に赤ん坊を亡くす。彼女はあまたの死を自らのうちに抱えながら放浪するのだった。

植民地支配、太平洋戦争、朝鮮戦争という大きな事件のなかで日々を凌いでいく女の生涯。彼女が日本軍に痛めつけられたり、中国人に密告されたり、あるいはソ連軍に凌辱されたりする姿は、韓国の近代史そのもののようでもある。作者はここでも歴史的な事件を綿密に描写している。

「春」の章はもっとも現在に近い事件の物語であろう。兵士の脱走事件。軍事境界線である江原道の山中では類似した事件が現在まで続いている。

本章の主人公の一人であるパン屋の女性の人生と記憶を支配するのは、子どものころに偶然出会った一脱走兵の死である。兵士とのあいだに交わした守れなかった「約束」と彼の死に対して、彼女は罪の意識を抱きつづけている。彼女と駅員チョン・ドンスとを結びつけたのは、彼女が彼のうちに見いだした兵士の影だ。

「美しいもの」を求め、詩を完成させようとするチョン・ドンス。彼は自らの出自に問題を抱えていたが、努めてそれを忌避してきたのだった。その彼は死――自殺した娼婦やチワワ、父の死――を通して、自分の実存的問題、生の根源に関する問題に触れていくのである。

イム・チョルの作品中、駅、特に簡易駅に関するものとしては、クァク・チェグの詩「沙平《サピョン》駅で」

を小説化した「沙平駅」（一九八三）や「簡易駅」（二〇〇七）などがある。作者は人生そのものを一つの簡易駅になぞらえて描き出している。一般の駅だったものが簡易駅（駅員はいるが駅長がいない駅）に、そして無人駅となり、ついには廃駅となる。本作の背景となる旌善線は、一時は石炭を輸出する産業鉄道として活況を呈していた。しかし、石炭産業が衰退するにつれて町の人口も減り、列車は一日一本しか走らなくなった。今では観光列車しか運行されていない。さびれた山里の駅が多い路線でもある。

社会が高速化すればするほど江原道の駅は衰えていく。同様に、我々の生活が豊かになればなるほど過去の悲しい歴史も忘れられていくのである。

「秋」の凄然《せいぜん》とした悲しみと「夏」の痛いほどの暑さ、「冬」の凄絶な、そして恐ろしく長く続く寒さと「春」の痛み。イム・チョルの小説は美しいが重苦しい。そこには死と暗い過去、解決できない現実があり、さらに不透明な未来が待ち構えている。

しかし、イム・チョルは本作でこう語った。「だが少なくとも一つのことだけはぼんやりとわかってきた気がした。人生とは美しさだけでも悲しさだけでもない。どれほど恐ろしく悲惨であっても、決してそこから逃げたり、目をそらしてはいけない、そんな何かであることを」（p31・32）

文芸評論家のキム・ヒョンジュンは、イム・チョルのすべての小説は化石の発掘作業のようだと述べている。また、韓国の現代史におけるもっとも残酷な時間の記憶を呼び起こす存在、つまり「記憶の発掘者」であるとも評している。イム・チョルは「目の前にある現実世界の罠がいくら危険で殺気に満ちているとしても、恐ろしさとためらいに震えながらも、その暗闇のなかへ、さらなる一歩を踏み出していくということは、何よりも、人間に対する素朴な夢と愛とを、どうしても捨てきれないからなのかもしれません」と語っている。

イム・チョルは、朝鮮戦争や南北分断、イデオロギーの暴力による犠牲、といった問題についての作品を多数書いてきた。一九九一年に発表した『あの島に行きたい』に描かれる、韓国軍と朝鮮人民軍とに苦しめられる民衆の姿は、林の文学に多く表れる主要なテーマである。光州で大学時代を過ごしたイム・チョルは、一九九八年、『春の日』を発表し、そのなかで光州民主化運動における自らの体験を詳細に綴った。彼は、時代のなかで悲しみとともに忘れられていく歴史的事件を、小説というかたちで赤裸々に表現するのである。『別れの谷』は、イム・チョルの作品のなかでも、歴史的事件の博物館のような作品である。作者のイム・チョルは、政治的問題を抒情的な文体のうちに描くことに定評があるとされる。本作においても、そうした作者の特質が遺憾なく発揮されている。

訳者：朴垠貞

◎**プロフィール**

▽ 著者
イム・チョル（林哲佑）
1954 年全羅南道《チョルラナムド》の莞島《ワンド》郡平日島《ピョンイルド》という小さな島で生まれる。1973 年、光州の高校を卒業し全南大学英文科に入学。除隊後すぐに光州民主化運動が勃発、そのときの体験を小説に描く。1981 年、『ソウル新聞』の懸賞に短編「犬どろぼう」が当選し、文壇に登場。
短編集として『父の土地』『懐かしい南』『月光を踏む』『黄泉奇談』など。長編には『赤い山、白い鳥』『あの島に行きたい』『灯台』『春日』『百年旅館』などがある。
「父の土地」で韓国日報創作文学賞、「赤い部屋」で李箱文学賞、『春日』で丹齋文学賞、『百年旅館』で楽山文学賞、『別れの谷』で大山文学賞などを受賞。『あの島に行きたい』は映画化された。

▽ 翻訳
朴垠貞（パク・ウンジョン）
韓国･ソウル生まれ。韓国の建国大学を卒業。日本の富山大学人文学部大学院を経て、広島大学文学部の大学院で言語学を学ぶ (文学博士)。第 7 回静岡翻訳コンクールで大賞を受賞し、静岡大学で学びつつ翻訳をはじめる。 現在、建国大学で日本語を教えるかたわら韓国文学翻訳院で学び、小説の翻訳に取り組んでいる。訳書に武田泰淳『ひかりごけ』(文学と知性社) がある。

▽ 翻訳
小長井涼（こながい・りょう）
1989 年、静岡県生まれ。静岡大学大学院人文社会科学研究科修士課程修了（文学修士）。日本大学大学院文学研究科博士後期課程満期退学。専攻は日本近代文学。現在、錦城高校非常勤講師。

＊編集部註
本作品には、人権意識に照らして一部不適切と思われる語句･表現がみられますが、作品のテーマ・時代背景に鑑みて削除は行わず、翻訳においてその文意を壊さない範囲で訳語を選んでいます。ご了解を願います。

別れの谷 ―消えゆくこの地のすべての簡易駅へ―

2018年8月15日　第1版 第1刷発行

著　者 ―― イム・チョル © 2010年

訳　者 ―― 朴垠貞 © 2018年　小長井涼 © 2018年

発行者 ―― 小番 伊佐夫

装丁・組版 ―― Salt Peanuts

印刷製本 ―― 中央精版印刷

発行所 ―― 株式会社 三一書房

〒101-0051

東京都千代田区神田神保町3-1-6

☎ 03-6268-9714

振替 00190-3-708251

Mail: info@31shobo.com

URL: http://31shobo.com/

ISBN978-4-380-18008-8　C0097　Printed in Japan

乱丁・落丁本はおとりかえいたします。購入書店名を明記の上、三一書房まで。

ひとり

キム・スム著　岡裕美訳　四六判ソフトカバー　2000円

韓国において、現代文学賞、大山文学賞、李箱文学賞を受賞した作家、キム・スムの長編小説。歴史の名のもとに破壊され、打ちのめされた、終わることのない日本軍慰安婦の痛み。その最後の「ひとり」から小説は始まる……　慰安婦は被害当事者にとってはもちろん、韓国女性の歴史においても最も痛ましく理不尽な、そして恥辱のトラウマだろう。

プリーモ・レーヴィは「トラウマに対する記憶はそれ自体がトラウマ」だと述べた。1991年8月14日、金學順ハルモニの公の場での証言を皮切りに、被害者の方々の証言は現在まで続いている。その証言がなければ、私はこの小説を書けなかっただろう……（作者のことばより）

ソウル1964年 冬

—金承鈺短編集—

金承鈺著　青柳優子訳　四六判ハードカバー　2200円

本邦初刊行。金承鈺自選短編集。

朝鮮戦争停戦後李承晩大統領が権力を掌握し続ける中、1960年にはそれまでの政治の腐敗に憤って立ち上がった学生によって4・19学生革命が大統領の下野というかたちで成功する。しかし、翌年5月には軍事クーデターが起きて軍事独裁政権に。政権に批判的な人士はスパイ・容共主義者の烙印が押されて連行され、過酷な尋問に苦しめられることも多々あった。厳しい軍事独裁政権を生きぬいた秘かな芸術的抵抗としての代表作『ソウル1964年 冬』。これこそ、金承鈺文学の特徴であり特筆すべきものである。初訳の6作と新訳の3作を収める。

ボクの韓国現代史 1959-2014

ユ・シミン著　萩原恵美訳

四六判　2500円

文在寅とともに盧武鉉政権を支え、今も若者を中心に絶大な人気を誇る論客が書下ろした書。今もロング&ベストセラーが待望の邦訳出版!

同時代を息を切らしつつ駆け足で生きてきたすべての友へ

「現代史を語る際にはリスクが伴う…… 人生において安全であることはきわめて大事だ。だが引き受けるだけの価値のあるリスクをあえて取る人生もそう悪くはないと思っている。僕はそんな思いを胸に僕自身が目の当たりにし、経験し、かかわった韓国現代史を書いた。一九五九年から二〇一四年までの五五年間を扱ったから、「現代史」というより「現在史」または「当代史」というほうが適当な表現かもしれない。冷静な観察者ではなく苦悩する当事者として僕らの世代の生きた歴史を振り返った。ないものをでっちあげたり事実を捻じ曲げたりする権利は誰にもない。だが意味があると考える事実を選んで妥当だと思える因果関係や相関関係でくくって解釈する権利は万人に与えられている。僕はその権利を精一杯の思いをこめて行使した」(「はじめに」より)

韓国　古い町の路地を歩く

ハン・ピルォン著　萩原恵美訳
四六判　2800円

建築家である著者は、韓国の伝統家屋・集落に魅かれてやまない。著者の心をとらえて離さない韓国の古い9つの街並みをめぐる。

密陽《ミリャン》、統営《トンヨン》、安東《アンドン》、春川《チュンチョン》、安城《アンソン》、江景《カンギョン》、忠州《チュンジュ》、全州《チョンジュ》、羅州《ナジュ》の物語だ。

それぞれの町の歴史はもとより、都市空間の変化のプロセスと文化的背景や風土をひもといていく。歴史ある町であること、中心部は歩いて一巡りできるくらいの小規模な町であること、そして現代都市としての魅力とポテンシャルを有する町であること、という著者の3つの基準にかなったこれらの町では、共同体の暮らしが途絶え、個人の利益ばかりが優先される現代の大都市ではお目にかかれないような、人間味あふれる豊かな空間に出会えるはずだ。